현대시와 인지시학

현대시와 인지시학

이송희 지음

국학자료원

책을 펴내며

이 책은 현대시를 인지시학적 관점으로 접근하여 텍스트의 정보구성 방식에 따른 의미생성 과정을 살피고, 의미생성 과정에서 드러난 형상적 특성을 밝히는 것을 목적으로 쓰여 졌다. 또한 정보의 인지구조가 구성되는 방식을 도식화하여 정보의 흐름을 명확하게 파악하고자 하였다. 신체화된 경험에서 발생하는 시적 상상력이 어떠한 의미로 산출되는가를 밝히는 인지시학적 방법은 그 동안 시문학에서 간과해왔던 몸의 중심성을 회복하는 문제와도 긴밀한 연관성을 확보하고 있음을 살폈다. 이러한 논의의 배경을 토대로 필자는 시인의 세계관을 반영하면서도 주제론적 탐색에 매몰되지 않고 텍스트의 형성원리를 인지시학적 방법을 통해서 밝히고자 하였다.

제1부 서정주 시 텍스트의 인지시학적 연구는 총 5장의 구성으로 시의 의미생성과정을 살폈다. 2장에서는 몸의 감각과 실존의 자각을 텍스트의 정보가 구성되는 방식에 따라 유목적 존재, 피투적 존재, 병리적 존재로 구분하여 고찰하였다. 텍스트의 정보는 선형적 인지구조와 양면적 인지구조, 인과적 인지구조에 의해 구성되는데, 이들 인지구조는 존재에 대한 근본적인 물음과 가능성을 모색하는 화자의 의지를 직접적으로 표출하고 있음을 보였다.

선형적 인지구조는 각 정보들이 연속적인 위치의 연쇄로 연결되어 있음을 말한다. 이를 통해 정착하지 못하고 떠돌아다닐 수밖에 없는 유목적 존재로서의 의미를 생성하고 있음을 살폈다. 양면적 인지구조는 각 정보의 양면적 특성이 동시에 표출되는 경우를 말하는 것으로, 존재하는 것들은 존재의 의지와 현실의 충돌에도 불구하고 존재를 둘러싼 삶 자체에 충실할 수밖에 없다는 피투적 존재로서의 의미를 생성하고 있음을 분석했다. 인과적 인지구조는 원인과 결과의 정보 관계를 말하는 것으로, 유전적 영향, 원죄의식, 세계의 불평등성이 그 원인으로 작용하여 병리적 존재로서의 의미를 생성하고 있음을 보였다.

3상에서는 욕망의 다층화와 생명의 충일을 텍스트의 정보가 구성되는 방식에 따라 본능적 생명력, 존재의 생명력, 초월적 생명력으로 구분하여 고찰하였다. 텍스트의 정보는 대립적 인지구조와 전환적 인지구조, 반복적 인지구조에 의해 구성되는데, 이들 인지구조는 정신과 본능의 복합체인 화자의 몸이 욕망하는 세계에 대한 방향성을 제시하고 있음을 보였다.

대립적 인지구조는 대립되는 정보가 통합된 의미로 수렴되는 방식을 말한다. 여기서는 인간 생명의 시원적인 양태로 인식되는 본능적 생명력을 드러내고 있음을 보였다. 전환적 인지구조는 인식의 방향이 어떤 목표점으로 바뀌는 것이 아니라 인식의 진행방향이 특정 전환점을 만나서 자아와 세계에 대한 새로운 인식 체계를 가지는 것을 말하는 것으로, 한계상황에서 존재가 생명력을 획득하는 과정을 살폈다. 반복적 인지구조는 정보의 흐름이 초월적 공간을 향해 리듬을 형성하는 특성을 보이며 반복적으로 이어지는 과정을 말하는 것으로, 이러한 인지구조의 반복을 통해 화자의 욕망 실현과 해소를 동시에 경험하여 초월적 생명력을 획득하는 과정을 살폈다.

4장에서는 신화적 상상력과 생명의 확산을 텍스트의 정보가 구성되는 방식에 따라 윤회성, 공존성, 모성성으로 구분하여 고찰하였다. 텍스트의 정보는 순환적 인지구조와 대비적 인지구조, 단일적 인지구조에 의해 구성되는데, 이들 인지구조는 신화적 시·공간과 결합하여 소우주인 몸으로 전이(轉移)되는 생명성을 보이고 있음을 살폈다.

　순환적 인지구조는 정보가 순환적으로 이동하는 방식으로, 화자의 정신 속에서 지속적으로 되풀이되는 신화적 존재의 윤회성을 획득하고 있음을 살폈다. 대비적 인지구조는 정보의 유사성과 상반성이 배치되어 새로운 의미를 생성하는 방식으로, 인간의 모순된 삶이 공동체로부터 소외되지 않고 더불어 살아가는 공존성을 획득하고 있음을 보였다. 단일적 인지구조는 정보가 단조롭게 구성되는 방식으로, 여기서는 소수자로서 여성의 존재의미를 발견하는 모성성을 획득하고 있음을 드러냈다.

　5장에서는 이러한 의미생성 과정에서 드러나는 형상적 특성을 살펴보았다. 서정주 시는 내면의 불안정한 정서가 외부로 표출되어 병들거나 지친 자아의 실존의식을 드러내고, 열린 세계를 지향하는 강한 생명 욕망을 표출하면서 소우주의 형태를 가진 몸으로 확산되는 의미를 생성하고 있음을 살폈다. 의미생성이 드러낸 형상적 특성을 크게 다섯 가지로 압축하여 살펴보았다. 첫째 의미의 현장성과 진솔성의 확보는 화자의 동일화(identification)된 인지를 토대로 하였다. 둘째, 시적 공간의 분위기는 은유적 결합을 통해 환기되었다. 셋째 시상 전개 구조는 이항 대립적 인지체계 형태를 취하였다. 넷째 시상 전개의 구체화된 의미 변화는 어휘의 배치에 따라 다양하게 실현되었다. 다섯째 인식의 전환은 어조의 변화에서 중점적으로 부각되었다.

다양한 정보구성과정에서 드러난 의미의 생성은 '생명'이라는 고리로 서로 교직(交織)되면서 상호 텍스트적인 특성을 보이고 있음도 지적하였다. 이를 토대로 서정주 시는 작품에 구축된 의미구조와 언어의 형식미가 탄탄하게 고착되고, 정밀한 이미지와 장면의 치밀한 묘사가 주는 정서의 변화를 집중적으로 보여줌으로써 미학적 효과를 획득하고 있다고 보았다. 또한 시인 개인의 삶을 굳이 배제하지 않더라도 독자로 하여금 그의 언어의 미감에 취할 수 있게 하는 충분한 의미를 획득한다는 점에서도 의의를 발견하고자 했다.

제2부 인지시학적 시각으로 본 기형도 시세계에서는 총 5장의 구성으로 그의 시의 의미생성과정을 살폈다. 신체화된 경험에서 발생하는 시적 상상력이 어떠한 의미로 산출되는가를 밝히는 인지시학적 방법으로 기형도 시를 읽어냄으로써 시적 화자의 경험 세계가 대상과의 다양한 은유적 상호작용 속에서 어떤 의미를 생성하는가를 밝히는 것을 목적으로 하였다. 근원영역이 어떠한 변별성을 보이며 목표영역에 도달하는지를 해명하는 이 작업은 작가의 세계관은 물론 우리 사회의 소통 구조를 읽어내는 하나의 출구를 찾아내는 일이기도 하다.

순환적, 대비적, 복합적으로 구성되는 화자의 인지과정은 존재의 부정의식과 현실에서 겪는 소외의식, 절망과 희망의 복합적 구성 속에서 자각하는 실존의식이라는 목표영역에 도달하기 위해 '식물'과 '구름', '여행'

등과 같은 근원영역을 끌어들이고 이들의 속성과 경험을 맵핑하여 독자로 하여금 시적 지향이 긍정적으로 향해 있음을 지각하게 한다. 이처럼 화자의 경험세계에 얽힌 시적 상상이 은유와의 상호작용에 의해 시적 경험세계를 확장하며 우리 시대 소외된 삶에서 연유하는 다양한 방식의 삶과 부재한 내면의식을 구조화한다. 결국 기형도의 시세계는 시적 화자의 개인적 경험구조를 시적 은유와의 결속을 통해 풀어냄으로써 현대사회와 소통하는 전략적 방법을 제시하고 있다는 점에 의의가 있다.

제3부 오세영 시의 인지구성과 존재의식에서는 오세영 시를 대상으로 시적 화자의 경험적 은유를 통해 텍스트의 형성원리를 살펴보았다. 오세영 시는 물질문명에 대한 비판과 부정의식을 드러내고 생의 비의를 노래하면서도, 우주의 질서를 자기 내부로 받아들여 새로운 삶의 방향을 암시하는 의미생성과정을 보여주었다.

오세영 시는 방황의식, 상실의식, 초월의식이라는 목표영역에 도달하기 위해 경험적 상상력에 기반한 유사 이미지 정보들을 근원영역으로 끌어와 전환적, 반복적, 통합적 인지체계를 형성하였다. 세상에 대한 부정의식과 방황의식이 스스로의 존재의미를 찾기 위해 오랜 시간동안 길을 떠돌면서, 결국 모든 것이 공존하는 곳에 삶이 있다는 깨달음을 안겨주고 있음은 독자들로 하여금 긍정적인 방향성을 지향하게 한다. 결국 오세영 시세계는 시적 화자의 주관적 경험구조를 신체화된 상상력과 시적 은유와의 결속을 통해 풀어냄으로써 우리가 지향해야 할 삶의 목표가 어디에 있는지를 생각하게 한다.

제4부에서는 최하림 시의 미적 구성과 존재인식의 과정을 살펴보았다. 최하림의 시를 끌고 가는 상상력의 동인은 '존재의 생명력'이다. '어둠'과 '소리'로 표상되는 존재의 흔적, 즉 실존의 시간을 인지하는 시인의 태도는 개인의 경험적 삶을 바탕으로 하면서도 주관적 감상에 함몰되지 않고 누구나 접근할 수 있는 자연 풍경에 상상의 세계를 덧씌움으로써 미학적 풍경을 연출하는 서정적 존재로서의 자세를 뚜렷하게 보여주었다.

존재는 시간의 축적 속에서 끊임없이 순환되는 기억에 의해 존재 내부의 파장을 일으키고, 성찰적, 유목적, 실존적 존재로서의 의미를 이끌어내면서 현재를 지나가는 과정을 보여준다. 시인에게 '어둠'은 외부의 존재를 가리고 숨기는 '덮개'의 역할을 하기도 하지만 존재를 증명하는 '거울'로도 인지되며, '소리'는 '공포로 가득 찬 세상을 살아온 우리 내부에서 어느 날 불쑥 솟아오르는 소리'(「베드로2」)로서 현재의 시공간 속에 공존한다. 최하림 시에서 이러한 모든 운동들은 일정한 시간의 질서를 형성하며 존재의 내부로 향한다는 점에서 '시인 지향적'이다. 고백적 구성, 확산적 구성, 매개적 구성에 의해 배치된 정보들은 존재 내부로 향하는 방향 감각을 철저하게 인식하면서 내면세계 깊은 곳에 다양한 의미를 생성시킨다.

고백적 정보 구성은 한 시대의 풍경이 남긴 삶의 흔적, 특히 살아남은 자라는 죄의식을 벗어버리고 싶은 욕망을 보여주는 것으로, 현존하는 삶과 지나온 삶이 공존하는 가운데 성찰적 존재로서의 의미를 생성시킨다. 확산적 정보 구성은 일정한 방향성과 계기성을 갖고 의미가 확산되는 방식을 말하는 것으로, 모든 운동은 지속성과 지향성을 동반한다는 의미를 생성시킨다. 다만 그것이 뚜렷한 목적지를 생각하지 않는 유목적 존재로서 무의식적 환상성과 몽환적 풍경을 연출한다는 점이 특징이다. 한편 매개적 구성은 두 개 이상의 정보가 매개물을 사이에 두고 구성되는 방식으로 최하림 시에서는 '유리창'의 안과 밖을 중심축으로 하여 정보가 구성된다. 시인은 자아와 대상의 거리를 제거한 상태에서 일정한 공간성을 확보하며, 실존을 자각하는 인지의 과정을 보여준다.

'몸'을 중심으로 자아와 세계의 구조를 인지하고 있는 시인들의 시적 전략은 인간의 모든 경험 세계가 근본적으로 몸을 떠나서는 불가능하다는 관점을 견지하고 있다. 신체화된 경험과 그 경험을 배경으로 시인들의의 시적 상상력이 구체적인 형상성을 획득한다. '몸'을 중심으로 이들이 시의 형상화 전략을 풀어가는 이유는 시적 대상에 직접 반응하고 공감의 폭을 넓힐 뿐만 아니라 인지구조를 통해 반성적·비판적 인식이 가능하기 때문이다. 따라서 이 책은 시 해석의 전략을 파악하는 것뿐만 아니라, 우리 사회의 원활한 소통 가능성을 탐색하고 있다는데 그 의의가 있다. 시인의 시적 체험과 상상력의 깊이를 읽어내는 작업 역시 우리 시대를 원활하게 소통할 수 있는 서정적 통로 하나를 만드는 일이 될 것이다.

2018년 가을
용봉골에서 저자 씀

목 차

제1부
서정주 시 텍스트의
인지시학적 연구

1.서론

1) 문제 제기 및 연구 목적

문학의 위기라는 말이 유행처럼 번졌던 지난 세기 말부터 우리는 잇따르는 사회 변화의 동인 속에서 나름대로의 문제의식을 갖고 문학의 위기에 대한 여러 가지 대안을 모색해왔다. 그 중에서도 인접 학문분야와의 접목을 통해 문학의 존립 근거를 마련하고자 하는 학계의 움직임이 활발해짐에 따라 문학의 본질이 무엇인가 라는 문학의 정체성에 대한 질문을 갖게 되었다. 그러한 가운데 문학의 관심은 무엇을 이야기할 것인가 보다는 어떻게 이야기 되고 있는가의 문제를 해명하는 방향으로 전환되었다. 사회 전반의 인식 변화를 감지하면서 그것이 실현되는 과정에 주목하고자 하는 방법론적 모색은 근본적으로 인간의 몸을 떠나서는 불가능하다는 생각들을 일반화시켰다.

다양한 기호들로 둘러싸인 현대 사회에서 몸이 그 중심적 위치를 차지하고 있다는 사실을 깨닫게 된 것은 그것이 환경을 가지는 주체이면서 동시에 세계와 교통할 수 있는 유일한 도구임을 인식하면서 부터이다.[1] 몸이 "사회, 문화, 역사 등의 다양한 코드들이 교차하는 공간이면서 동시에 탈코드화가 일어나는 창조적 공간"[2]이라는 언급은 이를 더욱 구체적으로 드러낸다. 이렇듯 문학은 인간의 몸을 통해 여러 가지 사회적인 기호들을 해석해내고 이를 다양한 방식으로 형상화한다. 그러한 이유로 오늘날 몸이 텍스트 내에 담긴 인간의 정신을 이해하는 문학적 기제로서 현실을 폭넓게 조망할 수 있는 인식 주체로 등장하게 된 것이다.

이러한 폭넓은 조망은 몸이 단순한 도구로서가 아닌 인간의 지각 작용 전반을 의미한다고 보는 사유를 바탕으로 한다. 시가 담화(談話)라는 기본적인 특성을 전제한다면 더욱 명확해진다. 담화체계는 인간의 정서와 사고과정을 언어화하여 기호들로 산출하고 독자의 반응을 유도하는 전 과정을 의미한다.[3] 그러한 과정 전반을 몸에 의한 인지과정이라고 보는 것이다. 이 같은 사유방식은 텍스트가 형성되는 원리에 초점이 맞춰지면서 자아와 세계의 소통 과정 전반을 이해하는 데 유용한 방법을 제공한다. 이러한 인지과정에 대한 탐구는 문학의 본질을 손상하지 않고서도 다양한 의미를 산출하여 위기에 대처하는 새로운 인식론적 전환을 가능하게 한다.

본고는 서정주[4]의 시적 특성 중에서도 이러한 몸을 통한 사유를 인식

---

1) 알버트 라빌 주니어(A. Rabil)/ (김성동 역), 『메를로 퐁티』, 철학과현실사, 1996, p.43.

2) 오형엽, 『신체와 문체』, 문학과지성사, 2001, p.6.

3) 송문석, 『인지시학』, 푸른사상, 2004, pp.38~39.

4) 미당 서정주(1915~2000)는 1936년 동아일보 신춘문예에 「벽」으로 등단하여 작품 활동을 시작한 이래, 총 14권의 시집을 발간하였다.
   『화사집』, 남만서고, 1941; 『귀촉도』, 선문사, 1948; 『서정주시선』, 정음사, 1956; 『신라초』, 정음사, 1960; 『동천』, 민중서관, 1968; 『문학전집』, 일지사, 1972; 『육필 시선』, 문학사상사, 1975; 『서울로 가는 달처럼』, 문학사상, 1980; 『안 끝나는 노래』, 정음사,

대상으로 삼고 새로운 의미가 산출되는 인지과정에 주목하고자 한다. 사실 한국현대시사에서 서정주만큼 몸에 의한 지각과 감각작용을 통해 미학적 언어를 구사한 작가도 드물다. 수많은 논란 속에서도 그의 시를 높이 평가하고 연구자들로 하여금 꾸준히 연구하게 하는 이유가 여기에 있다. 서정주 시가 '몸'을 통해 세계를 인식한다고 보는 관점에는 단순한 소재 차원의 개념에서 벗어나, 자아가 세계를 인지하는 과정 전반이 시 창작과 어떤 연관을 맺고 있는가를 살피는 작업이 덧보태져 있다. 이런 관점에 따라 본고는 서정주 시를 분석함에 있어, 인지시학적 방법을 적용하여 시 텍스트의 의미생성 과정을 살피고 그러한 의미생성 과정에서 드러난 형상적 특성을 구명하는 데 목적을 둔다.

문학이 인간의 삶을 다양한 담론 양상으로 드러내고 있는 영역이라는 점에서 볼 때, 문학 연구는 그러한 체험적 삶이 쌓아올린 인간의 정신을 이해하는 일이 된다. 한국현대시사에서 영광과 굴욕을 동시에 보여주었던 서정주의 시를 연구하는 것은 당대 문학적 현실을 되돌아 볼 수 있는 계기가 된다는 점에서 의의가 있다. 서정주 시의 형성원리를 밝히는 본 논문의 의도와 직결되어 있지는 않더라도 인지과정 자체가 작가의 체험과 환경, 역사성, 지식 등의 영향을 받고 있다는 점을 고려할 때 간접적으로나마 그의 정신세계를 읽어낼 수 있다는 장점이 있다.[5]

서정주는 "자신의 개인적인 문제를 보편적인 그것으로 환치시키는 어려운 작업을 예술적으로 극히 높은 차원에서 성공"[6]시켰다는 호평을 받

1980;『학이 울고 간 날들의 시』, 소설문학사, 1982;『안잊히는 일들』, 현대문학사, 1983;『노래』, 정음문화사, 1984;『팔할이 바람』, 혜원출판사, 1988;『산시』, 민음사, 1991;『문학전집』 전2권, 민음사, 1991;『늙은 떠돌이의 시』, 민음사, 1993;『80 소년 떠돌이의 시』, 시와시학사, 1997.

5) 양병호,『한국 현대시의 인지시학적 이해』, 태학사, 2005, p.18.

아왔다. 그러나 친일과 친독재에 관한 글들을 발표함으로써 민족적 자존심을 훼손시켰다는 비판적 평가를 면하기 어려웠다. 이러한 극단론은 서정주에 대한 초기의 연구가 작가의 정치적 사유와 관련된 시인의 정신세계를 탐구하는 작업에서 크게 벗어나지 못했던 이유이기도 하다. 그러나 그의 시의 언어적 탁월성을 인정한 작품 내적인 연구가 시도되면서, 참신한 논의들이 제기되기 시작했다.

그 중에서도 본고가 주목하는 인지시학적 방법[7]은 몸을 "글쓰기의 토대가 되는 자아와 세계에 대한 민감한 자의식의 원천"[8]이라고 보는 인식과 맞닿아 있다. 즉, 인간이 감지하는 것들은 모두 '몸'을 통해 이루어지며 이로 인해 자아와 타자가 연결된다고 보는 것이다. 그렇기 때문에 세계에 대한 다양한 판단과 결정을 내리거나 때로는 삶 자체에 대한 의미부여를 가능하게 하였다. 이것은 대상을 만져 보고 그것을 지각한 후 외적인 관계들 속에서 재해석하는 행위라 할 수 있다.

'몸'이라는 용어 자체가 자아와 세계의 소통을 다루는 자의식적 공간으로 인식되고 있다는 사실을 발견한 것은 1990년대 후반[9]이지만, 글쓰기

---

6) 김 현·김윤식, 『한국문학사』, 민음사, 1973, pp.259~260.

7) 방법론에 대한 본격적인 검토와 본고의 시각 정립은 연구방법론을 다루는 Ⅰ-3절에서 구체적으로 논의할 것이다.

8) 이재복, 「몸 혹은 욕망의 그늘」, 피종호 엮음, 『몸의 위기』, 까치, 2004, p.66.

9) 위의 책, p.69. 1990년대는 세기말이라는 시기적 조건과 관련하여 인간의 몸에 대한 사유가 집중되었다. 여성 시인들이 자신의 몸을 통해 정체성을 찾으려는 욕구를 강하게 드러내기 시작했고, 매스미디어의 발달로 인한 비주얼한 시대의 도래는 몸을 시선과 권력, 소비 욕망, 자기표현 욕구, 섹슈얼리티의 존재로 거듭나게 했다고 할 수 있다. 몸이 '억압된 것들의 귀환'이라는 명제를 달고 부상하면서 새로운 문학적인 지형도가 그려지고, 많은 시인들이 이 상황에 대해 민감한 자의식을 가지게 되었다. 1990년대는 몸이 시 쓰기에 있어 하나의 소재일 뿐만 아니라 주제 및 온전한 형식의 차원에서도 눈에 보일 만큼 빈번하게 활용되었던 시기이다.

주체의 의식과 역사의식을 담보한 몸의 사유는 이미 1930년대 이상에 의해 제기된 바 있다. 몸에 대한 자의식이 특별히 강한 작가라고 평가되었던 그는 몸으로 말하고 몸으로 사유하는 방식을 통해 근대성이 가지는 특수한 측면은 물론 근대 일반의 보편적인 측면을 구체적으로 탐색하기도 하였다.10) 이와 연장선상에서 서정주와 유사하게 시작(詩作)활동을 펼쳤거나, 그 이후에 활동을 전개했던 시인들의 시는 오늘날 몸의 사유를 통해 다양하게 재해석되고 있다. 이러한 재해석은 그간에 이루어진 연구들이 근본적으로 몸의 지각작용에 대한 인식들을 간과한 채 진행하고 있다는 문제의식을 동반한다.11)

그러다가 1980년대에 이르면, '몸'을 자본주의를 구성하는 하나의 도구로 인식하는 경향이 강하게 부각된다. 이를테면, '여성의 몸에 대한 발견과 정체성 찾기', '문명의 위기와 대안으로서의 몸', '권력 혹은 몸에 대한 구조적 인식' 등의 문제가 그것이다.12) 이런 점에서 볼 때, 1980년대

---

10) 근대성과 관련하여 이상 시에 대한 구체적인 논의는 이재복의 『한국문학과 몸의 시학』(태학사, 2004)에서 다루어진다.

11) 여태천, 『김수영 시와 언어』, 월인, 2005. 대표적으로 김수영 시의 언어를 통해 몸의 다양한 의미를 세심하게 읽어내고자 한 여태천의 논의가 있다. 그에 의하면 김수영 시의 몸에는 사회, 역사, 정치 등과 같은 추상적 개념의 흔적, 사랑, 혁명, 죽음, 진리와 같은 핵심 주제들이 남아 있다는 전제로부터 출발한다.

12) 이재복, 앞의 책, pp.28~49. 이재복은 1980년대 시적 경향을 크게 세 부류로 나누고 있다. 우선, 김혜순, 최승자, 김언희, 이선영 등으로 대표되는 여성 시인들의 몸에 대한 관심은 '여성의 정체성 찾기'로 이어졌다. 이는 '권력에 저항하는 몸'의 담론에서 결코 자유롭지 못하다. 왜냐하면 이들의 시 쓰기가 남성의 몸과는 다른 여성만의 독특한 몸의 특성을 발견한데서 비롯되기 때문이다. 다음으로 세기말의 담론과 관련하여 등장한 '문명의 위기와 대안으로서의 몸', 즉 생태학적 담론을 들 수 있다. 몸은 기본적으로 에코적인 것이며, 생명의 기(氣)가 하나의 연속적인 흐름을 통해 형성된 통합체라고 본다. 이는 몸 안의 생명과 영성을 두려는 김지하의 몸 담론과도 유사하다. 마지막으로 '권력과 몸에 대한 구조적 인식'으로서의 경향을 들고 있다. 이는 몸이 다양한 사회적인 이데올로기가 충돌하는 장이며, 의식과 무의

이후의 시적 경향들은 그것을 드러내는 방식에 있어 본고의 인식과 다른 변별성을 보이지만, 몸에 대한 기본적인 인식 문제에 있어서만큼은 선험적이라고 할 수 있다. 따라서 서정주 시를 인지시학적 방법으로 살피고 형상적 특성을 구명하고자 하는 작업은 오늘날 현대시의 새로운 읽기에 상당부분 기여할 것으로 보인다.

본 연구에서는 서정주의 시를 메를로-퐁티가 말한 것처럼 지각의 생생한 장소인 '몸'이라는 언어 매체를 통하여 우리 자신을 세계와 연결시키고자 한다.[13] 시인은 몸을 통해 대상을 감각적으로 인지하여 처리하고, 시의 언어를 통하여 이것을 다양한 방식으로 형상화한다. 따라서 본고는 서정주 시 텍스트의 생성과정과 형상적 특성을 구명함에 있어 '몸'을 통한 사유를 그 인식대상으로 하여, 자아가 세계를 인지하는 과정을 살피고자 한다.

이러한 시각에서의 접근은 그간의 서정주 시에 대한 논의가 역사 전기적인 측면이나 불교적인 관점을 비롯하여 시인의 사상과 집결된 주제 의식을 구명하는 과정에 치중되어 왔던 한계를 극복할 수 있을 것이다. 2000년 서정주가 타개한 이후 그의 시에 대한 평가가 방대하게 이루어졌다고는 하나, 연구 방법의 다양성을 확보한 것에 비해 작품의 세밀한 분석은 미비한 실정이다. 따라서 인지시학적 관점으로 그의 시적 형상성을 구명하고자 하는 본고의 작업은 서정주의 시를 해석함에 있어 분석의 엄밀성을 확보할 수 있고 더 나아가서 한국 현대시를 읽어내는 방법적 새로움을 보여줄 수 있을 것으로 기대한다.

식, 형상과 본질, 세계 등이 교차되고 재 교차되는 실천의 장이라는 것을 의미한다.
13) 알버트 라빌 주니어(A. Rabil)/ (김성동 역), 앞의 책, pp.25~43.

2) 선행 연구 검토

한국 현대시문학사에서 서정주 시에 대한 연구는 1930년대 후반부터 지금까지 다각적인 방법론을 토대로 하여, 연구사가 정리될 정도로 풍성하게 진행되었다. 그럼에도 불구하고 서정주 시의 형성 원리를 밝히고자 하는 기법적인 연구는 미진하다고 할 수 있다. 이미 많은 논자들에 의해 거론된 바와 같이, 이는 서정주를 둘러싼 한쪽으로 치우치는 평가들이 그의 작품에 대한 객관적 거리를 제한하는 요인으로 작용했기 때문이다.

서정주 시를 인지시학적 방법으로 분석하고자 하는 논의는 이러한 한계를 극복하는 차원에서 시작되었다. 인지시학적 방법은 시 텍스트의 정보구성 방식을 통해 작품을 체계적으로 읽어낼 수 있다는 점 외에도, 텍스트의 형성 원리를 밝혀내는 유용한 방법이 된다는 점에서 의미가 있다. 따라서 본고의 논의에 도움이 되는 선행 연구는 서정주 시 전반을 아우르면서도 시 작품의 형성 원리를 밝히는 연구를 중심으로 검토되어야 한다.

1935년 <동아일보> 신춘문예에 「벽」으로 등단하여 2000년 타개하기까지 활동한 70여 년의 시작(詩作)기간과 작품집과 관련 논문의 양만 보더라도 그가 발휘한 한국 문학사의 성과는 무시할 수 없다.14) 그럼에도 그에 대한 극단적인 평가는 아직까지도 분분하다. 서정주에 대해서는 유종호가 언급한 '부족 방언의 요술사이자 시인 부락 족장'15)이라는 긍정

---

14) 김종호, 『서정주 시와 영원지향성』, 보고사, 2002에서 재인용. 미당 서정주가 남긴 시 작품을 정확하게 산출하기는 어렵지만, 『미당시전집』, 민음사, 1994, 전 3권에 수록된 것이 9백 여 편, 해방 전·후 미 수록 시 30여 편(최현식, 「서정주의 시집 미수록시 연구」, 한국문학연구회 편, 『1950년대 남북한 시인연구』, 국학자료원, 1996 참조) 작고 이후 증보판으로 발행된 『80소년 떠돌이의 시』(시와시학사, 2000)에 게재된 4편의 미발표 작품 등을 종합해보면, 대략 9백 50편에 이른다.

15) 유종호, 「소리 지향과 산문 지향」, 조연현 외, 『미당 연구』, 민음사, 1994, p.360.

적 평가가 있는가 하면, '시는 좋지만 삶이 나쁘다'거나, '악행을 저지른 자의 문학은 가치가 없다.'라는 부정적인 평가가 있다.[16]

앞서도 살펴보았듯이, 서정주의 개인사를 포함한 문학적 성과물에 대해 한쪽으로 치우친 논의들로 인해 그의 시 자체에 대한 객관적 거리를 확보하지 못하는 것은 오늘날 연구의 경향에 비추어 볼 때 바람직한 현상은 아니다. 만약 시 작품에 대한 미학적 특성을 살피는 여타의 작업들이 이러한 문제를 간과한 채 논의를 진행한다면 서정주 시는 더 이상 참신성을 드러내는 논의가 제기되지 못할 것이다.

1970~80년대까지만 해도 서정주에 대한 논의는 여전히 작품에 대한 객관적 거리를 확보하지 못한 채 이루어지다가, 1990년대에 들어서면서부터 그 객관적 거리를 유지하는 다각적인 연구가 가능해졌다. 그간에 이루어진 서정주 시에 대한 연구는 역사의식과 관련된 초기의 연구를 시작

이 외에도 다음과 같은 논의들이 대표적이다. 간략하게 정리하면 다음과 같다.
김재홍, 「미당 서정주 - 대지적 삶과 생명에의 비상」, p.165. 그는 "서정주의 정치적 행위에 대해 비난하는 그 어떠한 경우라도 그가 현대시사상 최대 시인의 한 사람으로서의 한국어의 완성을 위해 노력한 공적을 부인하지는 못할 것"이라고 단언한 바 있다. 김우창 역시 「한국시와 형이상」, p.36에서 "서정주 시의 발전은 한국의 현대시 50년의 핵심적인 실패를 가장 전형적으로 드라마화한다"고 언급한다.
또한 이남호는 「겨레의 말 겨레의 마음」, pp.411~412 에서 "서정주 시를 읽는 맛의 버금이 그 귀신들린 언어와 수작하는 재미라면, 그 으뜸가는 맛은 그 속에 표현된 겨레의 아름다운 마음을 만나는 감동이다."라고 단언한다. 그러면서 그는 서정주의 시야말로 우리 민족의 가장 원형적인 심성이 숨 쉬고 있다고 말한다.
고은, 「서정주 시대의 보고」, 『문학과지성』, 1973, 봄, p.181, 최두석, 「서정주」, p.254에서 재인용. 여기서 고은은 서정주를 "언어의 정부"라고 극찬한 바 있다.
윤재웅은 「서정주 시 연구」, 동국대 박사논문, 1995, p.143에서 "서정주가 우리의 문학사를 미학적으로 재구성하려는 야심을 실천한 희귀한 사례로 평가할 만하다"고 언급한 바 있다.

16) 임우기, 「미당 시에 대하여」, 『그늘에 대하여』, 강, 1996, pp.211~254.
_____, 「오늘, 미당 시는 무엇이 문제인가」, 『문예중앙』, 여름호, 1994.

으로 변모과정을 통한 영원성의 구명, 신화와 원형과 정신분석학적 방법을 적용한 연구, 여성성과 몸에 대한 주제적 접근, 시간과 공간의 분석에 의한 자아실현의 과정, 이미지 분석을 통한 상징화 과정을 연구한 논의들이 상당 부분 진행되어 왔다. 그리고 작품의 형성 원리를 밝혀내는 화자와 청자의 거리 분석, 기호학적 접근, 언어적 특성, 서술시적 특성 등으로 접근한 소수의 논의들이 진행되어 왔다. 이 중에서도 본고의 문제의식 속에서 논의 전개와 가장 밀접하게 연관되는 시간·공간, 이미지 연구를 비롯하여 형식적 측면의 연구를 중점적으로 살펴보기로 하겠다.

우선, 서정주 시의 시간과 공간에 대한 연구는 엄경희[17], 손진은[18], 류지현[19], 김화영[20], 송승환[21] 등에 의해 진척되었다. 이들 논의는 시간과 공간의 이동에 따른 화자의 의식세계의 변모과정을 살피는데 주안점을 두고 있다. 이 중에서도 본고와 유사한 관점을 갖고 있는 엄경희의 논의가 주목된다. 화자, 공간, 시간이라고 하는 세 요소의 유기적인 결합은 단순히 의식세계의 변모의 동인을 밝히는 것에 머물지 않고 시를 담화로 보

---

17) 엄경희, 「서정주 시의 자아와 공간 시간 연구」, 이화여대 박사논문, 1999. 이 논문은 고착과 침몰의 단절적 심연, 상승의 역동성과 세계의 확대, 변신 은유와 초월의지, 수평과 수직의 융화와 낙관적 현실 인식으로 변모되는 과정을 통해 자아와 세계의 간극이 좁혀지면서 융화되는 동양적 세계관을 견지하고 있다고 분석하고 있다.

18) 손진은, 「서정주 시의 시간성 연구」, 경북대 박사논문, 1995.

19) 류지현, 「서정주 시의 공간 상상력 연구」, 고려대 박사논문, 1997. 이 논문은 초기 시의 어둠의 공간과 일탈적 상상력이 공간의 고립과 재생의지를 거쳐 상향 공간으로의 이동을 통해 역동적 상상력을 드러내고, 결국 친화의 상상력을 구현하는 회귀의 공간으로 이동하고 있음을 분석하고 있다. 이 역시 전 우주로 확장된다는 점에서 다른 논의들과 유사성을 갖는다.

20) 김화영, 「한국인의 미의식」, 조연현 외, 앞의 책.

21) 송승환, 「"질마재 신화"의 시간의식 연구」, 중앙대 석사논문, 2000.

는 관점을 견지하고 있다. 화자의 의식과 감각이 시간과 공간의 상호작용에 의해 발현된다고 보는 인식은 화자의 경험세계가 바탕하고 있기 때문에 객관적이기보다는 주관적일 수밖에 없다. 그러한 과정을 살피는데 있어 현상학적 방법을 빌리고 있는 이 연구는 시적 화자가 시간과 공간의 유기적 관계를 통하여 갈등과 화해라는 대타적 문제에서 인간 존재의 근원성을 탐색하는 방향으로 나아가고 있다는 결론을 도출한다. 이들 연구는 시간과 공간이라는 장치를 통해 시인의 상상적 체계가 입체적임을 드러내고 있다는 점에서 의의가 있다.

시간의식의 변모과정과 양상에 주목하고 있는 손진은의 논의 역시 주목할 만하다. 하이데거의 시간 개념과 베르자예프의 시간론을 빌려 선형적 시간, 신화적 시간, 수직적 시간으로 범주화한다. 이러한 범주는 각각 유년에 대한 기억과 고대적 시간의 재생, 그리고 영원지향성의 시간 양상으로 나타난다. 이러한 시간성의 변모과정은 화자가 지향하는 세계관을 면밀하게 살펴볼 수 있다는 장점이 있으나 시의 형상적 측면보다는 주제적 의미를 파악하는 단계에 머물고 말았다는 한계를 보이고 있다.

다음으로 서정주 시의 이미지에 관한 연구는 윤재웅[22], 유혜숙[23], 이진홍[24], 문정희[25], 변재남[26] 등의 논의가 있다. 이들 논의는 서정주 시에

22) 윤재웅, 「바람과 풍류」, 조연현 외, 앞의 책.

23) 유혜숙, 「서정주 시 연구 - 자기실현 과정을 중심으로」, 서강대 박사논문, 1994.
_____, 「서정주 시의 '꽃'이미지에 나타난 제의성 고찰」, 『한국문학이론과 비평』, 한국문학이론과 비평학회, 2001, 6.

24) 이진홍, 「서정주 시의 심상 연구」, 영남대 박사논문, 1988.

25) 문정희, 「서정주 시 연구 - 물의 심상과 상징체계를 중심으로」, 서울여대 박사논문, 1993.

26) 변재남, 「서정주 시에 있어서의 '바람'이미지 연구」, 충남대 석사논문, 1997.

일관되게 흐르는 '바람', '여인', '꽃', '거울', '물' 등의 이미지가 화자의 자의식적 세계와 합일되어 어떠한 의미를 산출하는가에 초점이 맞춰져 있다. '바람'으로 이미지화 되는 시적 화자의 고난과 역경의 삶이 궁극적으로 절대 낙원의 공간으로 이행하는 과정을 다양한 이미지의 변이를 통해 보여주고 있다. 이 방면의 연구는 주로 프라이의 이론에 기대어 분석하고 있는데, 상당 부분 진척되어 연구 방향의 내용이 중복되어 있는 것이 보인다.

한편, 인지시학적 방법을 적용하여 한국 현대시를 폭넓게 접근하고 있는 양병호의 논의가 주목된다.27) 그는 한용운, 김소월, 김영랑, 신석정, 서정주, 곽재구 외 여러 시인들의 작품 한 편씩을 대상으로 하여 인지과정에 따른 의미화 과정을 살피고 있다. 서정주의 경우는 「자화상」을 대상으로 다루고 있는데, 다소 일반화시켜 버린 것으로 보인다. 전반적으로 정보의 흐름에 의해 텍스트의 의미생성 과정을 살피고 있다기보다는 화자의 인지과정에 따른 연 별 구성 방식을 취하고 있어 논의가 중복된 경우가 많다. 그러나 시도 자체의 참신성과 방법적 새로움이 없지 않다.

화자와 청자의 문제를 중심으로 시적 전략을 살피고 있는 심혜련28)의 연구는 시인의 태도를 반영하는 화자의 양상과 이에 따르는 청자의 반응을 검토하여, 서정주 시 의식의 기본 범주를 밝히는데 목적을 두고 있다. 그는 서정주 시에서 다양한 방식으로 진행되고 있는 진술의 전략이 독자와 응축·이완의 역동적인 거리를 형성함으로써, 작품의 미적 체험을 고양시키고 독자의 상상력을 확대시키는 기능을 하고 있다고 보았다. 먼저 화자-청자 간의 거리의식을 화자의 몰입과 화자의 유도를 통해 살피고 있

---

27) 양병호, 앞의 책.

28) 심혜련, 「서정주 시의 화자 연구」, 이화여대 석사논문, 1992.

으며, 설화 소재 계열시의 거리의식을 '이야기꾼'인 화자의 유희공간과 외적 소재의 수용과 거리의 변화에 입각하여 살피고 있다.

이를 통해 그는 화자-청자를 네 가지로 유형화한다. 첫째 내부로 몰입된 화자일 경우 독자는 반응의 제약을 갖게 된다는 점과 둘째 자아의 몰입에서 벗어나 독자의 반응을 유도하는 경우 화자의 유형은 삶에 초연한 관조적 태도로 표출된다는 것이다. 셋째 이야기꾼인 화자는 진술하는 이야기의 설명과 부연을 통해 독자의 반응을 미리 결정한다는 점과, 넷째 외적 소재 수용에서 보여준 시인의 다양한 태도는 인칭의 변화가 복합적으로 나타난다는 점이 그것이다. 이러한 유형화의 특성은 서정주 시의 미적 체험을 고양시키고 독자의 적극적인 참여를 유발하고 있다는 점에서 의의가 있다. 이 연구는 인지 주체자인 화자의 태도를 통해 서정주 시의 형상성을 구명하고자 하는 본고의 논의와 연관된다.

한편, 이와 유사한 맥락에서 나희덕[29]은 『질마재 신화』를 대상으로 하여 서정주 시의 서술시적 특성을 살피면서, 기록성의 한계를 지적하고 구비성을 재발견하고 있다. 이 연구는 설화를 전달하는 이야기꾼으로서의 화자를 내세움으로써 서술적 발화를 극대화하는 연행의 방식을 취하고 있다고 분석한다. 그는 이러한 연행의 방식을 통해 구비문학의 특질을 시적으로 수용하여 서술성을 획득하는데 의의를 두고 있다. 이 논문은 그간에 이루어진 주제적 의미를 구명하는 연구에서 한 단계 나아가, 서술적 방법을 적용하여 서정주 시가 가지고 있는 구비성을 재발견하고 있음을 밝혔다는 점에서 의미 있는 논의라 할 수 있다.

다음으로 서정주 시의 시형과 언어적 특성을 살피고 있는 강영미[30],

---

29) 나희덕, 「서정주 『질마재 신화』 연구 - 서술시적 특성을 중심으로」, 연세대 석사논문, 2000.

주세훈[31], 홍예영[32], 조규미[33], 류현미[34], 이경희[35]의 논의가 주목된다. 이들 논의는 시의 언어를 통해 작품의 형성 원리를 파악하는 본고의 작업과 관련이 있다. 이들의 연구에서 눈에 띠게 보이고 있는 국어학적 도식들은 작품의 유기적 의미망을 파악하는 데 장애요인이 되고 있다.

먼저 강영미는 서정주 시의 전통성과 관련하여 시형의 분행 양상을 살피고 있다. 그는 서정주 시가 현실 폭로의 과정에서 드러나는 갈등 양상을 시형의 분행을 통해 다양한 방식으로 표출하고 있음을 분석하였다. 그러나 의미의 해석이 지나치게 가미되어 '시형'의 분행 양상에 따라 화자의 정서 변화를 읽어내는 정치한 분석을 소화하지 못하는 한계를 드러냈다.

주세훈은 시적 언술의 고찰을 통해 시인 의식을 구명하는 것을 목적으로 하고 있다. 그는 병렬법적 특성을 형태 반복과 의미구조로 나누어 지금까지 간과해왔던 음운, 어구, 행, 연의 반복을 형식적 측면에 입각하여 분석하고 독자의 반응을 유도하는 수용 미학적 측면까지도 간략히 다루고 있다. 시어의 특성을 통해 시인의 의식 세계를 밝히고자 하는 작업은 지나치게 작품을 국어학적으로 재단한다는 한계를 지니면서도 보다 심도 있게 시인의 세계관을 파악할 수 있다는 점에서 의의가 있다. 이와 유사한 맥락에서는 시어의 미학적 특성을 촉각적 언어 사용과 이미지의 변모를 통해 살피고 있는 홍예영의 논의와 병렬법의 분석을 통해 시 세계에

---

30) 강영미, 「한국 현대시의 전통과 시형에 관한 연구 - 이병기·김영랑·서정주를 중심으로」, 고려대 박사논문, 2002.

31) 주세훈, 「서정주 시의 감탄어 연구」, 한국교원대 석사논문, 1994.

32) 홍예영, 「서정주 시의 시어 연구」, 동국대 문화예술대학원 석사논문, 2000.

33) 조규미, 「서정주 시의 병렬법 연구」, 이화여대 석사논문, 1994.

34) 류현미, 「서정주 초기시의 문체적 특성 연구」, 연세대 교육대학원 석사논문, 2004.

35) 이경희, 「시적 언술에 나타난 한국 현대시의 병렬법 연구」, 이화여대 박사논문, 1988.

드러난 순환적 질서의식을 읽어낸 조규미의 논의가 있다. 이들 연구는 작품에 대한 깊이 있는 전작보다는 언어의 특성을 살피는 것에 지중하였다는 한계를 보이고 있다.

한편, 류현미는 서정주 초기시를 대상으로 하여 품사, 어휘, 문장의 특징을 나누어 문체적 특성을 살피고 있다. 연구자는 작품 분석을 통해 의미구조를 구명하는 작업이 아니라, 통사론적 측면에 의존하여 다루면서 시어의 섬세한 선택과 배열을 통해 갈등과 모순의 삶을 영원성의 세계로 고양시키고자 한 시인의 시적 노력을 되새기고자 하였다. 이것은 초기 시만을 대상으로 하고 있어 서정주 시 전체를 포괄적으로 적용하지 못하는 점이 있지만, 지금까지 거의 다루어지지 않은 통계학적 방법으로 시어를 분석하였다는 점에서는 충분한 가치가 있다.

또한 반복 기법과 언술구조를 살피고 있는 이경수[36)]의 논의는 반복 기법을 통해 언어의 개성적 측면을 해석할 수 있다는 가능성의 발견으로부터 출발하고 있다. 그는 반복을 단순한 리듬으로 인식하는 것에서 나아가 창작 방법론적 측면으로 확대하여 다루고 있다. 그는 작품에 반복되는 요소가 시의 일부분에 집중적으로 드러나고 있음을 지적하고, 이러한 경우 의미가 돌출되어 주술적 의미를 생성한다고 보고 있다.

이 외에도 서정주 시의 창작 방법론을 살피고 있는 노철[37)]의 논의 역시 주목된다. 그는 서정주 시가 부조리 의식을 암시적 언어를 통해 표현하고, 그것을 넘어서려는 시도를 보이고 있다고 언급한다. 또한 시인이 정신적 세계를 드러냄에 있어 회화적 이미지 비유를 활용하고 있으며, 설

---

36) 이경수, 「한국 현대시의 반복기법과 언술구조 : 1930년대 후반기의 백석, 이용악, 서정주 시를 중심으로」, 고려대 박사논문, 2003.

37) 노 철, 「서정주 시의 창작방법」, 『한국현대시 창작방법연구』, 월인, 2001.

화적 세계를 드러냄에 있어 상징기법과 서사기법을 활용하고 있다고 언술하고 있다. 이 논문은 서정주 시의 형성 원리를 파악하는 데 있어 명확한 이해의 길잡이가 되고 있다는 점에서 돋보인다.

다음으로 서정주 시를 기호학적으로 분석한 정유화[38]는 공간을 수직공간과 수평공간으로 나누고 수직과 수평 공간의 해체와 결합 양상을 살피고 있다. 이를 통해 그는 수직 측인 산이나 바다가 수평 측인 하늘로 흡수된다거나, 또한 영원한 하늘로 초월하더라도 지상과 완전히 대립되거나 분리되지 않는다는 점, 그리고 인간과 자연을 통합하여 대립이 없는 삶의 지고한 원리를 추구하고 있다는 점 등을 들고 있다. 기호학적 연구 방법은 영원성과 관련된 초월적 세계관을 다루고 있음에도 주제적 연구에 치우치지 않는 참신한 논의의 배경이 된다는 점에서 의의가 있다.

이와 같은 맥락에서 서정주 시의 담론원리와 상상력에 대해 살피고 있는 김동근[39]의 논의가 있다. 이는 '주체/타자'의 기호체계를 중심으로 하여 지금까지 '나'를 주체로 한 담론체계를 타자화하여 새로운 시각으로 읽어냄으로써 결국 시인은 현실 세계보다 에포스적 세계와 교감하고 있음을 살폈다. 타자의 시선에서 나를 보는 행위는 자아와 현실을 객관화할 수 있다는 장점이 있다. 따라서 이는 시인의 정신과 작품의 의미를 '타자성'이라고 하는 담론원리의 구명을 통해 살펴봄으로써 그의 시에 흐르는 원죄의식과 소외의식, 에포스적 상상력이 결국 '타자'화된 '자아'를 객관적으로 드러내는 전략이라고 이해하였다. 이처럼 기호학적 방법에 입각한 연구들은 시의 언어를 분석하여 그것의 특징을 밝혀내는 논의에서 한

---

38) 정유화, 「서정주 시의 기호론적 연구」, 중앙대 박사논문, 1997.

39) 김동근, 「서정주 시의 담론 원리와 상상력 - '주체/타자'의 기호체계를 중심으로」, 『국어국문학』 128, 국어국문학회, 2001, 5.

단계 나아가 담론의 원리를 밝혀내어 그것이 형성되는 요인에 주목하고 있다는 짐에서 보다 심도 있는 논의라 할 수 있다.

이상에서 살펴본 바와 같이, 이들 연구는 그동안 많은 비중을 차지했던 기존의 연구들에 대해 동어 반복적이라는 문제의식을 갖고 출발한다. 이러한 경향의 연구는 서정주 시 자체가 갖고 있는 불교적 사유나 신화성, 욕망의 문제에 지나치게 의존하여 그것을 주제 규명의 차원으로만 풀어가고 있다는 점을 인식한 결과이다. 그들의 연구 성과는 그의 시의 형성 원리를 밝히는 작품 내적인 분석이 더해졌을 때 보다 참신한 의미와 가치를 획득할 수 있는 것이다. 본고가 검토한 논의들은 주로 미학적 원리의 규명과 함께 서정주 시의 세계 인식에 주목하고 있다. 이상의 연구들은 작품의 기저가 되는 미적 원리란 그 자체로 독립적일 수 없고, 시인이 지닌 현실 인식과 역사 인식, 그리고 시·공간적 세계 인식의 토대 위에서 구축되고 있다는 점을 충분히 반영한 결과라고 할 것이다.

이처럼 서정주 시의 형성 원리를 구명하는 논의들은 방대하게 이루어지지는 않았다 하더라도 기존의 한계를 인식한 새로운 차원의 연구라는 점에서 의의가 있다. 그러나 몇몇 논문을 제외하고는 그의 시의 변모과정을 추적한 논문들과 상당부분 겹쳐지고 있음을 알 수 있다. 이런 현상은 그만큼 서정주 시 연구가 방법론적인 측면에서도 탄탄하게 고착되고 있다는 것을 보여주는 것이기도 하다. 이러한 한계를 인식하면서도, 기존의 연구들을 충분히 수렴하는 과정 속에서 인지시학이라고 하는 방법론을 수용하여 서정주시를 새롭게 분석하고자 하는 것이 본고의 의도이다.

지금까지 살펴 본 결과, 서정주 시에 대한 연구는 양적인 방대함에도 불구하고 '영원성'과 관련하여 그의 시 전반의 변모과정을 분석하면서 변화의 동인을 밝혀내는 데 주력하고 있었다. 물론 그의 시의 미학을 구명하는 기법적 측면의 연구들이 상당 부분 진척되었으나, 소수의 논의를 제외하고는 주제적 성향에 치우친 감이 없지 않다. 따라서 서정주 시 텍스트의 의미생성 과정을 인지시학적 관점으로 분석하고 그의 시의 형상적 특성을 구명하고자 하는 본고의 작업은 이러한 부분을 수용하면서도 형상적 특성을 구명하는 보다 참신한 논의를 전개하려는 것이다. 다시 말하면, 그의 시가 무엇을 이야기 하는가보다 어떻게 형상화되는가의 문제를 다루는데 논의의 초점을 모으는 일이다. 작가의 정신세계에 대한 천착보다는 작품 내적인 형상화 방식에 주목하여, 작품에 구축된 의미구조와 언어의 형식미학이 시적 화자의 주관직 인지에 의해 어떻게 형상화되고 있는지 본 논의의 전개를 통해 보여줄 수 있을 것이다.

3) 연구 방법과 연구 범위

시의 형상적 특성을 밝히고자 하는 본고의 작업은 인간의 몸, 특히 우리의 지각된 경험에서 발생하는 상상력이 주체의 인지과정(cognitive process)을 통하여 어떠한 의미를 산출해 내는가에 초점이 맞춰져 있다.40) 본고는 시인의 사고와 정서가 반영된 시 텍스트의 정보구성 방식을 통해 의미가 생성되는 과정을 살피는 것으로 그 범주를 규정한다. 몸에 의해 지각되고 은유화되는 인지시학적 관점은 화자의 주관적 경험 세계에 바탕하고 있기 때문에 그 의미가 객관적이기보다는 다분히 주관적일 수밖에 없다. 따라서 시인의 정서와 사고 체계의 산물인 언어의 인지과정에 주목하여 서정주 시 텍스트의 의미생성 과정과 형상적 특성을 살

---

40) 존슨(M. Johnson)/ 노양진 역, 『마음 속의 몸』, 철학과현실사, 2000, p.28.

피는 일은 주관적 의미화에 이르는 과정을 탐구하는 것이다. 정보구성 방식을 통해 시 텍스트의 의미생성 과정을 형상화시켜 이해하는 것은 시인의 세계관과 더불어 문학의 주요한 기능 중에 하나인 사회의 소통 구조를 인지하는 적절한 방법론이 된다는 점에서 가치가 있다.

인간은 하나의 담화 체계를 이루기 위해 각 대상을 감각적으로 인지하여 처리한다. 그리고 이러한 인지과정에서 행해지는 지각, 주의, 기억, 판단, 결정은 언어의 이해와 산출로 드러난다.[41] 화자는 인지과정에 따라 다양한 방식의 정보를 구성하고 있는데, 이러한 정보들 중 공통된 의미를 추출하여 범주화(categorization)할 때 텍스트의 체계화된 의미화가 가능해진다.[42] 따라서 인지시학은 단순한 방법론적 도구가 아니라 자아가 대상을 인지하여 처리하는 과정 전반을 의미한다. 상황과 대상에 대한 인지작용은 인간의 감각을 기반으로 하여 지각되는 일차 과정을 거치고, 정보처리 방식을 통해 텍스트로 기호화되는 이차 과정을 거친다. 따라서 본고는 인지과정 전 범주를 포괄하는 것이 아니라 시 텍스트의 정보구성 방식에 주목하여 의미의 생성과정을 살피고자 한다. 인지작용에 의한 텍스트의 정보처리 과정을 도식화하면 다음과 같다.

---

41) 송문석, 앞의 책, p.14.

42) 존슨(M. Johnson)/ 노양진 역, 앞의 책, p.22. 전통적(객관주의적) 견해는 어떤 범주든지 그 범주의 모든 구성원이, 그리고 오직 그 구성원만이 공유하는 특성을 명시하는 필요충분 조건에 의해서 정의된다는 입장을 보인다. 최근 연구들은 전통적 모형에 일치하는 부분도 있지만, 이해의 상상적 구조, 즉 도식(schema), 은유(metaphor), 환유(metonymy), 심적 영상(mental imagery) 등을 포함함으로써 (전통적 모형과) 다르게 나타난다는 것을 보여준다. 더욱이 그 구조들은 전형적으로 인간의 몸의 특성, 특히 우리의 인지 능력과 운동 기능에 의존하고 있다. 그러한 범주들은 상상적으로 구조화된 인지 모형을 바탕으로 형성되어 있기 때문에, 인간 경험에 외적으로 주어진 실재 안의 어떤 사물에도 직접적으로 대응하지 않는 성질을 띤다.

≪도식1≫ 인지작용에 의한 정보처리 과정

존슨의 말처럼 우리의 몸이 객관주의에 의해 그동안 무시되어 왔던 이 유는 그것이 의미의 객관적 본질과 무관한 것으로 간주되는 주관적 요소들을 끌어들인다고 생각했기 때문이다.[43] 그러나 인지시학을 통해서 의미와 이해의 신체화는 상상적 구조화의 여러 형태들과 밀접한 관련을 맺으면서 반복적으로 드러나고 있다.[44]

레이코프와 존슨에 의해 촉발된 인지적 관점은 은유를 일상적 사고의 문제로 확장하여 봄으로써 좀 더 구체화된 시각으로 텍스트의 의미구조를 인지할 수 있게 한다. 육체와 정신의 이분법적 거부로부터 새로운 인식론적 전환을 마련한 이론으로 1970년대에 본격화된 이들의 관점은 세 가지의 중심적 주제들을 제시하면서 인지철학을 정립하였다.[45] 인지철

43) 위의 책, pp.28~29. 이를테면 이성이 추상적이고 초월적인 것이라는 인식 때문에 몸이 인식의 중심으로 떠오르지 못했던 것이다.

44) 위의 책, p.29. 이 연구들에서 밝혀진 유형의 상상적 구조화는 몸의 속박에서 자유로우며, 또한 몸을 초월한 환상이 낭만적 항해와는 관련이 없다. 우리의 몸이 우리의 이해에 기여하고 또 우리의 이성을 이끌어 간다는 점에서 오히려 그것은 신체적 경험에서 발생하는 상상력의 유형들이다.

45) 레이코프·존슨(G. Lakoff·M. Johnson)/ 임지룡 외 역, 『몸의 철학』, 박이정, 2001, p.29. 이들 이론은 탈신체화된 이성과 사고를 주창하는 데카르트를 중심으로 한 이들에 대한 거부로부터 시작된다. 우선, 그들은 사고가 몸으로부터 배제된 프레게적 인간은 없다고 본다. 자신의 신체화가 의미에 아무런 역할도 하지 않고, 자신의 의미가 순수하게 객관적이고 외부 세계에 의해 정의되며, 자신의 언어가 마음, 두뇌, 그리고 몸이

학의 중심적 주제, 즉 인지의 대부분은 무의식적(unconscious)[46]이며, 정신은 본성적으로 신체화(embodied)되어 있고, 우리의 사고체계 대부분은 은유적(metaphorical)이라는 것이 그것이다.[47] 이러한 새로운 발견은 서구의 지성사를 통해 제시되어 왔던 철학적 개념들과 이론들의 본성에 대한 새로운 해명의 길을 열어 주었다고 평가되고 있다.[48] 그들이 말한 신체화 되어있는 마음과, 몸에 의해 형성된 이성, 그리고 대부분의 사고가 무의식적이라는 인식은 모든 인지과정이 신체적 경험 안에서 촉발된다고 보는 관점이다.[49]

그들은 대상에 대한 인지 단계를 지각(perception)단계와 인지(cognition)단계로 구분한다. 전자는 여러 종류의 정보가 한꺼번에 주어지는 것으로, 이 주어진 환경에서 감각기관(senser)을 통해 인지체가 직접 받아들일 수 있는 정보의 흐름이 연속적이라는 것이고, 후자에는 지각된 '연속'에서 하나의 구체적인 정보 항목을 추출하는 과정이 들어 있다.[50] 이렇게 다양한 경험 세계에서 영속적으로 받아들여진 정보는 구체적인 정보 항목을 추출하는 인지 단계를 거쳐 텍스트의 다양한 의미생성을 가능하게 한다.

수행하는 중대한 역할 없이 외부 세계와 합치될 수 있는 실제적 인간은 없다고 주장한다. 우리의 개념체계는 우리의 몸에서 비롯되기 때문에 의미는 우리의 몸에 근거하고, 우리의 몸을 통해 학습된다는 것이다. 이러한 모든 것은 은유적이라는 관점이다.

46) 위의 책, p.36. 무의식이란 억압되어 있음이라는 프로이트적 의미가 아니라, 의식이 접근할 수 없으며, 또 너무 빨리 작용하기 때문에 집중할 수 없는 방식으로 인지적 의식 층위 아래에서 작용한다는 의미이다.

47) 위의 책, p.25.

48) 위의 책, p.7.

49) 위의 책, pp.27~28.

50) 양병호, 앞의 책, p.21.

따라서 언어의 인지 과정에서 주목되는 것은 객관화된 고정적 의미의 정보가 아니라 화자의 주관화된 경험에서 촉발된 의미의 정보이다. 언어의 의미가 어떠한 인지과정을 통하여 생성되는가를 살펴보면 인지 주체의 개입이 얼마나 절대적인가를 확인할 수 있다. 의미생성은 인지 주체의 의식의 문제이지 객관적 의미의 부호나 사물의 문제가 아니다.[51]

이 같은 입장은 몸의 지각과 감각 작용에 의해 구현되고, 상상력에 의해 구조화되어 다양한 의미를 생성한다. 왜냐하면 우리가 지각하고 감각하는 모든 대상들을 유사한 의미계열로 범주화하여 인식하는 것은 인지 주체의 신체화된 경험세계가 역사성과 사회성을 담보하고 있기 때문이다. 그들은 이러한 주관적인 인지작용을 통해 이루어지는 범주화에서 중요한 것이 몸의 지각과정과 밀접한 관계를 가지고 있는 '가족 유사성(family resemblances)'[52]이라고 언급한다.[53] 가족 유사성에 의한 범주화는 텍스트의 의미망을 전체적으로 조망할 수 있다는 특징이 있다. 또한 유사성에 의해 범주화된 정보는 다양한 인지 모델을 기반으로 하는데, 이러한 '인지 모델'은 그 내용이 직접적으로 신체화되거나, 신체화된 모델과 체계적으로 결합하여 이루어진다.[54] 그 중에서도 경험할 수 없는 영역에 대해서는 상상력(imagination)을 동반하는데, 이러한 신체화된 상상

---

51) 위의 책, pp.21~23.

52) 위의 책, pp.27~28. 시의 이미지나 메타포, 혹은 상징의 분석에 있어 동일화(identification)의 관점에서 시의 의미론적 계열체 형성을 인지하고 설명하는데 유용한 방법을 제공할 수 있다. 이를테면, 시에 드러난 다양한 이미지들을 가족 유사성에 의해 범주화함으로써 동일한 의미의 범주화로 통합할 수 있으며, 이를 통해 텍스트의 의미망을 전체적으로 조망할 수 있다.

53) 위의 책, pp.25~26. 이는 무질서한 세계에 대해 경험을 통하여 질서를 부여하는 인지방식이다.

54) 위의 책, p.29.

력을 근간으로 하여 이루어진 인지 모델은 텍스트 내의 상상력을 효과적으로 구조화하여 인지한다는 특성이 있다.

또한, 존슨은 신체화되고 상상적인 이해의 개념을 설명하기 위해서 다양한 영상 도식(image schema)을 제공한다. 영상 도식(image schema)이란 인간의 신체적 운동 방식, 대상 조직, 시·공간의 특성들의 윤곽, 그리고 지각적 상호작용에 되풀이되어 나타나는 패턴을 말한다.[55] 이러한 영상 도식은 텍스트 내에 일정한 질서를 부여하여 리듬감을 형성함으로써 생생한 자극을 준다. 영상 도식들 중에서도 본고에서 주로 드러나는 것은 안-밖(in-out) 도식[56], 길(paths) 도식[57], 주기(cycles) 도식[58], 중심-주변(center-periphery) 도식[59] 등이다. 이러한 영상 도식들은 시인의 지각과

---

55) 존슨(M. Johnson)/ 노양진 역, 앞의 책, pp.104~105.

56) 위의 책, p.93. 서정주 시에서 '안-밖' 지향성은 내부, 경계, 외부의 구조를 갖는 것으로 나타나며, '그릇'으로 인지된다. '안-밖' 지향성의 경험적 근거는 공간적 경계성의 경험이다. 체험적으로 가장 특정적인 경계성의 의미는 삼차원적 포함(즉 자궁, 침대, 방과 같은 어떤 삼차원적 울타리 안에 제한되거나 묶여 있음)의 의미라고 할 수 있다. 이러한 경계 안에서는 무의식적이든 의식적이든 밖을 지향한다. 이는 서정주 시 전반을 아우르면서 새로운 의미를 만들어낸다.

57) 위의 책, p.103. '길 도식'은 세 가지 요소(출발점A, 종착점 B, 그것들 사이의 경로를 추적하는 벡터와 하나의 관계(A로부터 B로 운동하는 힘 벡터로 명시되는)로 구성된다. 그런데 서정주 시에서 길 도식은 종착점이 분명하지 않다. 이는 그의 '유목적 존재'를 분석하는 장에서 구체적으로 논의할 것이다.

58) 위의 책, pp.236~247. 세계와 그 안의 모든 것은 주기적인 과정에 묶여 있는 것으로 경험한다. 즉, 밤과 낮, 계절, 삶의 행로(탄생과 죽음), 식물과 동물의 성장 단계들, 천체의 운행 등이 그렇다. 가장 기본적인 주기는 시간적 주기이다. 주기는 어떤 초기 상태에서 출발하며, 연결된 사건들의 연쇄를 통해 나아가고, 시작했던 곳에서 끝남으로써 반복적인 주기 패턴을 새롭게 시작한다. 따라서 가장 단순한 주기 도식은 원 운동으로 표현된다.

59) 위의 책, pp.243~345. 세계는 지각 중심인 우리의 몸으로부터 방사상으로 퍼져 있으며, 이 중심으로부터 세계를 보고, 듣고, 만지고, 맛보고, 냄새 맡는다. 중심적 관점으로부터 세계를 살펴 볼 때 차례차례 하나의 대상 또는 하나의 지각 영역에 초

경험적 사유를 토대로 시의 유기적인 의미망을 형성하는데 유용한 역할을 담당한다. 이러한 모든 과정은 화자의 주관적 인지정보 구성 속에서 이루어진다.

본고는 이러한 방법론을 수용하여 인식의 시작과 끝이 몸의 지각을 통해 이루어진다고 보고, 인지과정에 의해 텍스트의 정보가 구성되는 방식에 따라 의미생성 과정을 살피고자 한다. 따라서 본고는 각 시기별로 텍스트를 구분하여 변모의 동인을 밝히는 기존의 논의들과는 다소 변별성이 있다. 서정주 시에서 인지정보는 몸의 감각과 실존의 자각, 욕망의 다층화와 생명의 충일, 신화적 상상력과 생냉의 확산 등과 같은 세 부류의 범주 속에서 다양하게 구조화된다. 이러한 구분은 서정주 시가 갖고 있는 '생명'에 대한 인식을 훼손하지 않으면서도, 몸에 의해 인지되는 다양한 정보의 흐름을 통해 새로운 의미의 생성과정을 살피기 위함이다. 이러한 범주를 통한 정보구성 방식의 타당성은 다음과 같은 이유를 전제로 한다. 첫째, 시적 화자가 근본적으로 과거의 경험 세계에서 자유롭지 못하다는 점, 둘째, 화자의 행동모델 대부분이 밖을 지향하고 있다는 점, 셋째 본능적 생명성을 담보하고 있다는 점, 넷째, 신화적 공간으로의 이동을 통해 확장되는 의식 세계를 구현하고 있다는 점 등이 그것이다. 이러한 가설을 전제로 본고는 다음과 같은 인지정보 구성방식을 통해 작품의 형상적 특성을 밝히고자 한다.

먼저 몸의 감각과 실존의 자각은 정보가 구성되는 방식에 따라 선형적 인지구조, 양면적 인지구조, 인과적 인지구조로 분류하여 살피고자 한다. 유목적 존재, 피투적 존재, 병리적 존재를 자각하는 과정이 텍스트의 정

점을 맞출 수 있다. 이 도식은 고립적인 방식으로 경험되는 것이 아니라 대상에 다수의 다른 도식들이 이 도식에 맞춰져서 나의 세계에 대한 나의 지향성(orientation)을 규정한다.

보구성 방식에 의해 어떻게 결합되어 의미를 생성하는지를 살피고자 한다. 현존재의 실존에 관한 문제이니만큼 이 장에서는 몸의 감각적인 인식이 직접적으로 드러나고 있는 작품을 중심으로 다루게 될 것이다. 그리고이 세 부류의 정보구성 방식에서 얻어진 특성이 작품의 형상성에 어떻게기여하고 있는지를 밝히고자 한다.

욕망의 다층화와 생명의 충일은 정보가 구성되는 방식에 따라 대립적인지구조, 전환적 인지구조, 반복적 인지구조로 분류하여 살피고자 한다. 본능적 생명력, 존재의 생명력, 초월적 생명력을 실현하는 과정이 텍스트의 정보구성 방식에 따라 어떠한 결합 양상을 거쳐 의미를 산출하는가를살피고자 한다. 생명력이 실현되는 과정은 화자의 행위가 전면에 부각되거나 비교적 강한 어조를 구사하고 있는 작품들에서 구체적으로 살피게될 것이다. 이 역시 세 부류의 정보구성 방식에서 얻어진 특성이 작품의형상성에 어떻게 기여하고 있는지를 살피고자 한다.

신화적 상상력과 생명의 확산은 정보가 구성되는 방식에 따라 순환적인지구조, 대비적 인지구조, 단일적 인지구조로 분류하여 살피고자 한다. 윤회성, 공존성, 모성성을 드러내는 과정이 텍스트의 정보구성 방식에 따라 어떻게 결합되어 새로운 의미를 만들어내는지를 살피고자 한다. 신화적 상상력을 통해 실현되는 윤회성과 공존성, 모성성의 의미가 생성되는과정은 신화적인 특성을 내포하고 있는 작품을 대상으로 하여 다루게 될것이다. 그리고 이 세 부류의 정보구성 방식에서 얻어진 특성이 작품의형상성에 어떠한 기여를 하는지를 살피고자 한다.

V장에서는 지금까지 정보구성 과정을 통해 드러난 의미생성이 어떠한 형상적 특성을 보이는가를 살피고자 한다. 여기에서는 앞의 세 장의논의에서 획득된 의미가 유기적인 관계를 형성함으로써 서정주 시가 입

체적으로 구성되어 있음을 보여주는 논의가 진행될 것이다.

본고는 근본적으로 서정주 시가 갖고 있는 '영원성'을 훼손하지 않으면서 인지시학이라고 하는 방법론을 통해 작품의 형식과 의미구조를 살피고자 한다. 이는 화자의 인지과정 자체가 신체화되어 있고 은유화되어 있다는 전제를 바탕으로 한 것이다.[60] 다음의 인용문은 이러한 본고의 시각을 뒷받침 한다.

신체화된 마음은 살아 있는 몸의 일부이며 그 존재는 몸에 달려 있다. 그것들은 결정적인 방식으로 몸과 두뇌에 의해서, 그리고 몸이 일상적인 삶에서 어떻게 작용할 수 있는가에 의해서 형성된다. 따라서 신체화된 마음은 이 세계의 많은 부분을 차지한다. 우리의 '살'은 메를로 퐁티가 말한 '세계의 살'(flesh of the world)이라고 부르는 것, 또 에이브램이 '인간을 넘어선 세계'(the more-human world)라고 부르는 것으로부터 분리 불가능하다. 우리의 몸은 걷고, 앉고, 만지고, 맛보고, 냄새 맡고, 보고 숨쉬고, 그 안에서 움직이는 것들과 밀접하게 연결되어 있다. 우리의 신체성(corporeality)은 세계의 신체성의 일부이다.[61]

경험에 의해 발생된 기억의 중첩은 새로운 이미지를 만들어낸다. 그래서 존재를 규정하는 새로운 문제제기를 할 수 있게 된다. 이는 지각하고, 만지고, 보고, 느끼는 모든 감각적 행위를 통해 유목적, 피투적, 병리적,

---

60) 이건환, 「의미 확장에 있어서 도식의 역할」, 담화인지 언어학회 편, 『담화와 인지』, 제5권, 2호, 한국문화사, 1998, p.83. 은유는 감각 영역을 통해 얻어진 관습적 심상을 주관적 경험의 영역에 투사하는 과정을 통해 새로운 의미를 만들어낸다. 여기서 '경험'(experience)이라는 말은 기본적 지각, 운동, 역사, 사회, 언어, 문화 등의 여러 차원을 포괄한 넓은 개념으로 이해되어야 한다.

61) 레이코프·존슨(G. Lakoff·M. Johnson)/ 임지룡 외 역, 앞의 책, p.814.

초월적 존재 등과 같은 다층적이고 입체적인 의미를 생성한다. 서정주 시의 인지시학적 연구는 그러한 관점에서 출발한다.

서정주 시의 형상적 특성을 밝히고자 하는 본고의 논의는 『화사집』 (1941), 『귀촉도』(1946), 『신라초』(1960), 『동천』(1968), 『질마재 신화』 (1975), 『떠돌이 시』(1976)에 이르는 일련의 시편들을 대상으로 한다.62) 이렇게 작품을 한정하는 이유는 『화사집』에서 『떠돌이 시』에 이르는 시편들이 전통적 인식과 현대적 기법의 접목으로 서정주의 시적 경향을 가장 현저하게 보여주며, 그의 시에 일관되게 흐르는 상상력의 동인인 '생명'에 대한 인식이 이 시기 시편들에서 충분히 논의될 수 있다고 판단했기 때문이다.

2. 몸의 감각과 실존의 자각

서정주 시의 시적 화자는 존재에 대한 '실존적 자각'63)을 통해 극복될 수 없는 현실적 상황 속에 내재해 있는 자아를 인지한다. 하이데거는 실존을 어떤 상황에서든 "자신의 존재를 자신이 가꾸어 갈 수 있는 존재양식"64)이라고 설명한다. 때때로 인간은 자신의 운명을 지각함에 있어 부

---

62) 본고는 서정주, 『미당시전집』, 민음사, 2005를 기본 텍스트로 삼는다. 본문에서는 텍스트만 인용한다.

63) 하이데거(M. Heidegger)/ 이기상·구연상 역, 『존재와 시간 용어해설』, 까치, 2003, pp.162~163. 현존재가 그것과 이렇게 또는 저렇게 관계를 맺을 수 있고 또 언제나 어떻게든 관계 맺고 있는 존재 자체를 우리는 실존이라고 한다. (중략) 현존재가 실존한다는 것은 그가 자신이 존재할 수 있는 여러 가능성들을 문제 삼으면서 존재한다는 것을 뜻한다. 이러한 가능성은 크게 둘로 나뉠 수 있다. 하나는 현존재가 자기 자신의 가능성을 자기 자신이 아닌 다른 것에서부터 선택할 가능성이고, 다른 하나는 현존재가 자기 자신의 가능성들을 자기 자신에서부터 선택할 가능성이다. 이러한 선택의 가능성은 현존에 자신의 존재양식인 실존이 놓여 있어야 한다.

정적이든 긍정적이든 받아들이거나 거부하는 방식을 취한다. 그러나 하이데거는 그러한 운명적 상황 속에서 끊임없이 자신의 존재 가능성을 문제 삼는다. 서정주 시에서는 종이었던 아버지로부터 시작된 선대 가족사와 원죄의식[65]에서 촉발되는 업보(karma)가 현재 시적 화자의 삶으로까지 이어지면서 실존을 자각하는 과정으로 드러난다.

이러한 화자의 실존적 자각은 시인이 텍스트의 정보를 구성하는 방식에 따라 각각 유목적 존재, 피투적 존재, 병리적 존재로서의 실존 의식을 나타낸다. 텍스트의 정보는 선형적 인지구조와 양면적 인지구조, 인과적 인지구조에 의해 구성 되는데, 이들 인지구조는 존재에 대한 근본적인 물음과 가능성을 모색하는 화자의 의지를 직접적으로 표출하기도 하면서, 텍스트의 유기성을 확보하는 미적 장치로서의 역할도 담당한다. 이러한 존재에 대한 자각은 선형적 인지구조를 통해 유목적 존재를 자각하는 과정에서 출발하여, "이미 어떤 상태로 던져져"[66]있다는 피투적 존재에 대한 실존적 자각으로 이어진다. 그리고 존재는 다시 인과적 인지구조에 의해 병리적 존재의 의미가 형성된다. 특히, "코드화를 거부하는"[67] 유목적 정신은 서정주 시에 나타나는 기존 관습에 대한 부정과 유랑 의식으로 확장된다.

---

64) 위의 책, p.164.

65) 조연현, 「원죄와 형벌」, 조연현 외, 앞의 책, p.12. 조연현은 "인류의 모든 운명이 아담과 이브의 원죄에서 결정되어 온 것"으로 근본적인 것이어서 영원히 해결될 수 없는 것이라고 언급한 바 있다. 그의 시는 '죄인'과 '천치'로 표상되는 화자의 삶에 대한 자각으로부터 출발한다.

66) 이상백, 『"존재와시간"의 사유』, 건국대학교출판부, 2004, p.54. '피투적' 존재에 대해서는 본 장 2절에서 구체적으로 다룰 것이다.

67) 보그(R. Bogue)/ 이정우 역, 『들뢰즈와 가타리』, 새길, 1995, pp.149~157. 들뢰즈는 유목을 '유랑하는', '열려있는 사유의 충만함을 보여주는 과정이라고 말한다. 그는 인간 사회를 코드의 개념으로 파악하는데, 유목적 주체는 이러한 코드화를 거부하며 궁극적으로는 타자화되는 과정을 만든다.

1) 선형적 인지구조와 유목적 존재

선형적 인지구조는 각 정보들이 연속적으로 연결되어 있다는 것을 말한다. 즉, 시간과 공간이 일정한 방향성과 계기성을 갖고 직선적으로 흐르는 관념인 것이다.[68] 들뢰즈에 의하면, 점은 일차적으로 멈춤과 고정·고착과 결부되어 있지만, 선은 이동의 경로를 표시한다.[69] 이 말은 목적도 목적지도 없이 떠도는 유목적 삶이 결국 선형적이라는 인식과 결부되어 있다는 것을 의미한다. 그러나 종착점이 뚜렷하게 제시되지 않고 있다는 점에서 유목적 존재는 외롭고 불안정적일 수밖에 없다. 따라서 선형적 인지구조는 긴장과 갈등의 과정을 겪는 자아의 존재론적 다짐을 적극적으로 표출하고, 자신이 유목적 삶을 살아갈 수밖에 없는 상황에 대한 정보를 여과 없이 노출한다. 이러한 정보의 선형적 구조가 구성되는 인지과정을 도식화하면 다음과 같다.

정보 1● ——정보구성과정——→ 정보 2 —————→ 정보 3
출발점(경로 1)   중간지점(경로 2)   예정지(경로 3)

≪도식2≫ 선형적 인지구조의 정보구성 방식

선형적 인지구조에 의해 유목적 존재에 대한 자각을 가장 명징하게 드러내고 있는 시는 「자화상」이다. 제목이 알려주는 것과 같이, 이러한 자

---

68) 손진은, 『서정주 시의 시간과 미학』, 새미, 2003, p.33.
69) 이진경, 『노마디즘 2』, 휴머니스트, 2002, p.368.

각은 시적 화자의 과거의 삶에 대한 반성과 현재의 삶에 대한 인식, 그리고 밝은 미래에 대한 지향 의식을 고백적 서사 방식을 통해 드러난다. 그런데 화자의 삶에 대한 주관적 서사는 '심미적 거리'[70]를 형성하고 있기 때문에 주관적 감상주의에서 자유롭다.

자아의 존재에 대한 서사는 시적 대상을 자신의 내부로 끌어들여 스스로를 객관화하기도 하지만, 때로는 현실의 괴리에서 갈등하는 화자의 모습을 이야기 전면에 노출함으로써 자아와 세계간의 적절한 긴장감을 형성하기도 한다.[71] 시 장르는 본래 자아와 대상이 융합된 상태의 것이면서, 대상이 주관화되고 내면화된 상태의 것이라는 특성 외에도 시인의 시적 형상화 방식에 따라 독자에게 전달되는 효과가 달라진다는 특성이 있다.[72] 시적 화자는 자신을 최대한 객관적으로 바라봄으로써 자신을 둘러싼 부조리한 현실을 부정하면서도 어쩔 수 없이 그 구조 속에서 살아갈 수밖에 없는 실존의식을 드러낸다.

① 애비는 종이었다. 밤이기퍼도 오지않았다.
파뿌리같이 늙은할머니와 대추꽃이 한주 서 있을뿐이었다.
어매는 달을두고 풋살구가 꼭하나만 먹고 싶다하였으나……흙으로 바람벽한 호롱불밑에

---

70) 김준오, 『시론』, 삼지원, 2002, pp.328~329. "미적 거리란 예술작품을 감상할 때 감상자가 자기 의식적이고 공리적인 관심을 버리는 심적 상태를 뜻한다. 즉, 개인의 주관이나 실재적 관심을 버린 허심탄회한 마음의 상태가 미적 거리다. …… 거리 또는 분리는 예술의 감상에 필수적인 관조의 태도이자 미적 태도이며 감상자의 객관성이다. …… 이 거리는 예술작품의 미적 거리를 제대로 향수하기 위한 마음 상태이기 때문에 미적 거리(aesthetic distance)라고도 하며, 시간적·공간적 거리가 아니라 어디까지나 내면적 거리다."

71) 심혜련, 앞의 논문, p.19.

72) 카이저(W. Kayser)/ 김윤섭 역, 『언어예술작품론』, 대방, 1982, pp.275~289.

손톱이 깜한 에미의아들.

　甲午年이라든가 바다에 나가서는 도라오지 않는다하는 外할아버
지의 숯많은 머리털과

　그 크다란눈이 나는 닮았다한다.

　② 스물세햇동안 나를 키운건 八割이 바람이다.

　세상은 가도가도 부끄럽기만하드라

　어떤이는 내눈에서 罪人을 읽고가고

　어떤이는 내입에서 天痴를 읽고가나

　나는 아무것도 뉘우치진 않을란다.

　③ 찰란히 티워오는 어느아침에도

　이마우에 언친 詩의 이슬에는

　맺방울의 피가 언제나 서껴있어

　볓이거나 그늘이거나 혓바닥 느러트린

　병든 숫개만양 헐덕어리며 나는 왔다.

―「自畵像」 전문 (번호는 필자)

　이 시는 크게 세 개의 인지정보로 구성되어 있다. 첫 번째 정보는 화자의 가족사에 대한 정보로써 시간상 과거에 해당하면서 출발지점에 해당한다. 두 번째 정보는 '바람', '죄인', '천치'로 표상되는 화자의 현재 삶에 대한 평가에 해당한다. 세 번째 정보는 '詩의 이슬', '병든 숫개'로 표상되는 화자의 정신 상태와 '어느'와 '언제나'로 엿볼 수 있는 미래에 대한 모습에 해당한다. 이 세 개의 정보는 순차적으로 구성되면서 다양한 의미를 생성한다.

　첫 번째 정보는 다시 유사 의미계열에 따라 세 개의 정보로 분화된다. 첫 번째 세부정보는 외할아버지와 아버지의 신분과 부재를 표상하는 부정적 인식 정보로 '애비는 종이었다', '밤이기퍼도 오지않았다', '갑오년

…… 바다에 나가서는 도라오지 않는다하는 外할아버지'에 해당한다. 두 번째 세부정보는 유년 시절의 슬픔과 가난을 표상하는 정보들로 '파뿌리 같이 늙은할머니', '대추꽃 한주', '흙으로 바람벽한 호롱불', '손톱이 깜한 에미의 아들'에 해당한다. 세 번째 세부정보는 '숯많은 머리털', '크다란 눈'에 해당한다. 첫 번째 세부정보와 결합되어 생성된 의미는 두 번째 정보를 형성하는 계기를 제공한다.

첫 번째 세부정보에서 '종'은 아버지의 신분을 표상하는 어휘이면서, 밤이 깊어도 돌아 올 수 없는 상황이 있었음을 짐작하게 한다. 이 정보는 '바다에 나가서는 돌아오지 않는다하는 외할아버지'와 결합되면서 선대 가족사로부터 이어져 온 유전적 성향임을 환기한다. 또한 '갑오년이라든 가'73)라는 추측성의 시간 정보는 화자의 전언(傳言)임을 알린다.

두 번째 세부정보인 '파뿌리같이 늙은할머니', '대추꽃 한주', '흙으로 바람벽한 호롱불', '손톱이 깜한 에미의 아들'은 앞의 첫 번째 세부정보인 '밤'이라는 시간 정보와 결합하여 시적 공간의 암울하고 가난한 풍경을 연출한다. '파뿌리같이 늙은할머니'와 '대추꽃 한주'는 아버지가 부재인 상태로 살아가야만 하는 암담한 현실을 반영하는 인지정보이다.74) 아버지의 부재 대신 '파뿌리같이 늙은할머니'75)는 가정을 지키는 가장으로 부각되며,

---

73) 양병호, 앞의 책, p.219. 갑오년은 1894년 갑오경장의 동학혁명이 일어난 해이다. 따라서 한국사회에 있어서도 격동과 혼란의 시기임을 암시한다. 갑오년은 이 작품에서 불안, 방황 등의 분위기를 더욱 고양시킨다.

74) 김정신, 『서정주 시정신』, 국학자료원, 2002, pp.40~41. 아비의 부재와 부재하는 아비에 대한 형언할 수 없는 그리움으로서의 고아의식을 보여준다고 보는 근대성과 관련된 시각은 많이 있어 왔다. 이는 서정주에게 있어서 부의 부재가 국가 상실을 뜻하는 동시에 서정주 개인의 정신적 뿌리인 상실을 의미 한다고 보는 것이다. 이러한 이중적 상실은 결국 결핍과 열등감을 동반하는 동시에 현실에 대한 단절의식과 소외의식으로 이어진다고 본다.

75) 레이코프·터너(G. Lakoff·M. Turner)/ 이기우·양병호 역, 『시와 인지』, 한국문화사,

'대추꽃 한주' 역시 적막한 가정 공간을 대변하는 의미로 생성된다.

'대추꽃'과 '한주'의 부자연스러운 결합은 풍요, 다산, 생명력을 소망하는 심리적 증표로서 의미를 획득한다.[76] '대추'와 '꽃'의 결합 역시 풍성함을 소망하는 의미의 확산이다. 다시 '대추꽃'의 생명력은 '어매는 달을 두고'와 결합하면서 생명을 잉태한 어머니의 정보를 제시한다. 이는 바로 '풋살구가 꼭하나만 먹고싶다하였으나'와 결합되고 다시 말줄임표를 통해 세부정보의 흐름을 생략하고 있다. 말줄임표로 인해 생략된 정보는 앞의 '~하였으나'와 같은 역접관계의 연결어미로 보아 풋살구를 먹을 수 없었다는 상황 정보와 어머니의 욕망을 충족시켜 줄 아버지가 부재하다는 정보가 함축되어 나타난다. 이러한 어머니의 욕망은 현실 속에서 아버지의 부재로 인해 충족되지 못하고 다시 정보는 '흙으로 바람벽한 호롱불', '손톱이 깜한 에미의 아들'과 결합하여, 가난한 삶의 공간을 입체적으로 드러낸다. 특히 '흙으로 바람벽한 호롱불'에서 '벽'은 '안'과 '밖'을 구분하는 기호체계로서 '안'이 외할머니, 어머니, 아들이 있는 가난한 가정 공간이라면, '밖'은 외할아버지와 아버지가 있는 공간이라는 이항 대립 체계를 구축한다.[77]

위의 정보는 세 번째 세부정보인 '외할아버지의 숯많은 머리털'과 '크다란눈'으로 연결된다. 이는 외할아버지와 화자인 '나'를 이어주는 매개항으로서 의미를 획득한다. '숯많은 머리털'과 '크다란눈'은 세계를 인지하고 사고하는 신체 부위로서 '많음은 위'라고 하는 지향적 은유가 기저

1996, pp.123~128. 이미지 메타포(image-metaphor)는 이미지들 사이의 사상(mapping)을 통해 이루어지는 은유인데, 여기서는 하얗게 샌 머리칼과 파뿌리의 이미지 사상을 통해 나타나고 있다.

76) 양병호, 앞의 책, pp.208~209.

77) 정유화, 앞의 논문, p.21.

를 이루며, '닮았다'는 정보를 강화한다.78)

앞의 첫 번째 정보에 이어지는 두 번째 정보인 '스믈세햇동안 나를 키운건 八割이 바람이다'는 힘든 유년시절의 경험에서 온 화자의 현재 삶을 은유화한 것이다.79) 바람의 거친 속성은 '팔할'이라는 양적 수식이 결합되어 힘든 화자의 삶을 함축적으로 드러낸다.80) 앞의 정보가 빚어낸 결과는 '세상은 가도가도 부끄럽기만하드라'는 지각정보로 수렴된다.

시인에게 삶은 끊임없는 방랑과 길 찾기의 연속이며, 존재는 그 삶의 공간을 끊임없이 방랑하는 운명을 감내해야 하는 '떠돌이'로 인식된다.81) 화자에게 부끄럽기만 한 세상은 '가도 가도' 끝이 없는 여행이라는 의미를 생성한다. 레이코프와 터너의 말처럼, "모든 여행에는 여행자와, 노정과, 출발지와, 체류지가 있다. 어떤 여행은 목적을 가지고 그 곳을 향해서

---

78) 레이코프·존슨(G. Lakoff·M. Johnson)/ 노양진·나익주 역, 『삶으로서의 은유』, 박이정, 2006, pp.37~39. 지향적 은유는 상호 관련 속에서 개념들의 전체 체계를 조직하는 은유적 개념이다.

79) 위의 책, pp.58~66. 존재론적 은유는 추상적인 사건, 행동, 감정, 생각 등 추상적인 것을 구체적인 물체나 물질을 통해 이해하고 개념화하는 방식이다. '나를 키운건 팔할이 바람'이라는 말은 '바람이 나를 키운다'라는 말로 환치될 수 있다. 기본 개념 은유는 '사물은 동작주이다'의 등식이다. 여기서 '바람'은 사물이면서 동시에 동작주이다.

80) 한국문화상징사전 편찬위원회, 『한국문화상징사전』, 두산동아, 2006, p.303. '바람'은 무상, 시련, 재생, 가변성 등 여러 상징적 의미가 있지만, 여기서는 화자의 '역경'을 대변하는 기호로서, 삶의 기울, 생명력의 퇴락, 죽음과 함께 삶이 겪는 간난신고(艱難辛苦)와 시련을 상징한다.

81) 서정주, 「떠돌이의 글」, 『미당산문 - 문학을 공부하는 젊은 친구들에게』, 민음사, 1991, p.308. 시인의 이러한 세계관은 "아무리 아니라고 발버둥을 쳐도 결국은 할 수 없이 또 흐를 뿐인 떠돌이 경우 돌아갈 곳은 이미 집도 절도 없는 할머니 고향 언저리 바닷가의 노송뿐인 이 할 수 없는 철저한 떠돌이, 그것이 바로 나다."라고 한 시인의 말을 통해 확인할 수 있다. 이 같은 시인의 '떠돌이 의식'은 '길' 이미지 도식을 통해 구체적으로 형상화된다.

나아가는 종착점이 있는 반면에 어떤 여행은 마음속에 어떠한 행선지도 없이 방황하고"다니는 경우가 있다.[82] 이 시에서는 아무런 준비도 없이 무작정 길을 떠난다는 정보 제공을 통해 유목적 존재로서의 화자를 부각시킨다.

화자의 부끄러움에 대한 자각은 '어떤이는 내눈에서 죄인을 읽고가고', '어떤이는 내입에서 천치를 읽고가나'와 연결되어 의미를 생성한다. '죄인'과 '천치'로 표상되는 화자에 대한 타인들의 평가는 앞의 '부끄럽다'와 '뉘우치지 않을란다'는 정보로 이어지면서 세상으로부터 타자화된 존재의 의미를 생성한다.[83] 여기서 화자의 '눈'과 '입'은 '읽는다'라고 하는 동사와 결합되면서 '책(읽히는 대상)'으로 개념화된다.[84] 특히 '아무것도 뉘우치지 않을란다' 라고 하는 단정적 어법 구사는 시적 화자의 실존을 자각하는 다짐의 표현으로서 의미를 갖는다.

다시 이는 세 번째 정보인 '찰란히 티워오는 어느아침에도'로 이동하면서 화자의 밝은 일상이라는 의미를 생성한다. 화자의 정신을 표상하는 '詩의 이슬'[85]은 '이슬'을 형성하는 요소인 아버지와 외할아버지의 매개

---

82) 레이코프·터너(G. Lakoff·M. Turner)/ 이기우·양병호 역, 앞의 책, pp.88~89. "인생을 여행으로 이해한다는 것은 의식적이든 무의식적이든 여행하는 사람과 인생을 보내는 사람, 노정과 인생의 <행로> 출발지점과 탄생의 시간 등의 대응 관계를 마음속에 그리는 일이다."

83) 김동근, 앞의 논문, p.158. '주체/타자'의 기호체계를 통해 서정주 시를 분석하고 있는 김동근은 이 대목을 주체의 자리가 심각하게 도전 받고 있음을 느끼게 되는 지점이라고 보고 있다. 타자의 시선을 의식하게 된 '나'는 타자 기표인 '어떤 이'의 자리로 슬그머니 물러나 객체가 되어 버린 주체의 자화상을 타자의 시선으로 그려낸다는 것이다. 이는 지금까지 '나'의 문제로만 받아들였던 기존의 한계를 재해석하는 것으로 설득력을 갖는다.

84) 양병호, 앞의 책, p.222. 그는 "눈은 정서를 담는 그릇이다"라는 은유가 바탕하고 있다고 분석하고, '책'으로 은유화 되고 있음을 이미 언급한 바 있다.

항으로서 '맺 방울의 피'[86]와 결합되어 '병든 숫개'의 이미지를 생성한다. '병든 숫개'는 화자의 몸이 병들어 있음을 함축하고 있어 힘이 없지만 삶의 의무는 그대로 남아있는 화자의 모습을 보여준다.[87]

화자는 외할아버지와 아버지와는 달리 병든 수캐 마냥 헐떡거리면서도 돌아옴으로써 고통스런 삶 속에서도 끌고 가야만 하는 실존을 자각한다. 여기서 '헐떡어리다'의 동사는 '오다'와 결합하면서 현실을 자각하는 화자의 태도를 효과적으로 표출한다.

위의 상위정보를 뒷받침하는 하위정보로는 '오지않았다' → '있을뿐이 있다' → '닮았다한다' → '않을란다' → '느러트리다' → '헐떡어리다' → '왔다' 로 구성된다. 이 서술어의 흐름은 과거에서 현재에 이르는 시간으로 화자가 던져진 존재로써 극복해가야 할 실존을 자각하는 과정에 해당한다. 또한 미래까지도 결정지어졌을지 모르는 부조리한 삶에 대해 불안감을 표출한다. 이 중에서도 '느러트리다'과 '헐떡어리다'는 서술어의 결

---

85) 한국문화상징사전 편찬위원회, 앞의 책, p.500. '이슬'은 창조의 원동력과 무상을 상징한다. 천상에서 내려온 물이라는 인식에 의해 이슬의 원초적 상징은 순결과 청정무구이다. 천지왕 본풀이에, 천지가 개벽할 때 하늘의 청 이슬과 땅의 물 이슬이 합쳐져 만물이 생겼다고 하였다. 이슬의 청정함은 세계 창조의 근원적 원동력임을 알 수 있다.

86) 위의 책, p.617. 피가 본능적인 것으로 간주된다면, 이성은 그 본능을 다스리기 위하여 피를 멀리하고자 한다. 피는 감정이고 자연이기 때문에, 순수하고 정열적이며 원초적이다. 피에 대한 목마름의 본질은 가장 원초적인 형태에 있어서의 삶의 도취이다. 그 도취에 대한 객관적 거리의 유지가 이성이라면, 피에 대한 두려움, 곧 피를 더러움으로 간주하기 시작한 것은 인간의 이성화를 뜻한다. 그러한 이성에 대한 도전으로서 낭만적인 문학예술은 피로써 상징되는 감정과 자연의 복권을 갈구하는지도 모른다.

87) 방세(C. Bensaid)/ 이세진 역, 『욕망의 심리학』, 대한교과서, 2007, p.73. 자아의 의도와는 상관없이 몸은 정신적 고통을 반영한다. 슬픔, 분노, 공포 등과 같은 신체적 고통은 몸으로 표출되는데, 그것은 공격적, 충동적, 병적인 모습을 유발한다. 이 시에서 고통의 표현은 '헐떡거림'으로 표현된다.

합은 인간에게 사육당하는 개의 특성을 반영한 것으로 화자의 실존에 대한 인식을 감각적으로 드러낸다.

이 시에서 화자가 부정하는 기존 관습을 표상하는 어휘로는 '애비(종)', '외할아버지' '숯많은 머리털', '크다란눈', '몇 방울의 피' 등이다. 이것들은 화자의 의도하는 상관없는 유전적 정보로서 '병든 숫개'와 연결되며 서정주 시를 이해하는 출발선이 된다. '팔할이 바람'과 결합된 화자의 고백은 다음 시에서도 구체화된다.

> 바람뿐이드라. 밤하고 서리하고 나혼자 뿐이드라.
> 거러가자, 거러가보자, 좋게 푸른 하눌속에 내피어 익는가.
> 능금같이 익는가. 능금같이 익어서는 떠러지는가.
> 오- 그 아름다운날은…… 내일인가. 모렌가. 내명년인가.
> ―「斷片」 전문

이 시는 세 개의 인지정보로 구성되어 있다. 첫 번째 정보는 화자의 덧없는 인생을 표상하는 것이고, 두 번째 정보는 실존이 강하게 내포된 것이며, 세 번째 정보는 위의 정보를 보충하는 것이다.

첫 번째 정보인 '바람', '밤', '서리', '나'의 병치는 화자의 삶을 강조하는 의도적인 구성이다. 이는 두 번째 정보와의 결합을 통해 유목적 존재로서의 화자를 부각시킨다. '뿐이드라'의 고백적 지각으로부터 시작된 정보는 '거러가보자'와의 결합으로 가보지 않은 세계에 대한 무모한 도전 정신을 표상한다. 특히 '뿐'의 반복은 유일한 하나, '나혼자'의 의미를 부각시킨다. 다시 이는 '내일인가', '모렌가', '내 명년인가'의 정보와 결합하면서 화자가 욕망하는 삶이 기약할 수 없는 미래가 되고 있다는 의미를 생성한다. 세 번째 정보인 '푸른하눌', '능금', '아름다운날'은 화자의 욕망에 대한 구체화된 정보이면서, 화자의 이상적인 삶의 표상으로서 의미를 획득한다.

> 내가 또 유랑해 가게 하는것은
> 내가 거짓말 안한
> 단하나의 처녀귀신이 나를 찾아 오기 때문이다.
> 문둥이山 바윗금 속에도 길을 내여
> 그 눈섭이 또 다시 찾아 오기 때문이다.
> 겨드랑에 옛 湖水를 꺼내여 끼고
> 아버지가 입고가신 두루막이 내음새로
> 내가 또 유랑해 가게 하는것은……
>
> ―「내가 또 유랑해 가게 하는것은」 부분

이 시는 두 개의 인지정보로 구성되어 있다. 첫 번째 정보는 '내가 또 유랑해 가는것은' 등이며, 두 번째 정보는 앞의 정보를 보충하는 '처녀 귀신이 나를 찾아오기 때문이다', '문둥이山 …… 눈섭이 또 다시 찾아 오기 때문이다' 등이다. 이 두 정보는 통사적 결합에 의해 화자가 유랑해 가는 이유가 어쩔 수 없는 일임을 표명한다.

첫 번째 정보인 '내가 또 유랑해 가게 하는것은'은 두 번째 정보와 결합하면서 유랑의 원인에 대한 구체적인 정보를 제시한다. 두 번째 정보인 '처녀귀신이 나를 찾아 오기 때문이다'와 '문둥이山 …… 눈섭이 또 다시 찾아 오기 때문이다'가 결합되면서 '저주'와 '공포'를 표상하는 '처녀귀신'과 '문둥이' 때문에 어쩔 수 없는 유랑이라는 의미를 생성한다. 특히 이 두 정보를 보충하는 하위 정보로 '옛 호수'와 '두루막이 내음새'는 아버지의 운명을 따르는 화자의 정신을 표상한다.

세계의 끝에서 죽지 아니 하고
또 걸어 가면서
버꾸기가 딿아 울어
보라 燈 빛
칙꽃이 피고,
나도 걷기 시작한다.
세계의 끝으로
어쩔수 없이…….

—「칙꽃 위에 버꾸기 울때」부분

이 시는 두 개의 인지정보로 구성되어 있다. 첫 번째 정보는 '또 걸어 가면서', '나도 걷기 시작한다', '세계의 끝에서 죽지 아니 하고' 등이다. 두 번째 정보는 '버꾸기가 딿아 울어', '보라 燈 빛/ 칙꽃이 피고' 등이다.

첫 번째 정보인 '또 걸어 가면서', '나도 걷기 시작한다', '세계의 끝에서 죽지 아니 하고'는 화자의 유랑 의식을 표상한다. 다시 이는 '버꾸기가 딿아 울어', '보라 燈 빛/ 칙꽃이 피고'와 결합되면서 화자의 유랑과 동행하는 것들의 정보를 제시한다. 한(恨)을 표상하는 '버꾸기'의 '울음'은 '칙꽃'과 연결되면서 화자의 슬픈 정서를 환기한다. '칙'과 '꽃'의 결합은 '핀다'는 동사와 결합되면서 화자의 위안의 정서를 표출한다.

이처럼 위의 시들은 선형적 인지구조의 정보 구성방식을 통해 유목적 존재를 드러낸다. 유목적 존재에 대한 자각은 「自畵像」에서 드러난 바와 같이, '나를 키운건 八割이 바람'이라는 고백과 '세상은 가도가도 부끄럽기만'하다라는 인식에서 출발한다. 이러한 인식의 출발은 곧바로 '바람뿐이드라// 거러가보자'(「斷片」)와 연결되면서, 바람뿐인 화자의 유랑 생활에 대한 정서를 직설적으로 노출한다. 이러한 존재에 대한 자각은 구체적인 유랑의 이유를 밝히고 있는 「내가 또 유랑해 가게 하는것은」이라는 시에서 보다 명확하게 드러난다. 이것은 '단하나의 처녀귀신이 나를 찾아 오기 때문'이라는 것과 '그 눈썹이 또 다시 찾아 오기 때문'이라는 비유적 인 의미보다도 '아버지가 입고가신 두루막이 내음새로' 유랑해간다는 고 백에서 화자가 유목적 존재일 수밖에 없는 이유가 제시된다고 보아야 한 다. 이것은 외할아버지와 아버지가 가정으로 돌아오지 않는 과거의 기억 과 연장선상에 있다. 그래서 화자는 「칙꽃 위에 버꾸기 울때」에서처럼 '나도 걷기 시작하'는 것이며, 그러한 정신은 어쩔수 없이 행해지는 것이 다. 이렇듯 앞의 시들에는 화자의 의지와는 상관없이 삶이 유목적일 수밖 에 없는 이유가 제시되어 있다. 이러한 유목적 사유는 결코 정착하지 않 는다는 점에서 직선적이면서도 무한한 '길' 도식의 구조를 취한다.

들뢰즈에 의하면 유목적 존재는 근본적으로 체계화와 제도화를 추구 하는 경향에 대해 공격적인 태도를 취한다.[88] 물론 이러한 공격성은 유 목에 대해서 부정적인 의미를 표출하는 것이 아니라, 긍정적이고 생산적 인 방식으로 나타난다. 여기서 생산적이라 함은 없는 공간에 새로운 길을 만들거나, 기존의 길에서 옆길로 새는 경우를 말한다. 그러나 목적과 목 적지도 없고 출발점과 도착점도 없이 유목적 존재로 살아가는 시적 화자 의 삶은 새로운 길을 생성한다는 것보다는 존재를 둘러싼 환경에 대해 극 복하지 못하고 살아가야 하는 실존 의식을 내포하고 있다는 점에서 들뢰 즈의 인식과는 다소 변별성이 있다.

이상에서 살펴본 바와 같이 이들 시는 대개 실존을 자각함에 있어 '고 백 지향적' 성격을 견지하고 있다. "시인 ∽ 화자"로 시인과 화자의 거리 가 밀착되어 있어 둘을 구분하는 것이 애매한 경우를 말한다.[89] 이러한

---

88) 보그(R. Bogue)/ 이정우 역, 앞의 책, p.30.

89) 노창수, 「한국 현대시의 화자 연구」, 조선대 박사논문, 1993, pp.39~48.

'고백 지향적' 성격은 앞서 언급한 「떠돌이의 글」을 통해서도 확인할 수 있다. 화자의 인지 태도는 이미지 사상(image mapping)을 통해 시상의 구체성 확보가 주로 이루어진다. 머리칼을 '파뿌리'로, 화자를 '병든 숫개'의 이미지로 사상한 것은 시의 전체적인 분위기와 시적 화자의 정서적 반응과 조응하여 의미의 현장성을 획득한다. 시적 화자의 암울하고 불안정한 심리는 '바람'이라는 이미지와 시행의 불일치, 고백적 문체와 같은 형식적인 측면에서도 드러난다. 이러한 모든 과정은 신체의 감각 부위 중에서도 주로 '눈', '입', '머리털'에 집중되어 있으면서, 적절한 시·공간의 배치와 함께 유기적으로 형상화되어 있다.

2) 양면적 인지구조와 피투적 존재

인간은 자신의 의지와는 상관없이 세계에 내던져진 피투적 존재이다.[90] 현존재가 실존을 자각할 때 가장 먼저 부딪치는 것은 자신이 속한 현실세계와 타자의 시선이다. 그것은 현존재가 본능적으로 생존하기 위한 중요한 조건의 하나이기 때문이다. 자아는 그러한 모든 관계들과 어떠한 형식으로든 공존하며 살아가야 한다는 것을 자각한다. 양면적이라는 것은 말 그대로 하나의 대상이 두 가지 면모를 갖고 있음을 뜻한다. 세상에 내던져진 존재는 자신의 의지와는 상관없이 불합리한 세상에 내던져진 까닭으로 끊임없이 존재의 이유에 대한 물음을 갖게 되며, 이는 모든 존재가 생존 본능과 맞물려서 왜 존재해야 하는 가에 대한 물음을 갖게

---

90) 이상백, 앞의 책, p.182. 현존재가 '현'이라는 개시성 가운데 던져져 있으며, 현재의 상태에 맡겨져 존재한다는 사실이 피투성(Geworfenheit)이다.

되는 존재의 양면성을 지니게 된다.

　시인은 인식 주체인 인간의 몸을 인격적 주체가 배제된 다양한 형태들로 비유하거나 대체하여 처리한다. 그리고 양면적 인지구조에 의해 정보를 구성하면서 피투적 존재를 드러낸다. 세계 내에 던져져 있는 피투적 존재로서의 화자는 근본적으로 불운한 운명을 타고났다는 자각으로부터 시작된다. 자신의 밝은 면보다는 어두운 면을 드러내면서, 가족들에 대한 불만을 토로하거나, 대상에 대한 긍정적 인식과 부정적 인식을 동시에 내비치면서 결국 존재는 본능에 충실할 수밖에 없다는 실존 의식을 드러내기도 한다. 이는 운명을 지각하고 따를 수밖에 없다는 피투성을 견지한 의미이다.

　양면적 인지구조는 동전의 양면과도 같이 대립적인 의미와 구별이 되나 상호 의미의 결합 내지는 충돌에 의해 보다 강하고 신선한 이미지의 생성과 구조를 만들어 낸다.

　앞 절에서 살펴 본 시들이 선형적 인지구조에 의해 유목적 존재를 자각하면서 실존의식을 드러냈다면, 여기에서는 양면적 인지구조에 의해 피투적 존재를 드러내는 방식으로 정보가 구성되어 있다. 이러한 정보의 양면적 구조가 구성되는 인지과정을 도식화하면 다음과 같다.

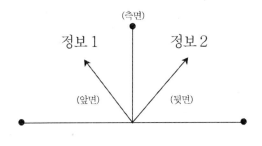

≪도식3≫ 양면적 인지구조의 정보구성 방식

양면적 인지구조에 의해 피투적 존재의 자각을 명징하게 드러내고 있는 시는 「화사」이다. '꽃'과 '뱀'이라는 어휘의 결합이 이미 양면적이다. 「화사」는 강한 어조로 자신의 존재를 내세우면서, 결국 인간의 생존 본능에 충실할 수밖에 없는 화자의 실존을 내비치고 있다.[91] 대상에 대한 부정적 인지와 긍정적 인지의 정보구성 방식으로 피투적 존재로서의 시적 화자의 내면 세계가 감각적으로 드러난다.

麝香 薄荷의 뒤안길이다.
아름다운 배암…….
을마나 크다란 슬픔으로 태여났기에, 저리도 징그러운 몸둥아리냐

꽃다님 같다.
너의할아버지가 이브를 꼬여내든 達辯의 혓바닥이
소리잃은채 낼룽그리는 붉은 아가리로
푸른 하눌이다. …물어뜯어라. 원통히무러뜯어.

다라나거라, 저놈의 대가리!

돌 팔매를 쏘면서, 쏘면서, 麝香 芳草ㅅ길
저놈의 뒤를 따르는 것은

---

91) 이형권, 「서정주의 사랑시편과 에로티시즘」, 『한국문학이론과 비평』, 한국문학이론학회, 2001, pp.26~48. 이 시의 제목인 '화사'가 '꽃'으로 상징된 여성과 '뱀'으로 상징된 남성이 교합하는 관능적 이미지를 드러낸다고 보는 이형권의 해석도 흥미를 요한다. 여기서 화자인 '나'는 '뱀'에 대해 양가감정을 보이고 있는데, 그 이유는 육체의 사랑을 추구하는 데서 오는 쾌락과 그것 때문에 내면에서 솟아오르는 죄의식의 고통 때문이다. 결국 화자는 사랑을 주체적으로 이루지 못하는 관음증적 세계에로 탐닉하고 있는 화자의 모습을 그려낸다고 평가하고 있다. 그러나 본고는 '화사'를 여성과 남성의 이분법적 시각으로 재단하는 한계를 극복하는 인식에서 출발한다.

60 | 현대시와 인지시학

우리 할아버지의안해가 이브라서 그러는게 아니라
石油 먹은듯…… 石油 먹은듯…… 가쁜 숨결이야

바눌에 꼬여 두를까부다. 꽃다님보단도 아름다운 빛……

크레오파투라의 피먹은양 붉게 타오르는 고흔 입설이다…… 슴여
라! 배암.

우리순네는 스믈난 색시, 고양이같이 고흔 입설…… 슴여라! 배암.
— 「花蛇」 전문

　이 시는 두 개의 대립적인 인지정보로 구성되어 있다. 첫 번째 정보는
밝은 이미지를 표상하고, 두 번째 정보는 어두운 이미지를 표상한다. 그
리고 실존의식을 드러내는 화자의 행동모델로 '다라나거라', '물어뜯어
라', '돌팔매를 쏘면서', '뒤를 따르는 것', '두를까부다', '슴여라' 등이 있
다. 이 두 개의 정보는 시각적 효과가 두드러지는 양면적 정보들로 유기
적인 결합에 의해 다양한 의미를 생성한다.

　첫 번째 정보인 '사향 박하'는 식물의 한 종류로, 강한 향기로 상대를
유혹하는 '아름다운 빛', '꽃다님'과 결합하여 '뱀'의 아름다운 면에 대한
정보를 제공한다. 이는 다시 '달변의 혓바닥'과 연결되면서 '푸른 하늘'이
라는 밝은 공간을 환기한다. 이브를 꼬여냈던 '달변의 혓바닥'은 현재 화
자의 혓바닥이다.

　두 번째 정보인 '뒤안길'92)은 은밀하고 조용한 장소로 '징그러운 몸둥

---

92) 노 철, 앞의 책. pp.180~181. '麝香 薄荷'는 시골집에서 장독대나 후미진 모퉁이에
　심던 식물이며, '뒤안길'은 풀섶에 휩싸인 길로 뱀이 다니는 곳이다. 이 부분에 대해
　서는 정과리가 『남녀 양성의 신화』 p.205에서 '麝香'과 '薄荷'로 해석하였으나 노
　철은 전라도 지역에서는 '薄荷' 중에 '麝香 薄荷'라 부르는 종류가 있었음을 언급하

아리'와 결합되면서 '크다란 슬픔' 때문이라는 정보를 표출한다. '을마나 크다란 슬픔으로'에서 'ㅡ'음의 반복은 '징그러운 몸뚱아리'의 극치를 실감나게 보여주는 효과를 제공한다. 이는 '소리잃은채 낼룽'거리는 이유가 되며 '붉은 아가리'와 '저 놈의 대가리'는 원죄의식과 연결되어 '뱀'의 부정적인 의미를 산출한다.[93]

'사향박하 - 뒤안길', '아름다움 - 징그러움', '푸른 - 붉은', '달변 - 소리잃은', '꽃다님 - 크다란 슬픔'과 같은 '뱀'의 양면적 정보구성은 시각적 이미지가 두드러져 의미의 선명성을 획득한다. 특히, '푸른 하눌'과 '붉은 아가리'라는 색체의 양면성은 화자 내면의 긴장감을 팽배하게 드러내는 정보로 작용한다.

'뱀'에 대한 양면성은 상위정보를 뒷받침하는 하위정보와의 결합을 통해서도 표출된다. 하위정보인 화자의 행동모델 '다라나거라'는 강한 명령어는 저주받은 몸을 부정하는 의미로서 '뒤를 따르다', '두를까부다', '슴여라'로 연결되어 실존을 자각하는 피투적 존재로서 의미를 생성한다. 특히, 옷을 입는 행위로 개념화 되는 '두를까부다'와 같은 어휘는 '슴여라'[94]

고 있다.

93) '뱀'이 이브를 꼬여내어 하늘의 뜻을 어기고 뱀의 꼬임에 넘어간 이브가 선악과를 따먹게 된 이유로 뱀은 평생 땅을 기어다녀야 하고, 소리를 내지 못하는 고통을 감수해야 한다는 성서적 의미를 함축한다. 그래서 화자의 '서름'은 벙어리'(「벽」)로 인지되는 것이다.

94) 오세영, 『한국 현대시 분석적 읽기』, 고려대출판부, 1998, pp.305~324. 바슐라르와 프로이트의 이론을 적용하여 분석한 오세영은 리비도를 삶의 조건으로 지닌 인간이 그로 인해 겪는 갈등을 기독교 신화를 통해 이야기한 작품이라고 해석한다. 그럼에도 이 시에 제시된 인간성이 휴머니스트적인 것은 갈등의 해결을 초자아적 세계나 신의 이성에서 구하지 않고, 리비도의 충족에서 구하고자 했기 때문이라고 보았다. 그것을 '순네의 고혼 입설에 스미기'를 바라는 결말 부분에서 드러낸다고 보았다. 이러한 분석은 '뱀'이 연상시키는 신화적 의미와 사향, 석유, 클레오파트라, 피, 불, 입술, 고양이가 내포하는 성(性)적인 이미지가 뒷받침해주고 있다고 보고 있다.

와 결합되면서 '뱀'과 일체되고자 하는 강렬한 에너지를 발산하고 있다.

한편 '물어뜯어라', '쏘다'의 반복적 결합은 저주받은 몸에 대한 항변과 저항의 몸짓으로써 강한 부정의 의미를 생성한다. 이러한 모순 어휘의 결합을 통한 양가적 감정은 '거부'와 '충동'의 몸부림이 아닌 인간의 실존 의식의 표출로 해석될 수 있다. 특히, '우리 할아버지의안해가 이브라서 그러는게 아니라'는 변명은 이를 입증하는 정보로서 의미를 획득한다.

다시 말해, 이러한 양면적 구성의 전략 이면에는 대상의 원형과 그것의 변형체에 대한 명확한 이해를 필요로 한다. 이를테면, 뱀의 원형이라고 할 수 있는 너의 할아버지와 변형인 화사(花蛇)가 있다면, 원형인 아담과 변형체로서의 화자인 '나'가 있는 것이다. 한편, 할아버지의 아내인 이브는 화자가 스며들고자 했던 순네라고 할 수 있다.[95]

이상에서 살펴본 바와 같이, 이 시는 양면적 구조의 인지를 통해 화자 내면의 양면적 감정을 드러내고, 결국 일체되고자 하는 복합심리를 표출한다. 이러한 양면적 인지구조에 의한 정보구성은 「부흥이」에서도 현저하게 드러난다. 다만 「화사」가 정보구성 방식에 있어 뚜렷하게 양면구조를 취하고 있다면 「부흥이」는 앞의 시에서 보여주었던 시각적 효과보다는 의미구조 속에서 파악된다. 즉, 가족에 대한 불만사항을 드러냄에 있어, 화자가 부엉이의 눈을 빌려 나와 나의 가족을 부정적으로 인식하는 측면과 자신을 관찰하는 부엉이의 존재를 인지하는 측면으로 구성되어 있다. 전자가 화자의 어두운 내면이면서 무의식적인 세계라면, 후자는 밝은 내면이면서 의식적인 세계를 표상한다. 이것은 인간이 근본적으로 양

---

95) 시적 화자가 순네와 한 몸이 되기 위해서는 반드시 '뱀'이 필요하다. '화사'가 순네와 합일하고 싶어 하는 욕망을 드러내는 것은, 바로 시적 화자가 '순네'에게 스며들고 싶어 하는 것과 동일한 맥락이다. 이는 시적 화자와 '뱀'의 동일시, 또는 일체감을 이루는 화자의 몸을 중심에 두고 있는 본고의 관점이다.

면성을 지니고 세계에 피투된 존재라는 것을 인식하게 한다.

> 저놈은 대체 무슨심술로 한밤중만되면
> 차저와서는 꿍꿍앓고 있는것일까
> 우리 아버지와 어머니에게 또 나와 나의 안해될사람에게도
> 분명히 저놈은 무슨불평을 품고있는 것이다.
> 무엇보다도 나의詩를, 그다음에는 나의表情을, 흐터진머리털 한
> 가닥까지, …… 낮에도 저놈은 엿보고있었기에
> 멀리 멀리 幽暗의 그늘, 외임은 다만 수상한 呪符.
> 피빛 저승의 무거운물결이 그의쭉지를 다적시어도
> 감지못하는 눈은 하늘로, 부흥……… 부흥 …… 부흥아 너는
> 오래전부터 내 머리속 暗夜에 둥그란 집을 짓고 사렀다.
> ─「부흥이」 전문

이 시는 두 개의 인지정보로 구성되어 있다. 첫 번째 정보는 화자가 부엉이를 부정적으로 인지하는 태도에 해당하며, 두 번째 정보는 부엉이가 화자의 분신이었다는 고백에 해당한다.

첫 번째 정보에서 부엉이는 화자와 화자의 가족들에 대해 심술과 불평을 늘어놓는 존재로 '한밤중'이라는 시간과 결합되어 노골적인 정서를 표출하고 있다. '한밤중'이라는 시간은 화자에게는 정적(情的)인 시간이지만, 부엉이에게는 동적(動的)인 시간이다. '밤' 시간과 '부흥이'의 결합은 낮에는 사물을 분간하기 어려운 야맹성의 동물이라는 부엉이의 속성에서 기인한 정보제시이다.96) 부엉이를 지칭하는 '저놈'이라는 타자지향적 지시어는 부엉이

---

96) 한국문화상징사전 편찬위원회, 앞의 책, p.359. '부엉이'는 밤의 암울함, 처절함을 일깨우고, 어둠의 소리라는 데서 불길한 예언, 저주의 소리 등으로 인식되었다. 또, 모습을 잘 드러내지 않는 점에서 신비, 불가사의가 더해져 불안, 공포를 상징하게 되었다. 그러나 상대적으로 밤을 이기는 의지, 어둠에 굴하지 않는 강한 심지를 표상하기도 한다.

와 화자간의 거리를 확보하는 장치로 작용된다. 이는 '심술', '끙끙', '불평' 등과 결합하면서 부정적 시각을 표출한다. 여기서 '한밤중'이라는 시간 정보 뒤에 붙은 '만'이라는 한정 접미사는 시 공간의 어두운 분위기를 환기한다.

화자의 시선은 부엉이의 존재와 심술의 내용을 확인하는 지점에서 '아버지'와 '어머니', '나와 나의 안해될사람'으로 이동하고, 다시 '나의시', '나의표정', '흐터진머리털 한가닥'으로 이동하면서 부엉이와 화자의 거리를 점점 좁혀간다. '나의시'는 화자의 정신을, '나의표정'은 화자의 정서를, '흐터진머리털'은 화자의 신체를 표상한다.

이는 다시 '幽暗의 그늘', '피빛 저승의 무서운물결'로 연견되어 눈을 감지 못하는 부엉이의 존재를 환기한다. '부흥 …… 부흥 …… 부흥아 너는'은 호흡의 머뭇거림을 통해 '안타까움'이라는 화자의 정서를 집중적으로 표출한다.

첫 번째 정보인 관찰 대상으로서의 부엉이는 화자의 어두운 내면에 자리한 존재라는 두 번째 정보와 결합하여 결국 화합하지 못하고 끊임없이 갈등하는 화자의 내면이라는 의미를 생성한다. 이는 인지 대상이었던 부엉이가 동시에 인지주체가 되는 지점으로서 의미를 획득한다.

나와 부엉이의 객관적 거리는 '낮(지켜봄) - 밤(부름)'의 의미구조로 형성되는데, 여기서는 화자의 내면 정서가 빚어낸 무의식적 공간이라는 의미가 생성된다. 특히 '오래전부터 내 머리속 暗夜에 둥그란 집을 짓고 사렀'던 화자와 부엉이는 인간 내면의 양면성을 드러내는 복합체로서 존재의 의미를 획득한다. 이처럼 '부흥이'의 어둡고 음울한 분위기는 시인의 내면에 무겁게 웅크린 부정적 자아의 '동일화된 가면(persona)'[97]이라고 할 수 있다.

---

97) 김준오, 앞의 책, pp.282~283. 퍼소나(persona)는 배우의 가면을 의미하는 라틴어 퍼소난도(personando)에서 유래한 연극용어이다. 그러나 문학에서는 시, 소설의 인물, 특히 일인칭 화자를 가리킨다.

시적 화자의 의식 속에는 양면적 세계가 공존하면서 현존재의 실존을 자각하는 피투적 존재를 드러내는데, 다음 시에서도 이러한 양면적 인지가 표출된다.

> 복사꽃 피고, 복사꽃 지고, 뱀이 눈뜨고, 초록제비 무처오는 하늬
> 바람우에 혼령있는 하눌이어. 피가 잘 도라…… 아무炳도없으면 가
> 시내야. 슬픈일좀 슬픈일좀 있어야겠다.
>
> —「봄」 전문

이 시는 두 개의 인지정보로 구성되어 있다. 첫 번째 정보는 봄의 평온함을 표상하고, 두 번째 정보는 '가시내'의 존재 특성을 드러낸다.

첫 번째 정보인 '복사꽃', '뱀', '초록제비', '하늬바람'은 '피다', '지다', '눈뜨다', '무처오다'와 결합하여 지상에서 천상으로 정보가 확장됨을 보여준다. '혼령있는 하눌'은 봄을 보낸 생명성의 충만한 공간이라는 의미를 획득한다.

위의 첫 번째 정보인 피가 잘 도는 생명 순환과 두 번째 정보인 슬픔이 있어야 한다는 가시내의 존재는 '봄'의 양면성을 부각시킨다. '슬픈일좀 있어야'되는 존재는 슬픔을 생각하지 못하는 본능에 충실한 여자, 맹목적인 여자인 가시내와 그런 가시내를 인식하고 있는 시적 화자이다. 이 시는 봄의 양면적인 특징, 생명의 움틈과 그 움틈의 이면에 있는 떨어짐, 죽음 등과 같은 양면성을 모두 지니고 있는 현존재의 실존을 보여준다.

> 머리를 상고로 깎고 나니
> 어느詩人과도 낯이 다르다.

(중략)

목아지가 가느다란 李太白이 처럼
우리는 어찌서 兩班이어야 했드냐.

포올·베르레 - 느의 달밤이라도
福童이와 가치 나는 새끼를 꼰다.
巴蜀의 우름소리가 그래도 들리거든
부끄러운 귀를 깎아버리마

—「葉書-동리에게」 부분

이 시는 두 개의 인지정보로 구성되어 있다. 첫 번째 정보는 양반으로서의 화자에 대한 정보이고, 두 번째 정보는 양반의 신분을 탈피하고자 하는 화자에 대한 정보이다. 이 두 정보가 결합하면서 화자 내면의 양면성을 드러낸다.

첫 번째 정보인 '목아지가 가느다란 李太白'과 '포올·베르레 - 느'가 보여주는 상징주의 거장들에 대한 동경은 '달밤'과 결합되어 운치있는 시적 분위기를 연출한다. 다시 이는 두 번째 정보인 '머리를 상고로 깎고 나니', '福童이와 가치 나는 새끼를 꼰다', '부끄러운 귀를 깎아버리마'와 결합하면서 양반에 대한 비웃음과 나약함에 대한 정서를 노동의 정신으로 환기한다. 특히 '부끄러운 귀를 깎아버리마'는 유교사회에서 가장 중요시되는 신체를 훼손하겠다는 의지로 부질없는 감상에 젖거나 현실을 도외시한 나약한 양반으로 살지 않겠다는 화자의 의지를 보여주고 있다.

이상에서 살펴본 바와 같이, 이들 시는 양면적 구조의 인지를 통해 현존재의 실존을 자각하는 피투적 존재로서의 의미를 획득하고 있다. 동일한 대상의 양면적 정보는 시각적 효과가 두드러지는 '푸른'과 '붉은' 등의 색체어, '다라나라', '슴여라' 등과 같은 행동모델, '아름다움'과 '징그러움'

같은 양면적 시선 처리와 기쁨, 슬픔의 정서 표출에 의해 다양한 의미를 생성하고 있다. 이러한 의미 생성은 대상에 대한 객관적 거리의 확보라는 심미적 장치를 동원한다. 결국 존재하는 것들은 삶 자체에 충실한 수밖에 없다는 피투성으로 부터 생성된다.

3) 인과적 인지구조와 병리적 존재

그의 시는 현실을 부정적으로 인지하는 화자의 몸이 병들어 있다는 인식으로부터 시작된다. 시인은 의식과 무의식의 분열된 자아의 모습을 형상화한다. 이 병리적 존재의 자각은 인과적 구조의 정보구성에 의해 드러난다. 유전적 영향이나 원죄의식, 또는 사회의 불평등성에 의한 결과로 나타나는 병리적 존재의 의미는 시의 경향에 따라 인과구조를 표면에 드러내기도 하지만 원인을 감추고 결과만 표출하는 경우도 있다. 이러한 정보의 인과적 구조가 구성되는 인지과정을 도식화하면 다음과 같다.

정보 1 ——(원인-타고남)—→ 정보 2 ——(결과-비극)—→ 정보 3

≪도식4≫ 인과적 인지구조의 정보구성 방식

병리적 존재의 의미가 두드러진 시는 「문둥이」이다. 그 이유는 문둥병에 대한 묘사의 치밀함 때문인데, 그들은 파편화되고 해체된 육체를 가지고 현실적으로 격리된 채 살아가야만 하는 운명적 비애의 존재들이다.

해와 하늘빛이
문둥이는 서러워

보리밭에 달 뜨면
애기 하나 먹고

꽃처럼 붉은 우름을 밤새 우렀다
　　　　　　　　　　　　　　　　　　―「문둥이」전문

　이 시는 크게 두 개의 인지정보로 구성되어 있다. 첫 번째 정보는 문둥
이의 존재를 자극하는 '해', '하늘빛', '보리밭', '달', '애기', '붉은 우름' 등
이며, 두 번째 정보는 문둥이의 행동모델로 '서러워', '먹고', '우렀다' 등이
다. 이 두 정보는 통사적 결합에 의해 다양한 의미를 생성한다.

　첫 번째 정보인 '해'와 '하늘빛'은 존재하는 것들을 모두 비추는 표상으
로서 인지의미를 획득하며, 이와 대립되는 '달'은 문둥이의 모습을 적당
히 비추면서, 동시에 죄를 감추는 표상으로서 인지의미를 획득한다. 다시
말해 '해'와 '하늘빛'은 문둥이가 피해야 할 대상으로서 부정적 의미를, 동
경의 대상으로서 긍정적 의미를 생성한다. 이 정보는 다시 '보리밭'과 결
합하여 문둥이에게 공간을 제공하는 효과를 주고 있다. '보리밭'은 여름
에서 가을로 넘어가는 시기에 풍성함의 극치를 보인다는 점에서 볼 때,
문둥이의 존재를 보호하는 표상으로서 의미를 획득한다. 이것은 다시 '애
기'와 결합하여 의미를 확산하는데, '애기'는 문둥이에게 존재성을 부여
하는 희생양으로서 의미를 획득한다. '붉은 우름'은 순수한 생명을 파괴
한 문둥이의 절망적 울음으로 앞의 정보의 결과에 해당한다.[98] 왜냐하면

---

98) 윤재웅, 『미당 서정주』, 태학사, 1998, pp.50~51. 대립적 이미지를 통해 화자의
　　실존의식을 강조한 작품으로는 여러 편이 있으나, 그 중에서도 「화사」, 「문둥이」,

식인 행위는 문둥이의 생존을 보장하기도 하지만, 사회로부터 단절시키는 원인을 제공하기 때문이다. 여기서 '붉은'과 '우름'의 결합은 붉은 '피'의 생명력과 문둥이의 설움이 빚어낸 '울음'이라는 의미를 생성한다.

이 첫 번째 정보는 두 번째 정보와 결합되면서 문둥이의 행동모델을 구체적으로 보여준다. 두 번째 정보인 문둥이의 행동모델은 신체적 접촉인 '먹는 행위'와 '우는 행위'로 압축된다. '먹다'와 '운다'는 모두 문둥이의 입을 통해 행해지는 동사의 연결 형태로, 이는 저주받은 운명으로 인한 결과로서 의미를 얻고 있다.

문둥이의 행위는 '서럽다(내면)', '먹다(입)', '운다(입, 내면)'의 형태를 취하게 된다. 특히 '서러움'과 '움'의 행위는 삶과 죽음의 극단적인 대면에서 터져 나오는 감정 분출이기 때문에 더욱더 절박한 긴장감을 유발한다. 즉 '서러움'의 결과로 '먹는 행위'가 행해지고 다시 '우는 행위'가 행해지는 것이다. 이것은 저주받은 운명으로 인해 축복받은 운명이 희생되어야 하는 인과적 등식을 가능하게 한다.[99] 이 시에서는 (해와 하늘빛이) 서러워(서) → (애기 하나) 먹고 (슬퍼서) →울었다의 형태로 인과적 구조가 성립된다. 죄의식이 존재의 행동양식과 사회의 규범적인 기대와 일치하지 않을 경우에 발생하는 규칙 위반에 대한 공포가 낳은 불안이라고 한다면, 「문둥이」는 유아살해에 따른 죄의식과 함께 병든 몸의 노출에 대한 공포와 수치심으로 자아의 안정성이 파괴되고 있음을 보여준다.[100]

「입마춤」등이 구체적이다. 윤재웅은 이러한 모순을 인지하는 것은 생명의 동시적 양면성을 보는 것이라고 해석한다. 웃음과 울음, 아름다움과 징그러움, 미와 추를 한 생명 안에서 감지한다는 것은 생명 그 자체를 이해하는 데 있어서 '존재'보다는 '과정'을 고형성보다는 역동성을 중시한다는 뜻과 상통한다.

99) 이원표, 『담화분석』, 한국문화사, 2002, p.187. 인과관계는 '~어서'와 '~니까'에 의해 형성한다. 그의 시에서 「문둥이」를 비롯하여 인과구조를 통해 병리적 존재를 구현하고 있는 시들에서는 '~어서'의 의미가 표면으로 드러나지 않고 함축되어 있다.

다시 말해 '해', '하늘빛', '애기'가 순수성을 동반한 축복받은 운명을 표상한다면, '달', '보리밭', '붉은 우름'은 악마성을 동반한 저주받은 운명을 표상하는 것이다. 결국 이 시는 '해'와 '하늘빛'이 주는 서러움을 '애기'를 먹음으로써 극복하고자 하는 문둥이의 실존을 보여준다. 이는 모순율의 지각, 즉 발견인자로부터 강조되는 화자의 실존 의식인 것이다.[101] 서정주 시에서 화자는 자신의 존재를 '이 문둥이처럼 징그러운 것'(「달밤」)으로 인지하면서 정신과 육체의 고뇌를 함께 감내하는 병리적 존재로서의 의미를 획득한다.

　　바보야 하이얀 멈둘레가 피였다.
　　네 눈섭을 적시우는 용천의 하눌밑에
　　히히 바보야 히히 우숩다.

　　사람들은 모두다 남사당派와같이
　　허리띠에 피가묻은 고이안에서
　　들키면 큰일나는 숨들을 쉬고

　　그어디 보리밭에 자빠졌다가
　　눈도 코도 相思夢도 다 없어진후

　　燒酒와같이 燒酒와같이
　　나도 또한 나타나서 공중에 푸를리라.

　　　　　　　　　　　　　　　　　—「멈둘레꽃」 전문

　이 시는 두 개의 인지정보로 구성되어 있다. 첫 번째 정보는 원인에 해

---

100) 최현식, 『서정주 시의 근대와 반근대』, 소명출판, 2003, pp.51~52.

101) 조연현, 「원죄와 형벌」, 조연현 외, 앞의 책, p.11. 조연현은 문둥이의 '붉은 울음'을 '운명적 업고의 울음'이라고 지적하고 있다.

당하는 부분이고, 두 번째 정보는 앞의 정보에 대한 결과이다. 이 두 정보는 '공중에 푸르리라'로 의미가 수렴된다.

첫 번째 정보인 '용천의 하늘밑'은 누구나에게 평등한 세상이라는 의미를 함축하는데, '바보야 … 우습다'와 결합하면서 세상이 결코 평등하지 못하다는 상반된 정보를 제시한다. 이는 두 번째 정보인 '들키면 큰일나는 숨들을 쉬고', '그어디 보리밭에 자빠졌다가', '눈도 코도 相思夢도 다 없어진'의 주체인 '남사당파', '문둥이'와 연결되면서 앞의 정보에 대한 구체적인 결과를 제공한다. '남사당파'와 '문둥이'는 세상으로부터 타자화된 존재라는 점에서 동류항을 형성한다. '남사당파'는 '허리띠에 피가 묻었다'와 결합되면서 압제의 삶을 살았던 화자의 피 터진 삶을 대변하고, '들키면 큰일나는 숨들'을 쉬는 결과를 표출한다.

다시 이는 동류항을 형성하는 '보리밭에 자빠졌다가', '눈도 코도 상사몽도 다 없어진'과 결합하면서 문둥이의 존재를 부각시킨다. 문둥이는 몸의 실체가 사라지면서 존재가 없어지지만 '애기'를 먹고 난 뒤에 몸이 회복된다고 믿는 존재이다. 신체의 일부를 잃어가면서 존재성을 획득하는 문둥이는 씨앗을 뿌리면서 존재가치를 인정받는 민들레와 유사계열을 형성한다. 이러한 의미계열은 민들레 꽃씨처럼 공중에 푸르겠다고 다짐하는 의미로 수렴된다. 이 시는 결국 정보의 인과적 구성을 통해 세상이 평등하지 못함으로 인한 병리적 존재의 의미를 발견하고 있다.

> 이마우에 언친 詩의 이슬에는
> 맺방울의 피가 언제나 서껴있어
> 볓이거나 그늘이거나 혓바닥 느르트린
> 병든 숫개만양 헐덕이며 나는 왔다.
>
> —「自畵像」부분

꺼져드는 어둠속 반딧불처럼 까물거려
靜止한 <나>의
<나>의 서름은 병이리처럼…….

—「壁」부분

少女여. 비가 개인날은 하눌이 왜 이리도 푸른가. 어데서 쉬는 숨
ㅅ소리기에 이리도 똑똑히 들리이는가.
무슨 꽃으로 문지르는 가슴이기에 나는 이리도 살고싶은가.

(중략)

그들은 역시 나를 지키고 있었든것이다. 내속에 내리는 비가 개
이기만, 다시 그 언덕길 우에 도라오기만, 어서 病이 낫기만을, 그옛
날의 보리밭길 우에서 언제나 언제나 기대리고 있었든 것이다.

—「무슨꽃으로 문지르는 가슴이기에
나는 이리도 살고 싶은가」 부분

이러났으면 …… 이러났으면 ……
나도 또한 이새벽을 젊은 나흰걸
이 풀섭 이 개고리 이 荒蕪地여
안즌뱅이 목우름을 누가 듯는가

(중략)

이 어인 地暗의 나일江변인가
소리 마저 빼앗긴 스핑스의 坐像 -
이러났으면 …… 이러났으면 …… 오오 이러났으면 ……

—「안즌뱅이의 노래」 부분

위의 시들의 인지정보는 서정주 시에 일관되게 흐르는 다분히 병적인
요소를 유발하는 결과에 해당한다. 인용 시의 제약으로 정보구성 방식에

따르지 않고 통합하여 논의하기로 한다. 「자화상」의 '병든 숫개'는 '종'인 아버지와 외할아버지와 닮은 '숯많은 머리털'과 '크다란눈'으로 인한 결과로서 병리적 존재의 의미를 획득한다. 「화사」와 「벽」의 '벙어리' 역시 원죄의식의 결과로 인한 병리적 존재의 의미를 생성한다.

「무슨꽃으로 문지르는 가슴이기에 나는 이리도 살고 싶은가」에서는 화자가 살고 싶은 이유에 대한 해석적 정보가 제시되어 있다. 시에서 소녀들은 화자의 고향 여자들로, 현재 화자와 분리된 공간에 존재한다는 정보가 제공된다. 따라서 현재 화자의 병은 두 공간의 경계에서 싹튼 것으로, 화자가 육체를 버렸을 때 치유가 가능하다는 인지의미를 획득한다. 소녀들은 화자가 다치거나 곤경에 처했을 때 꽃으로 치유해주었던 존재로서 화자의 의식 속에 내재한다. 여기서 '꽃'은 고향, 유년시절의 원형, 어머니의 손길이라는 복합적 의미를 생성하며, 이승의 화자와 저승의 소녀들을 이어주는 매개항으로서 의미를 획득한다.

「안즌뱅이의 노래」[102]에서 '안즌뱅이'의 신체적 결함은 화자가 체험하고 있는 열등의식과 함께 병리적 존재로 인지된다. '황무지'에서 숨죽여 우는 안즌뱅이에 대한 정보는 '地暗의 나일江변'과 결합하면서 '소리마저 빼앗긴 스핑스의 坐像 -'으로 점차 의미가 확대된다. '스핑스의 坐像'은 화자가 안즌뱅이인 자신을 객관적으로 인지한 정보로서 비정상적인 몸과 언어에 대한 장애가 부각되면서 화자가 처한 암담한 현실을 드러낸다. 일어나고 싶은 안즌뱅이의 간절한 바람은 '이러났으면 …… 오오 이러났으면 ……'의 반복에서 직접적으로 제시되며 화자의 목소리를 강조한다. '안즌뱅이의 노래'라는 제목이 보여주듯 '노래'라는 어휘의 결합

---

102) 「안즌뱅이의 노래」는 (『자오선』, 1937. 1.)에 발표된 작품으로 선집에는 수록되어 있지 않다. 본고는 최현식, 앞의 책, p.354에서 재인용하였다.

은 안즌뱅이의 '설움'과 '울음'의 의미로 표상되면서 안즌뱅이의 삶의 고뇌를 한층 더 고양시키는 효과를 준다.

> 별에는 도망갈 구멍도 없고
> 濠洲 말로 마구잡이 달려간대도
> 끝끝내 미어지는 布帳도 없을 테니!
> 여기 내 바랜 피 같은 물들
> 모여 괴어 서걱이는
> 이것 바닷물
> 됨질하는 시늉이나 하고 있을까.
>
> ─「無題」 부분

이 시는 두 개의 인지정보로 구성되어 있다. 첫 번째 정보는 화자의 상실감을 표출하고, 두 번째 정보는 화자의 내면을 보여준다.

첫 번째 정보인 '별에는 도망갈 구멍도 없고', '호주 말로 달려간대도', '끝끝내 미어지는 포장도 없을테니'는 한계 상황에 다다른 화자의 삶에 대한 정보제시이다. 그 결과, 두 번째 정보인 '바랜 피'는 '괴어 서걱이는'과 결합되어 생명력이 상실된 화자의 내면을 표상한다. 위의 정보와 결합된 '됨질하는 시늉'은 무모한 화자의 실존의식을 드러내는 정보이다.

이상에서 살핀 바와 같이, 몸의 감각과 실존의 자각은 화자 시학을 견지하면서 선형적 인지구조, 양면적 인지구조, 인과적 인지구조에 의해 유기적인 의미망을 구축하고 있었다.

선형적 인지구조에 의해 지각되는 유목적 존재는 과거의 삶으로부터 이어져오는 불안정한 화자의 삶이 결국 떠돌이로 귀착될 수밖에 없다는 인식으로 흐른다. 이것은 '길' 도식에 의한 선형적 인지구조를 통해 정보가 구성되어 있어서 화자의 존재 변화를 순차적으로 확인할 수 있다는 특성이 있다. 화자의 존재 변화에 대한 정서 전달은 내면의 고백을 강력하게 드러내는 '고백 지향적' 성격을 견지하고 있다. 이러한 성격은 대상과의 거리를 밀착시켜 '바람' 뿐인 화자의 역동적 삶을 거침없이 보여주는 효과를 준다.

양면적 인지구조에 의해 지각되는 피투적 존재는 대상의 양면적 특성에 주목하여 바라보기 때문에, 때로는 긴장과 갈등을 유발하기도 한다. 이러한 인지구조는 화자의 정서가 전면에 부각되기도 하지만 무엇보다도 세계 내에 던져진 피투적 존재로서의 면모를 강하게 드러낼 수 있다는 특징이 있다. 특히 화자의 양면성은 「화사」에서 강하게 부각된다. 대상을 인지함에 있어 '아름다움'과 '징그러움'이라는 양면적 시각과 '숨어라', '다라나거라'로 압축되는 이중적 어조는 시적 공간에 현장감을 부여하는 효과를 준다. '붉은 아가리'와 '푸른 하늘'은 먹고 먹히는 대상으로 묘사되고 있는데, 각각 '붉은'과 '푸른'이라고 하는 색체 관형어를 첨가함으로써 대립적 의미가 더욱 뚜렷해지는 효과를 주고 있다. 이러한 대립 쌍은 동화와 긍정적 일체감을 소망하는 화자의 인지 태도를 강하게 부각시키는 효과를 준다.

또한 '돌 팔매를 쏘면서…/… 뒤를 따르는'의 구절은 모순적 해석을 통한 불명료성이 갖는 긴장의 언어를 강렬하게 드러내는 대목이면서, 화자의 방향성을 결정짓는 단서를 제공한다. 즉, 화자의 인지 태도는 인지대상의 양면성에 기대어 있다. 시인은 이러한 모순 전략을 통해 긴장감을 유발하고 화자의 근본적인 부정의식과 그에 대한 방향성을 강하게 표출하고 있다. 이런 시 작법은 현실세계에 던져져 있는 존재로서의 피투성을 통해 실존의식을 드러내는 화자의 존재가 부각된다는 특성이 있다.

인과적 인지구조에 의해 지각되는 병리적 존재는 서정주 시에 일관되게 흐르는 유전적 형질, 원죄의식, 불평등한 세계가 그 원인으로 작용한다. 특히 이는 생명을 파괴하면서 생명을 유지하려 하는 문둥이를 통해서 절망감을 더욱 구체화하고 있다.

화자가 인지한 대상들이 병들어 있다는 동일한 인지의미로 수렴된다는 점에서 가족 유사성(family resemblances)을 갖는다. '병든 숫개', '부흥이', '화사', '문둥이', '안즌뱅이' 등은 육체적·정신적으로 병들어 있다. 이러한 병든 화자는 어둠과 밝음이라는 공간의 대비와 호응하여 작품을 유기적으로 형성하고 있다. 즉, 어둠이 절망적 심리를 자극한다면, 밝음은 희망적 심리를 자극한다는 기본적 개념에 의존하고 있다. 따라서 이들이 내재해 있는 공간은 어둠에서 밝음을 지향하는 공간일 수밖에 없다.

또한 화자의 인지 태도는 이미지 사상(image mapping)을 통해 시상의 구체성을 확보하였으며, 자아의 동일화를 통해 현장성을 획득하고 있었다. 이를테면, 머리칼을 '파뿌리'로, 화자를 '병든 숫개'의 이미지로 사상한 것과 '부흥이', '뱀', '문둥이', '안즌뱅이'등과 화자의 일체화는 시의 전체적인 분위기와 시적 화자의 정서적 반응이 조응하여 의미의 현장성과 진솔성을 확보한다는 특성을 가진다.

이들 작품은 인지 대상에 대한 다양한 신체적 감각 작용을 통해 화자의 심리를 구체화 한다는 특성이 있다. 시적 화자의 암울하고 불안정한 심리는 시행의 겹침이나 잦은 쉼표의 사용을 통한 호흡의 머뭇거림, 어휘와 의미의 대립 등과 같은 형식적인 측면에서도 드러난다. 이러한 모든 과정은 신체의 감각 부위 중에서도 주로 '눈', '입', '머리털'에 집중되어 있는데, 이것은 시간과 공간의 유기적인 관계 망 속에서 화자의 정서를 구체적으로 드러내는 효과를 준다. 특히, 시각적 감각에 집중되어 있다. 불안정한 화자의 심리가 시행의 불일치를 통해 드러났다면, 잦은 쉼표들로 이어지는 호흡은 인지 대상에 대한 관찰력을 조심스럽게 환기한다. 또한 어휘와 의미의 양면성은 화자 내면의 분열성을 선명하게 부각시키는 특성을 지닌다.

3. 욕망의 다층화와 생명의 충일

몸은 단순히 생물학적 대상이 아니라 다양한 변화들에 반응하는 심리적 현상이면서, 사유와 정서, 욕구의 역동적 복합체이다.[103] 이 말은 몸이 생각의 지시를 받는 도구적 대상이 아니라 존재 자체를 해명하는 전반적 인식의 가능태임을 의미한다. 서정주의 시에서는 이러한 인식의 가능태들이 욕망의 다층화와 충만한 생명력으로 드러난다. 화자의 욕망은 억눌리거나 가로막힌 현실 세계의 한계 상황을 인지하거나, 존재의 지각 변화를 살피고자 할 때 분출된다. 그것은 인간 내부에 감추어진 자아의 본능과 생명성을 드러낸다.

서정주 시에서 욕망의 다층화와 생명의 충일은 텍스트의 정보구성 방식에 따라 각각 대립적, 전환적, 반복적으로 인지된다. 이러한 인지정보는 본능적 생명력을 드러내는 것에서부터 출발하여, 한계 상황을 인식하고 특정한 시점이나 상황에서 전환을 통해 존재의 생명력을 드러내는 방향으로 이동하며, 종국에는 초월적 생명력을 구현하고 있다. 이러한 화자의 지향의식은 대립적 인지구조에 의해 본능적 생명력을 드러내고, 전환적 인지구조에 의해 존재가 처한 한계상황을 명확히 인식하고, 반복적인 지구조에 의해 초월적 생명력을 구현하는 과정으로 이어진다.

103) 김정현, 『니체의 몸 철학』, 문학과 현실사, 2000, p.172. 사유, 느낌, 욕구의 역동적 복합성은 곧 우리 몸의 통일적 역동성을 가능하게 한다. 몸이란 존재론적 의미에서 삶의 기반인 것이다.

1) 대립적 인지구조와 본능적 생명력

　서정주 시에 드러나는 성(性) 욕망은 본능을 충실하게 따르는 생명 욕망이라 할 수 있다. 이것은 "인간이 본래부터 지니고 있는 자연적 본능"[104]을 의미한다. 생명 충동은 어떤 강제된 힘이나 조건에 의해 억눌리거나 가로막힌 욕망이 현실의 제약을 뚫고 나오는 것으로 그의 시의 생명성은 단순한 감각 작용을 넘어 인간 존재 내부에서 일어나는 지속적인 충일감까지 내포한다.

　서정주의 시에서 본능은 삶과 죽음, '피'로 상징되는 육감적 에너지를 동반한다. 그러한 본능적 생명력을 드러내는 정보구성 방식 가운데 대립적 인지구조는 주체의 욕망을 강렬하게 부각한다. 특히, 이는 몸에 의해서 지각되는 감각을 통해 다양한 의미를 생성한다. 이러한 정보의 대립적 구조가 구성되는 인지과정을 도식화하면 다음과 같다.

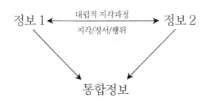

≪도식5≫ 대립적 인지구조의 정보구성 방식

　대립구조에 의해 구성된 정보는 욕망을 실현하고자 하는 화자의 행동

---

104) 홍일희, 『니체의 생철학 담론』, 전남대학교출판부, 2002, p.43. 니체가 말하기를, 자연적·본능적 생의 영역은 곧 의식의 통제권을 벗어나 있기 때문에 무의식의 영역에 해당한다고 본다. 그리고 그것은 맹목적이기 때문에 타고난 충동이다.

모델을 실감나게 보여준다. 이러한 정보구성 방식은 다분히 정보를 대립적으로 구성하는 것에서 나아가, 화자의 정서를 집중적으로 드러내는 미적 효과도 충분히 확보할 수 있다. 다음 시는 대립적 인지구조에 의해 본능적 생명력을 가장 절실하게 표출하고 있다.

따서 먹으면 자는듯이 죽는다는
붉은 꽃밭새이 길이 있어

핫슈 먹은듯 취해 나자빠진
능구렝이같은 등어릿길로
님은 다라나며 나를 부르고⋯⋯
强한 향기로 흐르는 코피
두손에 받으며 나는 쫓느니

밤처럼 고요한 끌른 대낮에
우리 둘이는 왼몸이 달어⋯⋯

—「대낮」전문

이 시는 크게 세 개의 인지정보가 대립적 인지과정을 거쳐서 하나의 통합된 정보로 모아지는 방식을 취하고 있다. 첫 번째 정보는 주체의 끓는 욕망을 드러내는 기본 정보이고, 두 번째 정보는 성적 욕망이 실현되는 구체화된 정보이며, 세 번째 정보는 '님'과 '나'의 주된 행동모델이다. 이 세 개의 정보는 '우리 둘이는 왼몸이 달어'로 수렴되어 통합적인 의미구조를 형성한다.

첫 번째 정보인 '따서 먹으면 자는 듯이 죽는다', '핫슈 먹은 듯 취해 나자빠진', '强한 향기로 흐르는 코피', '끌른 대낮'은 각각 매개항인 대립적 인지구조를 축으로 한다. 이러한 축을 중심으로 '따다 - 먹는다', '잔다 - 죽는다', '핫슈를 먹다', '취해 나자빠지다', '강한 향기의 코피가 흐른다'로 분화된다. '핫슈'의 의미는「화사」의 '석유'와 동류항으로, 그것을 먹거나 경험한 화자는 비정상적인 환각 상태에 빠져들게 된다. 따라서 이 시에서 등장하는 '핫슈'는 상대를 시적 공간에 빠져들게 하는 표상으로서 인지의 미를 획득하게 된다. 뿐만 아니라 '코피'라고 하는 부정적인 어휘가 '강한 향기'라는 긍정적인 어휘와 대립하면서 강한 생명 충동을 드러내고 있다.105)

'끓른대낮'은 이 시의 제목이기도 하면서, 전체적인 분위기를 압도하는 인지정보로 작용하는데, 모든 정보가 '나'와 '님'의 성적 욕망의 결합을 부각시키는 매개항으로 수렴된다. '대낮'이 모든 것을 '드러내는' 시간이라는 점을 고려할 때, 성적인 분위기를 유발하는 아이러니컬한 상황 설정은 이 시 전체를 끌고가는 중요한 정보 제공이라고 할 수 있다. 이렇게 대립적 정보가 빚어낸 일차 정보는 이차 정보인 '길'과 연결되면서 구체성을 획득한다.

이 시에서 '길'은 외부와 차단된 공간으로 성적 욕망에 부푼 둘 만의 공간이라는 의미를 내포한다. '붉은 꽃밭새이 길'과 '능구랭이 같은 등어릿길'은 '붉은 꽃밭'과 '능구랭이'가 각각 길과 접속되면서 생명의 충만함과 유혹의 공간을 떠올리게 한다. 거기에 '밤처럼 고요한'이라는 정보가 첨가되어 '대낮'은 더욱 성적 욕망의 밀도를 고양시킨다.

이 공간에 다라나면서 좇는 '님'과 '나'의 구체적인 행위가 첨가된다. 핫

---

105) 유혜숙,「서정주 시의 '꽃'이미지에 나타난 제의성 고찰」, 앞의 논문, pp.9~10. 서정주 시의 '꽃' 이미지의 제의성을 고찰하고 있는 유혜숙은 핫슈를 핫슈꽃으로 해석한다. 핫슈는 물약의 일종으로 적당량 먹게 되면 강장(强壯) 효과가 있지만 도를 넘게 되면 치사(致死)한다는 특성을 갖고 있다.

슈를 먹은 듯 취해 나자빠진 길을 '님'은 다라나면서 '나'를 부르고 '나'는 '강한 향기로 흐르는 코피'를 받으며 그 뒤를 쫓는다. '다라나면서 부른다'는 부분은 '님'의 적극적인 욕망이 표면적으로 흐르는 코드이며 '강한 향기로 흐르는 코피'는 성적 욕망이 넘쳐서 흐르는 코드이다.

그러나 이러한 '님'과 '나'의 행동은 단순한 성적 욕망의 몸부림이 아니다. 향락적 도구로서의 몸이 아니라 강한 생명 충동이라 할 수 있다. 삶과 죽음을 비껴가는 행위로서 생명에 대한 욕망의 의지 표출이라 할 수 있을 것이다.

이러한 상위정보를 뒷받침하는 첫 번째 하위정보는 '따다', '먹다', '자다', '죽다'와 같은 주체의 행위와 감각을 드러내는 동사어의 병치로 구성되어 있다. '따다 → 먹다 → 자다 → 죽다'는 정보의 흐름은 '고요하다'와 결합된다. 이러한 의미계열은 다시 '붉은꽃밭새이 길'과 '능구랭이같은 등어릿길'로 연결되어 삶과 죽음의 충동이 대립되면서 분출되는 의미를 생성한다.

두 번째 하위정보는 '먹다', '취하다', '나자빠지다'와 같은 동사어의 병치로 구성되어 있다. 이 동사들은 '핫슈'라고 하는 대상과 결합되어 주체의 환각상태를 제시한다. 따라서 이 정보들은 핫슈를 먹은듯 취해 나자빠진 능구랭이같은 등어릿길에서 '님'은 다라나면서 '나'를 부른다와 결합되어 성적 욕망을 표출하면서 생명 의미를 생성한다.

다시 세 번째 하위정보인 '다라나다', '부르다', '쫓다'라고 하는 동사는 '님'과 '나'의 몸이 일치된 것을 표상한다. 이러한 인지정보들이 서로 결합하면서 마지막에 '우리 둘이는 왠몸이 달어'로 의미가 수렴되는 것이다. 따라서 이 시에서 시인의 본능에 의해 촉발된 성적 욕망은 '삶'과 '죽음'이라는 대립적 정보구성에 따라 삶의 역동적인 모습을 펼쳐 보인 것이라 할 수 있다.

위의 시가 삶과 죽음의 대립적 이미지를 통해 화자의 강렬한 성(性) 욕

망을 드러냈다면 다음 시는 그러한 욕망의 단계를 벗어나서 구체적인 욕
망의 실현 과정을 보여준다.

가시내두 가시내두 가시내두 가시내두
콩밭 속으로만 작구 다라나고
울타리는 막우 자빠트려 노코
오라고 오라고 오라고만 그러면

사랑 사랑의 石榴꽃 낭기 낭기
하누바람 이랑 별이 모다 웃습네요
풋풋한 山노루떼 언덕마다 한마릿식
개고리는 개고리와 머구리는 머구리와

구비 江물은 西天으로 흘러 나려……

땅에 긴 긴 입마춤은 오오 몸서리친
쑥니풀 지근지근 니빨이 히허여케
즘생스런 우슴은 달드라 달드라 우름가치
달드라.

—「입마춤」전문

이 시 역시 세 개의 인지정보로 구성되어 있다. 첫 번째 정보는 '가시
내'를 부르는 화자의 감각 정보이고, 두 번째 정보는 화자에 대응하는 '가
시내'의 행동과 감각 정보이며, 세 번째 정보는 첫 번째 정보를 보충하는
비유에 해당한다. 이러한 세 개의 정보는 '달드라'라고 하는 감각적 언어
로 모아지는 구성 방식을 취하고 있다.

첫 번째 '콩밭속'은 '오라고만 그러면'과 결합하면서 가시내를 향한 성

적 욕망을 생성하는 은밀한 장소로서의 의미를 획득한다. 성적 행위의 결과는 '사랑 사랑의 石榴꽃 낭기 낭기'로 이어진다. '사랑 사랑의 낭기 낭기'의 'ㅇ'의 유성자음은 입맞춤으로 연방 달아오르는 화자의 숨결을 표상한다.[106]

다시 위의 정보는 '땅에 긴 긴 입마춤'으로 표상되면서 '즘생스런 우슴'과 '우름가치'와 결합된다. 짐승 같은 웃음의 극적인 표출이 울음이라는 것을 통해 성적 황홀감의 극치를 표현하고 있다.[107] 다시 말해서, '즘생스런 웃음 - 울음'의 대립적 시어는 인간의 이중성이 동시에 표출될 수 있음을 보여준다. 즉, 이는 인간의 몸속에 도사리고 있는 생명충동이 복합적인 감정으로 발산되는 과정을 그린 것이라 할 수 있으며, 마지막 정보인 '달드라'라는 언어에 수렴된다.

이에 수렴된 대립 정보는 가시내의 행동모델로서 '작구 다라나고', '막우 자빠뜨려 노코'가 '울타리'와 결합되면서 시작된다. 울타리는 '안'과 '밖'이 차단되어 외부인의 출입이 금지된 은밀한 공간으로 앞의 두 구절과 결합되어 성적 의미가 형성된다. 이렇듯 '가시내'의 행위는 '다라나다'와 '자빠뜨리다'로 압축되어 있지만, '다라나고'의 앞에 '작구'와 '자빠뜨려 노코'의 앞에 '막우'라는 부사어가 첨가되어 그 강도를 보다 강화시킨다. 다시 말해 '격정적 행위'라는 의미를 생성시키는 것이다.

---

106) 노 철, 앞의 책, p.190.

107) 엄경희, 앞의 논문, pp.19~21. 엄경희는 4연을 동물적 에너지와 병적 자아로 인식하고, 시적 자아가 인간의 직립적 자세를 버리고 땅에 엎드린 동물적 포즈를 취함으로써 성적 관능의 원초성을 드러내고 있다고 해석하고 있다. 그리고 '니빨'과 같은 신체적 이미지를 부각시켜 동물적 습성을 전면화하고 있음을 피력하였다. 최현식, 「서정주 초기시의 미적 특성 연구」, 연세대 석사논문, 1995, p.50. 최현식은 이 시를 생명적 에너지가 맹목적 의지 상태를 넘어서지 못한 채 내부에 고이면 병적인 자아의 모습이 부각된다고 보고 있다.

위의 화자의 정보와 가시내의 정보는 '오라고만 그러면'과 '다라나고'의 언어적 대립으로 '도망감'과 '다라남'의 의미로 보이지만, 유혹하는 '부름'의 의미라 할 수 있는 것이다. 그런데 지금까지가 콩 밭 속을 들어가기 전의 상황이었다면, 여기서는 콩 밭 속으로 진입한 공간에 대한 정보가 제공된다. 욕망이 충족된 가시내에게는 '하누바람', '별', '산노루떼', '개고리', '머구리'가 모두 우습게 느껴진다는 정보가 제공되고 있는 것이다.

여기서 모든 자연 만물이 짝을 이루고 있다는 화자의 인식은 '산노루', '개고리', '머구리', 심지어는 '바람'과 '별'까지도 서로 어우러짐을 통해 생명을 탄생시킨다는 생존의 법칙으로 의미가 확산된다.

이러한 의미를 표상하는 정보가 서천으로 흐르는 강물이라 할 수 있다. 생명성이 흐르는 '물'로 은유화된 것이다. 이미 '서천'은 앞의 여러 만물의 이미지와 겹쳐지기 때문에 사랑의 절정이면서 만물의 화합이라는 의미가 동시에 생성된다. 그러나 마지막 '달드라'의 어법이 주는 정보는 사랑이 완전히 성취 되지 않았음을 의미한다. 따라서 '입마춤'이라는 제목의 상징성은 화자가 운명을 견디는 방식으로 해석될 수 있는 것이다.

위의 시에서는 '님'과 '가시내'의 존재가 화자의 상대로 등장하고 있을 뿐, 구체화되지 못하고 있다. 이러한 정보는 '님(가시내)'의 정체에 대한 구체적이고 세밀한 정보를 차단하여 의미론적 불확정성(non-determinacy)을 강화함으로써 의미의 여백을 메꾸려는 독자들의 상상력을 발동시킨다.

앞의 시들에서는 '님(가시내)'과 '나'가 동시에 등장했다면, 다음 시에서는 화자의 성적 욕망을 충족시켜 줄 대상이 부재한다.

눈물이 나서 눈물이 나서
머리깜어 느리여도 능금만 먹곺아서

어쩌나…… 하늬바람 울타리한 달밤에
한집웅 박아지꽃 하이여케 피었네
머언 나무 닢닢의 솟작새며, 벌레며, 피릿소리며,
노루우는 달빛에 기인 댕기를,
山봐도 山보아도 눈물이 넘쳐나는
蓮順이는 어쩌나…… 입술이 붉어 온다.

—「가시내」전문

　이 시는 크게 두 개의 인지정보로 구성되어 있다. 첫 번째 정보는 화자의 성적 욕망을 표상하고, 두 번째 정보는 화자의 간절한 욕망에 대립되는 자연 만물의 관능성을 표상한다. 이 두 개의 정보는 대립적 의미구조를 형성하면서 성적 욕망에 달아오르는 화자의 정서를 부각시킨다.

　첫 번째 정보인 '눈물이 나서 눈물이 나서'는 '능금만 먹곺아서'와 결합하면서 능금에 대한 화자의 욕망을 강하게 표출한다. 특히 '~만'이라는 한정 접미사는 '능금'이 여성의 유일한 욕망을 강조하는 것으로, 임신이라는 의미를 생성시킨다. 다시 위의 정보는 '한집웅 박아지꽃 허히여케 피었네'로 이동하면서 화자의 욕망이 충족되지 않고 있다는 정보를 드러낸다. 이는 '산봐도 산보아도 눈물이 넘쳐나는'과 결합하면서 위의 정보에 대한 강도를 극대화시킨다. 다시 말해서 화자에게 '능금'은 이상 세계로, '박아지꽃'은 현실 세계로서 의미를 획득하는 것이다.

　이러한 첫 번째 정보에 대립되는 두 번째 정보인 '하늬바람 울타리한 달밤'은 정적인 시간이라는 의미를 표상한다. 이러한 시간 정보는 '닢닢의 솟작새', '벌레', '피릿소리', '노루'와 결합하면서 화자와의 대립관계를 부각시킨다. 이는 암컷과 수컷의 교감이 푸른 자연을 형성하지만, 화자는 그러한 욕망을 충족시켜 줄 대상이 부재 한다는 의미를 강조하는 정보이다. 이러한 정보들은 다시 '기인 댕기'와 결합되는데, '달빛'의 이미지와 겹쳐지면서 '입술이 붉어온다'는 성적 욕망의 극치를 표현하고 있다.

黃土 담 넘어 돌개울이 타
罪 있을 듯 보리 누른 더위-
날카론 왜낫[鎌] 시렁우에 거러노코
오매는 몰래 어디로 갔나

　(중략)
붉은옷 닙은 문둥이가 우러

땅에 누어서 배암같은 게집은
땀흘려 땀흘려
어지러운 나-ㄹ 엎드리었다.

—「麥夏」부분

이 시는 크게 세 개의 인지정보로 구성되어 있다. 첫 번째 정보는 시간적 인지정보이고, 두 번째 정보는 화자가 처한 상황 정보이며, 세 번째 정보는 화자의 체험 정보이다.

첫 번째 정보인 '罪 있을 듯 보리 누른 더위-'는 보리가 잘 익은 더운 여름을 의미하는데, 앞의 '罪 있을 듯'과 뒤의 '오매는 몰래 어디로 갔나'와 결합되어 보리의 풍성함과 오매의 일탈이라는 대립적 의미의 축을 형성한다. 이는 다시 '날카론 왜낫[鎌] 시렁우에 거러노코'와 결합되어 해야할 일을 남겨두고 집을 비운 '오매'의 행위가 단순한 부재가 아닌 일탈이라는 의미를 생성한다.

두 번째 정보인 '붉은옷 닙은 문둥이가 우러'는 앞의 '죄 있을 듯'의 연결을 받으며 문둥이의 죄의식에 대한 부정적 인식을 표출하고 있다. 문둥이의 '붉은 옷'은 보리밭에서 몰래 '애기'를 먹고 흘린 피의 이미지와 겹쳐지고, '울음'은 애기를 먹은 죄의식의 결과로서 자기의 생명을 지키기 위해 다른 생명을 해치는 모든 존재의 부조리에 대한 깊은 회의와 탄식의 의미를 가진다.

세 번째 정보인 '땅에 누어서 배암같은 게집', '어지러운 나-ㄹ 엎드리었다'는 앞의 정보인 오매의 일탈과 문둥이의 슬픔 속에서 대립되는 화자의 본능적 생명력을 표상하는 의미를 획득한다. '땅'은 모든 생명의 근본이면서 잉태의 의미를 표상하는데, '배암같은 게집'과 결합하면서 화자를 유혹하는 게집의 관능성을 강조하는 효과를 주고 있다. 이러한 게집의 관능성은 '땀흘려 땀흘려', '어지러운 나-ㄹ 엎드리었다'와 결합하면서 본능적 생명력을 극대화시킨다.

이상에서 살펴 본 바와 같이 서정주에게 '몸'은 인간 생명의 시원적인 양태로 인식된다. 이러한 양상은 대립적 인지구조에 의해 정보가 구성되고, 대립적 정보는 하나의 의미로 수렴되는 방식을 취하고 있다. 대립 구조를 통한 인지정보의 구성은 무엇보다도 강조하고자 하는 의미가 부각된다는 특성이 있다.

이러한 정보구성은 '붉은 꽃밭새이 길', '능구랭이같은 등어릿길', '콩밭속', '두럭길'과 같은 은밀한 공간 정보와 '대낮'과 '여름'이라는 시간 정보의 결합에 의해 본능적 생명력이라는 의미를 생성한다. 또한 동일한 통사구조의 반복은 작품의 주된 정서를 집중화(concentration)함과 동시에 일정한 리듬을 형성하며 화자의 행위에 현장감을 부여한다. 님과 나의 대립적 행동모델, 대립적 상황, 반복어 구사와 신체 접촉의 묘사는 '핫슈', '피', '석류'와 같은 강렬성을 표상하는 어휘를 동반하면서 화자의 생명에 대한 본능적 욕망을 강화시키는 효과를 얻는다. 이러한 대립적 의미구조와 형식미학은 작품의 긴장과 이완을 적절하게 유지하면서 본능적 생명력을 강하게 부각시킨다.

2) 전환적 인지구조와 존재의 생명력

서정주 시의 인지 공간은 '사향박하의 뒤안길', '붉은 꽃밭새이 길', '능구랭이같은 등어릿길', '콩밭', '보리밭', '두럭길'로부터 시작된 트여 있으면서도 닫혀 있는 은밀한 공간이라는 의미를 생성한다. 이 공간에 들어선 화자는 방향을 상실하지만, 격정적인 욕망을 분출하는 공간으로서의 의미도 획득한다. 그런 반면, '방', '벽', '문'처럼 외부와의 출입이 차단된 공간은 화자로 하여금 인식의 전환을 통해 존재의 생명력을 획득하는 공간으로서 다양한 의미를 생성한다. 이러한 정보의 전환구조가 구성되는 인지과정을 도식화하면 다음과 같다.

≪도식6≫ 전환적 인지구조의 정보구성 방식

전환은 방향이 바뀌는 것이 아니라 전환점을 만나서 자아와 세계에 대한 새로운 인식체계를 가지는 것을 말한다. 이것은 한계 상황을 인식한 화자의 새로운 방향모색을 의미하는 것이기도 하다. 전환적 인지구조에 의해 존재의 생명력을 드러내는 과정은 화자가 자신의 한계 상황을 인식하는 「방」108)에서부터 시작된다.

房 밑엔 언제나 검은 江물이 흐르고
房 밑엔 언제나 싸늘한 구랭이가 살았다
소스라쳐 깨여나 나는 차졌으나
어느 壁에도 門은 없었고

나는 이미 먹키웠었다

—「房」 전문

이 시는 크게 세 개의 인지정보로 구성되어 있다. 첫 번째 정보는 시적 배경이 되는 공간으로 '방 밑엔 언제나', '어느 벽에도' 등이며, 두 번째 정보는 화자의 지각 정보로 '검은 강물이 흐르고', '싸늘한 구랭이가 살았다', '문은 없었다' 등이다. 세 번째 정보는 구체적인 행위 변화로 '소스라쳐 깨여나', '차졌으나' 등이다. 이 세 정보는 '나는 이미 먹키웠었다'라고 하는 인식을 통해 전체적인 의미구조를 형성하고 있다.

첫 번째 정보인 '방 밑엔 언제나', '어느 벽에도'는 두 번째 정보인 '검은 강물이 흐르고', '싸늘한 구랭이가 살았다'와 결합하면서 이미 오래 전부터 화자의 방이 안식처로서의 구실을 하고 있지 못하다는 의미를 표출한다. 욕망 덩어리를 표상하는 구렁이는 냉혈동물로서 싸늘한 감촉을 가지고 있지만, 인간은 온혈동물로서 따뜻한 감촉을 지니고 있다는 점에서 화자의 상황이 얼마나 위급한가를 알 수 있다. 다시 '문은 없었다'와 결합하

---

108) 「방」은 (『시인부락』 1936. 12.)에 발표된 작품으로 선집에는 수록되어 있지 않다. 본고는 논의의 원활한 전개를 위해 최현식, 앞의 책, p.353에서 재인용하였다.

면서 벼랑 끝에 직면한 위태로운 상황임을 나타내고 있다.

이러한 위기의 상황에 대한 인식은 세 번째 정보인 '소스라쳐 깨어나', '차졌으나'라고 하는 일차 지각과정을 거치면서 밖으로 나가야 하는 인식을 표출하고 있다. 이 세 정보는 '나는 이미 먹키웠었다'라는 이차 자각으로 이어지면서 사방이 벽면인 '방'이라는 내적 공간에서 화자는 생존을 위한 욕망의 포로가 되고 말았다는 의미를 생성한다.

이 시가 현실을 자각하는 단계를 넘어서지 못했다면, 다음 시는 현실을 자각하는 단계를 넘어선 지점에 대한 구체적인 정보를 제시하고 있다.

> 덧없이 바래보든 壁에 지치어
> 불과 時計를 나란히 죽이고
>
> 어제도 내일도 오늘도 아닌
> 여기도 저기도 거기도 아닌
> 꺼져드는 어둠속 반딧불처럼 까물거려
> 靜止한 <나>의
> <나>의 서름은 벙이리처럼……
>
> 이제 진달래꽃 벼랑 햇빛에 붉게 타오르는 봄날이 오면
> 壁차고 나가 목매어 울리라! 벙어리처럼,
> 오— 壁아.
>
> —「壁」전문

이 시는 크게 세 개의 인지정보로 구성되어 있다. 그리고 세 번째 정보 공간에서 인식론적 전환이 일어나고, 전환을 계기로 화자의 다짐과 존재의 생명력이 분출되는 방식으로 구성되어 있다. 첫 번째 정보는 절박한

현실적 상황을 표상하고, 두 번째 정보는 화자의 의식 세계를 표상하며, 세 번째 정보는 인식의 전환을 보여준다. 이 세 정보는 '벽차고 나가 목매어 울리라!', '벙어리처럼.'으로 모아지면서 존재의 생명력을 발산하는 구성 방식을 취하고 있다.

첫 번째 정보인 '덧없이 바래보든 벽에 지'쳤다는 것은 화자가 한계 상황에 봉착했다는 것을 의미한다. '벽'은 일정한 공간을 차단하는 구조물로서 의미를 획득한다.109) 이러한 '벽'에 지쳤다는 것은 한계 상황에 봉착했다는 화자의 인식을 표상한다. 이것은 다시 '어제도 내일도 오늘도 아닌', '여긔도 저긔도 거긔도 아닌'이라는 정보와 결합되면서 화자가 있는 곳이 불확정한 시·공간인 제3의 공간이라는 의미를 생성한다. 이러한 의미생성은 또 다시 '꺼져드는 어둠속'과 결합되면서 소멸되어 가는 생명의 의미를 표출한다.

두 번째 정보인 '불과 시계를 죽이고'에서는 밝음을 표상하는 '불'과 인류의 공동의 약속을 표상하는 '시계'가 '죽이다'라는 동사와 결합하면서 '불'과 '시계'가 없어도 살 수 있는 공간이라는 의미를 생성한다. 다시 말해 '불'과 '시계'를 나란히 죽였다는 것은 화자의 죽음을 표상하는 것이 아니라, 현실에 없으면서도 늘 화자가 인지하고 있는 세계를 대하는 화자의 의식을 표출하는 것이라 할 수 있다.110)

---

109) 존슨(M. Johnson)/ 노양진 역, 앞의 책, p.130. 차단(blockage)은 환경 안에서 대상 또는 사람들과 강제적으로 상호 상호작용하려고 시도했을 때 주체의 힘을 차단하거나 가로막는 장애물을 말한다. 이때 주체는 힘의 사용을 중지하거나 힘의 방향을 바꾸어야 하는데 힘이 있을 때는 장애물을 넘어가거나 돌아가거나 심지어는 뚫고 나아갈 수도 있다. 이 차단의 경험은 우리의 삶을 통해 수없이 반복되는 하나의 패턴을 포함한다.

110) 이수정, 「서정주 시에 있어서 영원성의 시학」, 서울대 박사논문, 2006, p.38. '불'과 '시계'를 죽이는 행위를 '벽'이 주는 위압감과 피로감을 덜기 위한 행동이라고

이와 같이 제3의 공간을 지향하는 화자의 정신은 '반딧불처럼 까물거려', '정지한 나', '서름은 벙어리처럼'으로 이어지면서 화자가 의도하는 소통의 문제를 구체적으로 제기한다. 여기에서 '정지한 나'는 '서름은 벙어리처럼'과 결합하여 화자의 몸이 불구적이라는 의미를 드러내며, 자신이 지향하는 제3의 공간을 말로 표현 할 수 없기 때문에 벙어리처럼 말을 할 수 없다는 의미를 표출한다. 이것은 자아의 의식이 위축되면서 발생되는 것으로, 이러한 수동성의 이면에는 완전한 자아와 세계가 소통하는 '참다운 언어'에 대한 무의식적인 요구와 발견이 숨어 있다는 것을 말한다.111) '죽음'을 '삶'의 대립적 공간으로 인식하는 것이 아니라, 제3의 세계로 가는 하나의 문이나 길로 인지하고 있는 화자의 진술로, '죽음은 출발이다'112)이라는 은유가 내재한다.

다음으로 인식의 전환을 보여주는 세 번째 정보인 '진달래꽃 벼랑 햇빛에 붉게 타오르는 봄날'은 '진달래꽃'과 '벼랑'이 결합됨으로써 진달래꽃의 붉은 빛깔과 봄날 햇빛의 강렬함이 '벼랑'이라는 공간에서 강하게 부각된다.113) 벼랑 끝에 서 있는 화자의 위태로운 모습을 드러내고 있다. 이러한 인식은 이제까지 화자가 보여준 일차 정보 단계의 지각과정이 이차 정보 단계로 이동하는 인식의 전환점을 나타낸다.

위의 각 정보는 '벽차고 나가 목매어 울리라! 벙어리처럼'으로 모아지면서 화자의 의지를 표명한다. '벽'은 단순히 물리적인 대상이 아니라 화자의 의식과 육체를 가두는 대상으로서 의미를 생성한다. 다시 말해, '벽'

보는 경향이 있다.

111) 최현식, 앞의 책, p.48.

112) 레이코프·터너(G. Lakoff·M. Turner)/ 이기우·양병호 역, 앞의 책, pp.2~3.

113) 이수정, 앞의 논문, p.39. '진달래꽃'은 우주에 생명 기운이 충만함을 알리는 첫 봄에 피는 꽃으로, 꽃잎의 '피' 이미지가 갖는 강렬한 생명력을 표상한다.

은 덧없는 화자의 생(生)을 드러내는 몸으로서 인식되는데, 화자가 몸을 버렸을 때 비로소 '벽'을 차고 나갈 수 있다는 의미로 확장된다. 여기에는 '안에서 밖으로'라고 하는 '방향 도식(orientaional-schema)'114)의 인지 특성이 표출되어 있다.

다시 이것들은 '목메어 울리라! 벙어리처럼'과 결합되면서 '울음'이 하나의 언어로 인식된다는 의미를 생성한다. 인간은 언어라는 매체를 통해서 자신의 감정을 타인에게 전달하지만, '벙어리'는 신체의 결손 때문에 언어 수행을 제대로 하지 못한다. 그렇기 때문에 다른 수단을 통해 타인과의 의사소통을 이루어갈 수밖에 없는데, 이 시에서 '벙어리'의 소통 방식은 '울음'을 통해서 실현된다는 의미를 생성한다. 다시 말하면, 타인과의 의사소통의 부재 속에서 단절된 공간을 뚫고 나가려는 몸부림의 의미인 것이다.115)

전환적 구조의 인지정보 구성을 통해 존재의 생명력을 표출하고 있는 시는 「문」을 통해서도 드러난다. '문'116)은 출구이면서, '안'과 '밖'을 연

---

114) 존슨(M. Johnson)/ 노양진 역, 앞의 책, p.93. 우리의 방, 의복, 차량, 그리고 무수한 종류의 경계 지어진 공간의 '안(in)' 또는 '밖(out)'으로 움직인다. …… 이 경우에 반복적인 공간적·시간적 구조화가 있다. …… 즉, 안-밖 지향성(in-out orientation) 의 체험적 근거는 바로 공간적 경계성의 경험이다. 체험적으로 가장 특징적인 경계성의 의미는 삼차원적 포함, 즉 자궁, 침대, 방과 같은 어떤 삼차원적 울타리 안에 묶여 있음의 의미로 보인다.

115) 이승훈, 『시론』, 고려원, 1990, pp.296~297. '단절'이란 어떤 대상과도 관계를 끊는 것을 의미한다. 다시 말하면 그것은 이 시대에 오면서 모든 사물들이 내적이든 외적이든, 서로 맺고 있던 관계들을 상실하고 하나의 원자적 개체가 되어 존재함을 의미한다. 일종의 불연속의 관계를 나타낸다고 할 수 있다. 인간과 인간의 관계, 인간과 자연의 관계, 인간과 사회의 관계, 나아가 인간과 신의 관계마저 그렇다고 할 수 있다.

116) 한국문화상징사전 편찬위원회, 앞의 책, p.280. 문은 창과 함께 창문이라는 합성어를 형성하고 있으므로, 창의 신화적 상징성을 나누어 가진다. 즉, 문은 하늘로

결하는 매개체로서의 의미를 가진다. 서정주 시에서 '문'은 자아와 세계가 소통하지 못하는 차단된 공간이라는 점에서 '벽'과 유사 계열을 형성한다. 화자의 새로운 세계에 대한 욕망의 발현은 근대나 탈근대의 세계가 아니라 자아 내부의 소통과정을 통해 현재 상황을 넘어선 제3의 공간으로 가는 '문'으로서의 의미를 획득한다.

밤에 홀로 눈뜨는건 무서운일이다
밤에 홀로 눈뜨는건 괴로운일이다
밤에 홀로 눈뜨는건 위태한일이다

아름다운 일이다. 아름다운일이다. 汪茫한 廢墟에 꽃이 되거라!
屍體우에 불써 이러나야할, 머리털이 흔들흔들 흔들리우는,
오 - 이 時間, 아까운 時間.

피와 빛으로 海溢한 神位에
肺와 발톱만 남겨 노코는
옷과 신발을 버서 던지자.
집과 이웃을 離別해 버리자.

오 - 少女와같은 눈瞳子를 그득히 뜨고
뉘우치지 않는사람, 뉘우치지않는사람아!
가슴속에 匕首감춘 서릿길에 타며 타며
오느라, 여기 智慧의 뒤안길
秘藏한 네 荊棘의 門이 운다.

—「門」전문

트인 통로를 상징하고 있다. 한편, 문의 상징성은 집이나 뜰의 문이 지닌 상징성 외에 말문, 하문(下門) 등의 비유법의 상징성과 동혈, 구멍, 입 등 유사한 형상에 관련된 상징성을 갖추고 있어 매우 다양하고 복잡하다.

이 시는 크게 네 개의 인지정보로 구성되어 있다. 첫 번째 정보는 회자의 부정적인 인식 정보이고, 두 번째 정보는 앞의 부정적인 인식의 정보에 긍정적인 정보를 제공함으로써 전환적 인식을 보여주고, 세 번째 정보는 앞의 정보를 보충하는 화자의 다짐에 해당한다. 네 번째 정보는 앞에서 제공하는 정보들을 통해서 '네 荊棘의 門이 우'는 것으로 연결되어 마무리되는 방식을 취하고 있다.

첫 번째 정보인 '무서운일', '괴로운일', '위태한 일'은 '밤에 홀로 눈뜨는 건'과 결합되어 유사한 통사구조의 반복을 보이면서, 밤 시간과 연관된 화자의 무의식적 세계에 대한 정보를 제시하고 있다. 밤 시간은 무의식적 세계와 연결되어 육체로부터 분리된 화자의 정신세계를 자세히 볼 수 있는 눈을 제공한다.117) 이는 '밤'이 은유에 의해서 지각되는 덮개나 숨김, 울타리 같은 것으로서, '빛'을 나꿔 체가는 동작주로 동일화되어 사물을 보이지 않게 하는 대신 자신을 더 자세히 들여다 볼 수 있게 한다는 의미를 포함한다.118) 그런데 '무서운일', '괴로운일', '위태한일'이라는 일차 정보에 대한 진술은 '아름다운 일'이라는 이차 정보와 결합하면서 일차적으로 인식을 전환한다.

이 두 정보는 '汪茫한 廢墟에 꽃이 되거라!', '屍體 우에 불써 이러나야 할', '머리털이 흔들흔들 흔들리우는'으로 수렴되면서 구체화된 의미를 생성하고 있다. '汪茫한 廢墟'는 생명성이 상실된 죽음을 표상하는 어휘로, '꽃이 되거라!'와 결합하면서 생명성에 대한 강력한 의미를 부여한다.

---

117) 오채운, 『현대시와 신체의 은유』, 역락, 2006, pp.245~246. 신체 일부분을 잃음으로써 자신의 내면을 살펴볼 수 있는 혜안을 갖게 되는 이러한 형식은 다시 자신을 죽임으로써 정신 세계를 얻게 되는 상황이다. 신체를 통해 정신을 얻는다는 것은 신체가 등가관계에 있다는 것을 증명하는 것과 같다.

118) 레이코프·터너(G. Lakoff·M. Turner)/ 이기우·양병호 역, 앞의 책, pp.46~47.

'屍體 우에 불써 이러나야할'과 '머리털이 흔들흔들 흔들리우는'은 생명성과 동시에 공포감이라는 인지의미를 표출한다. 시체 위의 '불'과 '왕망한 페허의 꽃'은 죽은 사물에게 부여되는 생명성의 표상으로서 의미를 획득한다.

다시 '왕망한 페허'와 '시체'라는 죽음을 표상하는 어휘들은 '꽃'과 '불'과 같은 생명성을 표상하는 어휘들과 결합한다. 이를 통해서 생명이란 삶과 죽음의 자리바꿈, 내지는 인식의 전환이라는 자각을 드러낸다. 이러한 대립적인 어휘의 병치가 가능한 것은 인간의 세계가 무의식으로부터 출발한다는 것을 말해준다. 따라서 모든 존재나 의미망은 서로 연결되어 있으며, 대립적인 어휘의 병치를 통해 흙 속의 어둠으로부터 시작되어 열린 공간을 상징하는 꽃에 대한 우주적 질서 의식으로 의미가 확산된다.

이것은 다시 '피와 빛으로 海溢한 神位'와 결합되어 앞의 정보를 이어받고 있다. '신위'는 화자의 정신으로 표상되며, '피'와 '빛'은 생명의 본질을 표상한다. '신위'에는 '폐', '발톱' '옷' '신발', '집', '이웃'이라고 하는 정보가 첨가되어 화자의 인식 전환을 보여주는 구체적인 의미를 생성한다. '폐'와 '발톱'은 자연적으로 타고나는 것으로 '남겨 노코'와 결합되며, '옷'과 '신발', '집'과 '이웃'은 인위적인 것으로, 각각 '버서 던지자'와 '이별해 버리자'와 결합되면서 인위적인 관계를 끊어버리고 새로운 세계를 지향하는 구체적인 의미를 획득한다.

위의 정보는 다시 '오- 少女같은 눈瞳子를 그득히 뜨고'로 이어지면서 인간 본연의 순수함을 지닌 소녀 같은 눈동자를 하고 '뉘우치지 않는 사람'을 인지하는 정보를 제시한다. 여기에서 화자는 앞의 모든 정보를 통해 경험한 자신의 인지에 대해 확신하고 있다.

앞의 네 개의 정보는 '秘藏한 네 荊棘의 門이 운다'로 의미가 모아진다.

이 정보는 '匕首감춘 서릿길'과 '智慧의 뒤안길'이라는 정보가 첨가되어 외부와 차단된 비밀스러운 공간이라는 의미를 생성한다. '智慧의 뒤안길' 은 타자에 대한 공격적인 성향을 감추기 위한 공간이라는 의미로 표상되며, '서릿길'은 화자가 고통을 겪은 공간임을 표상한다. 이는 '형극의 문' 이 우는 대가의 공간이라는 의미를 획득한다. 다시 말해 '길'은 단순히 비밀스럽고 어두운 공간을 상징하는 것만이 아니라, 자신의 본모습을 감추기 위한 공간이라는 의미를 내포한다.

이 시는 닫힌 문을 열고자 하는 화자의 지각과정을 전환적 정보 구성을 통해 드러내고 있다. 이것은 트임(open)과 성장, 연결이 상징하는 생명체인 화자가 닫힌 공간에서 어떻게 자신의 상황을 지각하고 있으며 전환점을 만나서 자신의 의지를 표출하고, 또 그러한 표출을 통해서 새로운 활로를 모색하고 있는가를 단적으로 보여준다.

이처럼 인식의 전환을 통해 폐쇄된 공간을 벗어나고자 하는 화자의 생명력은 다음 시에서도 드러나고 있다.

순이야, 영이야, 또 도라간 남아.

굳이 잠긴 재ㅅ빛의 문을 열고 나와서
하눌ㅅ가에 머무른 꽃봉오리ㄹ 보아라
한없는 누예실의 올과 날로 짜 느린
채일을물은 듯, 아늑한 하눌ㅅ가에
뺨 부비며 열려있는 꽃봉오리ㄹ 보아라

—「密語」 부분

이 시는 세 개의 인지정보로 구성되어 있다. 첫 번째 정보는 상대를 부르는 호격 조사인 '~이야 ~이야 ~아', '꽃봉오리ㄹ 보아라' 등이다.

두 번째 정보는 화자와 다른 공간임을 인지하는 정보로 '도라간 남', '굳게 잠긴 잿빛의 문' 등이다. 세 번째 정보는 공간의 경계 지점을 표상하는 정보로 '한없는 누예실의 올과 날로 짜 느린/ 채일을물은 듯', '아늑한 하눌ㅅ가', '뺨 부비며 열려있는' 등이다. 이 세 개의 정보는 시·공간의 분위기를 압도하는 '비밀', '침묵', '단절된 공간'이라는 '密語'의 속성과 긴밀하게 연관되어 의미를 생성하고 있으며, 이러한 인식의 전환점을 통해 새로운 세계를 지향하고 있다.

첫 번째 정보인 '~이야, ~이야, ~아'의 호명과 연결되고 결합되는 '꽃봉오리ㄹ 보아라'의 청유형 진술은 순이와 영이, 도라간 남이로 말미암아 꽃봉오리를 보기를 간절히 바라는 정서의 표출로, 시상 전개에서 핵심적 역할을 수행한다. 이 시에서 '꽃봉오리'는 순이와 영이, 도라간 남이가 보지 못한 형상이면서, 꽃봉오리를 봄으로써 화자와의 관계설정이 새롭게 전환될 수 있다는 인지 의미를 획득한다. 이것은 화자의 희망이 '꽃'으로 은유화되어 있는 것으로 지상과 하늘의 연결 지점인 경계에서 핀 꽃봉오리가 '문'으로의 역할을 할 뿐만 아니라 닫힌 세계로 건너간 존재들을 부를 수 있는 하나의 매개체이기도 하다.

이런 인식은 두 번째 정보인 '도라간 남', '굳이 잠긴 재ㅅ빛의 문'과 결합되어 '남'이 화자와 다른 공간에 있으며, 다른 차원의 시간을 가지고 있다는 것을 의미한다. 특히, '도라간', '굳이 잠긴' 등의 수식은 '지금 여기'와는 대립되는 공간과 다른 차원의 시간이라는 의미를 표상한다.

이 두 개의 정보는 세 번째 정보인 하늘가에 핀 꽃봉우리 형상과 연결되어 만남에 대한 인식을 확대시켜준다. '한없는 누예실의 올과 날로 짜 느린/ 채일을물은 듯'은 '아늑한 하눌ㅅ가'를 수식하는 정보로서 성김이 없는 촘촘한 하늘이라는 의미를 생성한다. 다시 이는 '아늑한 하눌ㅅ가'와 '뺨 부비며 열려있는'과 결합하면서 이쪽과 저쪽의 경계가 서로를 가르는 의미가 아니라, 서로가 다시 결합할 수 있는 인식의 전환점을 만들고 있다. 특히 밀어의 총체적 의미 구현은 '뺨부비며'로 압축되는데, '뺨 부비며 열려 있다'[119]는 것은 오밀 조밀하고 촘촘하게 엮인 모습을 표상하면서, 밀어의 시간이 지나온 밝은 세계로의 열림이라는 것을 의미하게 된다.

이러한 인식의 흐름을 정리하면 다음과 같다. 상위정보를 뒷받침하는 첫 번째 하위정보인 '도라가다 - 잠기다'는 '연다 - 나오다 - 보다'로 정보가 이동하면서 인식이 전환됨을 보여준다. 두 번째 하위정보인 '머무는 → 아늑한 → 뺨부비는 → 열린'은 하늘가 꽃봉오리가 열리는 과정을 보여준다.

결국 이 시에서 화자의 간절한 밀어는 하늘의 경계에 머물러 있는 '꽃'을 통해서 화자와 화자가 호명하는 닫힌 공간의 존재들이 새로운 생명성을 회복하는 인식의 과정으로서의 의미를 생성하는 데 있다.

인식의 전환점을 통해서 현재 상황을 벗어나고자 하는 화자의 욕망은 뚜렷한 전환구조를 밖으로 드러내지 않고도 절대 긍정의 힘을 빌리고 있는 화자의 의식을 통해서 구체적인 의미를 생성한다.

　　여기는 어쩌면 지극히 꽝꽝하고 못견디게 새파란 바위ㅅ속일 것이다. 날센 쟁기ㅅ날로도 갈고 갈수없는 새파란 새파란 바위ㅅ속일 것이다.

　　여기는 어쩌면 하눌나라일것이다. 연한 풀밭에 벳쟁이도 우는 서

---

119) '뺨 부비며'는 신체적 상상력을 동반하는 어휘로, 사물을 의인화한 존재론적 은유이다.

러운 서러운시굴일 것이다.

(중략)

　　여기는 어쩌면 꿈이다. 貴妃의墓ㅅ등앞에 막걸리ㅅ집도 있는 어
여뿌디어여뿐 꿈이다.

—「無題」부분

　　이 시는 크게 두 개의 인지정보로 구성되어 있다. 첫 번째 정보는 화자
의 절박함을 표상하는 인지공간이고, 두 번째 정보는 첫 번째 정보에 의
미가 첨가되어 구체성을 드러내는 화자의 무의식이다. 이 두 정보는 '여
기는 ~이다'와 같은 유사한 통사구조의 반복을 취하고 있어서 정보 공간
이 명확하게 표출된다는 특성이 있다.

　　첫 번째 정보인 '바위ㅅ속'은 '꽝꽝하고 못견디게 새파랗다'와 결합되
어 화자가 처한 현실의 절박성을 표상한다. 이 정보는 다시 '하눌나라'라
는 절대 긍정의 공간으로 이동하고 다시 '꿈'으로 이동한다.

　　첫 번째 정보와 결합하여 의미의 구체성을 드러내는 두 번째 정보인
'날센 쟁기ㅅ날로도 갈고 갈수없는 새파란 새파란 바위ㅅ속', '연한 풀밭
에 벳쟁이도 우는 서러운 서러운시굴', '貴妃의墓ㅅ등앞에 막걸리ㅅ집도
있는 어여뿌디어여뿐 꿈'은 첫 번째 정보와 결합되면서 화자가 처한 상황
의 인식을 구체화한다. '날센 쟁기ㅅ날로도 갈고 갈수없는 새파란 새파란
바위ㅅ속'은 화자의 절박한 공간을 표상하고, 이는 다시 '연한 풀밭에 벳
쟁이도 우는 서러운 서러운시굴'로 이동하면서 희망과 절망이 공존하는
자연의 질서라는 의미로 확산된다. 이 정보는 '貴妃의墓ㅅ등앞에 막걸리
ㅅ집도 있는 어여뿌디어여뿐 꿈'으로 이동한다. 꿈은 원하는 세상에 대한

무의식의 기층까지도 드러낸다는 점에서 화자가 드러내지 못한 세계라는 의미를 획득한다.

결국 이 시의 인지정보 구성은 '새파란 바위ㅅ속'(절박한 공간) → '하눌나라'(절대 긍정, 희망의 공간) → '서러운 시굴'(절박한 공간) → '꿈(무의식의 공간)'으로 전환하면서, 존재의 생명력을 실현하고 있다.

이상에서 살펴 본 바와 같이, 존재의 생명력은 어둠(안)에서 밝음(밖)을 지향하는 화자의 인식 전환을 보여주는 '벽', '문'으로 표상된다. 따라서 이들 작품에서 뼈대의 역할을 하고 있는 '안에서 밖으로'의 방향 도식(orientaional-schema)은 벽의 '안 - 밖', 문의 '안 - 밖'이라는 이항 대립 체계로서 화자의 정서와 행동모델을 부각시키는 효과를 준다.120) 이러한 인지 도식들의 근저에는 '형태는 운동이다, 정신은 공간을 이동하는 신체이다.'121)라는 다양한 인지 모델들이 내재한다.

이러한 구조적 인지와 밖을 지향하는 인지 모델들의 내부에는 독백적 어조가 강하게 내재해 있다. 독백적 어조는 서정주 시 전반을 아우르면서도 인식의 전환 속에서 존재가 강한 생명력을 표출한 시들에서 현저하게 부각된다. 이러한 독백적 어조에 기반 하여 생명력을 구현하고 있는 위의 시들은 불확정한 시·공간과 긴밀하게 연관되어 존재의 생명력을 강하게 부각시키고 있다.

---

120) 존슨(M. Johnson)/ 노양진 역, 앞의 책, pp.107~123. 이러한 도식은 무수히 많은 지향적 가능성을 표현할 수 있다는 특성이 있다.

121) 레이코프·터너(G. Lakoff·M. Turner)/ 이기우·양병호 역, 앞의 책, p.203.

3) 반복적 인지구조와 초월적 생명력

서정주 시는 어휘와 의미의 반복을 통해 화자의 욕망이 초월적 생명력을 구현하는 데까지 나아가고 있음을 보여준다. 이는 반복이 리듬을 형성한다는 특성 외에도 화자의 욕망과 생명성의 근원을 파악하는 존재론적인 차원까지 포괄하고 있어 다양한 의미생성을 가능하게 한다.[122] 이러한 어휘의 반복과 의미의 반복은 서정주의 시에서 특별히 '바다'의 이미지와 그 특성이 연결되면서 반복의 구조가 단순한 동일 어휘의 반복이 아닌 거듭된 정보제공과 추가되는 효과로 인해 초월적인 의미로 전개됨을 보여준다. 서정주 시에서 초월은 단순히 해탈의 의미가 아니라, 반복되는 고통과 거기에 따라 반복적으로 추가된 정보 제공으로 화자는 통점(痛點)에서 벗어났다는 문제 해소의 의미를 가진다.

'바다'는 우주 만물이 비롯되고 생성되는 원천이며, 광막함과 그 끝에 펼쳐지는 긴 수평선 때문에, 수평축의 끝에 자리 잡고 있을 피안의 세계를 내포한 공간을 표상한다.[123] 따라서 '바다'는 생식, 모성, 자궁 등의 이미지로 상징을 나타낸다.[124] 지금까지 서정주 시에서 '바다'는 "자신을

---

122) 김준오, 앞의 책, p.135. 시에서 반복은 휴지와 의미, 분행, 분절, 구두점의 종류, 한글과 한자의 시각적 효과까지도 포괄하며, 리듬을 형성한다. 로저 파울러는 반복을 "파도의 모양과 크기와 속도만큼이나 무한한 다양한 흐름"을 의미한다고 말한다. 본고는 이러한 '바다' 이미지와 연결하여 반복이 단순한 어휘의 반복이 아닌 존재의 지각 변화의 전 과정을 포괄하는 개념으로 확장한다.

123) 한국문화상징사전 편찬위원회, 앞의 책, p.297.

124) 이명희, 『현대시와 신화적 상상력』, 새미, 2003, pp.159~160. '바다'는 생명체의 리듬을 관장하는 에너지의 표상으로서 여성의 몸의 주기를 닮은 소재이기에 역동적 상상력으로 구현되는 경우가 많다. 서정주 대표작 「海溢」은 이러한 여성 이미지가 구현된 바다를 만날 수 있는 대표작으로 평가되고 있다. 그러나 본고에서 다루고 있는 '바다'는 여성적 이미지로 해석되는 것이 아니라, 화자가 욕망하는 공간

가두는 벽의 문을 열기 위"한 출구라는 점에서 서정주 시학이 갖는 핵심이라고 언급되어 왔다.125) 다음 시에서는 '바다'가 넓은 세계, 자신이 가야 할 곳에 대한 당위적 공간으로 인식된다. 특히 초월적 생명력은 반복되는 바다의 속성과 맞물려서 마침내 바다를 떠나 구름이 되는 초월의 자리에 다양한 의미를 생성시킨다. 이러한 정보의 반복구조가 구성되는 인지과정을 도식화하면 다음과 같다.

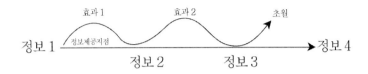

≪도식7≫ 반복적 인지구조의 정보구성 방식

이면서, 화자와 일체되는 몸으로서 형상화되고 있다. 즉, 우주적 생명력으로서의 '바다'가 시적 화자의 몸과 일체 되는 과정을 노래한 것이라 할 수 있다. 이는 곧, 화자의 몸이 우주적 차원으로 확장된다는 의미이기도 하다. 이는 세계와 소통할 수 있는 내밀한 장이 되는 것이다.

125) 신범순, 「반근대주의적 魂의 詩學에 대한 고찰」, 『한국시학연구 4』, 한국시학회, 2001. 그는 이 논문에서 서정주 시와 이상 시를 비교하여 고찰하고 있는데, 서정주는 자신을 가두는 자신을 가두는 벽의 문을 열기 위해 노력한다는 점에서 서정주만의 독특한 시학을 정립하고 있다면, 이상은 식민지 시대의 어두운 방에 스스로 갇히는 유폐의 형식을 택했다고 보고 있다. 그러면서 그는 이러한 인식이 식민지 상황에만 국한된 것이 아니라, 광막하게 펼쳐진 이 세상 자체를 포함하는 것이며, 그것은 모든 어둠을 포괄하며 거대한 우주적 생명력으로 꿈틀거리는 우주적인 뱀의 상징으로 옮아간다고 지적한다. 그러나 의미를 지나치게 확장시키는 이러한 인식은 자칫 오해를 불러일으킬 소지가 있어 보인다.
이에 본고는 '바다'가 화자의 마음의 문을 열거나 화자가 갇힌 벽의 세계로 인식하는 기본적인 토대의 유사성에서 출발하기는 하나, 이러한 해석을 통해서 시인의 우주관, 즉 세계관을 규명하고 '바다'의 상징성과 관련하여 그것의 육화된 시적 형상성에 주목하고자 한다.

반복적 인지구조에 의해 구성된 정보는 바다가 육화된 화자의 자의식을 언어화하는 과정을 보여준다. 화자의 세계관은 반복의 리듬을 형성하면서 정보제공을 통한 인지과정을 거쳐 새로운 세계로 초월하는 방식을 취하고 있다. 초월적 공간은 무한대로 뻗어있는 불확정적인 공간이라는 의미를 내포한다. 다음의 시들은 반복적 인지구조에 의해 초월적 생명력을 강하게 드러내고 있다.

> 귀기우려도 있는것은 역시 바다와 나뿐.
> 밀려왔다 밀려가는 무수한 물결우에 무수한 밤이 性來하나
> 길은 恒時 어데나 있고, 길은 결국 아무데도 없다.
>
> 아- 반딧불만한 등불 하나도 없이
> 우름에 젖은얼굴을 온전한 어둠속에 숨기어가지고 …… 너는,
> 無言의 海心에 홀로 타오르는
> 한낮 꽃같은 心臟으로 沈沒하라.
>
> 아- 스스로히 푸르른 정열에 넘처
> 둥그란 하눌을 이고 웅얼거리는 바다,
> 바다의깊이우에
> 네구멍 뚫린 피리를 불고 …… 청년아.
> 애비를 잊어버려
> 에미를 잊어버려
> 兄弟와 親戚과 동모를 잊어버려,
> 마지막 네 계집을 잊어버려,
>
> 아라스카로 가라 아니 아라비아로 가라
> 아니 아메리카로 가라
> 아니 아프리카로

가라 아니 沈沒하라. 沈沒하라. 沈沒하라!
오- 어지러운 心臟의 무게 우에 풀닢처럼 훗날리는 머리칼을 달고
이리도 괴로운나는 어찌 끝끝내 바다에 그득해야 하는가.
눈뜨라. 사랑하는 눈을뜨라 …… 청년아,
산 바다의 어느 東西南北으로도
밤과 피에젖은 國土가있다.

아라스카로 가라!
아라비아로 가라!
아메리카로 가라!
아푸리카로 가라!

―「바다」 전문

  이 시는 크게 네 개의 인지정보로 구성되어 있다. 첫 번째 정보는 암담한 상황을 표상하고, 두 번째 정보는 암담한 현실 속의 화자의 존재를 표상하며, 세 번째 정보는 세계에 대한 인식의 형태를 드러낸다. 마지막으로 네 번째 정보는 화자의 의식이 초월의 자리로 이동하고 있음을 보여준다. 이는 두 번째 정보를 보충하는 정보에 해당한다.

  첫 번째 정보인 '귀기우려도 있는것은'은 '밀려왔다 밀려가는'과 '무수한 물결', '무수한 밤'이 병렬적으로 결합되어 'ㅁ'음의 반복과 '밤'이 표상하는 어둡고 힘든 날들을 겪은 화자의 존재를 부각시킨다. 이 정보는 '무수한'이라는 양적 수식어의 결합과 '왕래'라는 어휘의 결합으로 많은 날들을 지나온 현재라는 의미를 생성한다.126) 다시 '반딧불만한'과 '등불 하

---

126) 이명희, 앞의 책, p.279. 이명희에 의하면, 무수한 밤이 왕래하는 시간은 영겁의 시간을 의미하며 길은 있기도 하고 없기도 하다는 것을 의미한다. 그는 신화적으로 해석한 논의에서 색즉시공(色卽是空) 공즉시색(空卽是色)의 세상은 현존재가 가야할 방향을 제시하여 주는 것이자 우주와 대면하고 있는 생명 의식의 공간이기도 하다고 언급한다.

나도 없이'의 은유적 결합은 '온전한 어둠속에 숨어가지고'로 수렴되어 암흑의 세계에 갇힌 절박한 상황이라는 의미를 생성한다. '밤'과 '피'와 결합된 '국토'는 이미 많은 이들의 희생이 있었던 길이라는 인지의미를 내포한다.

이렇게 고독과 어둠을 표상하는 일차 정보들은 이차 정보와 결합되면서 구체적인 의미를 생성한다. 두 번째 정보는 화자가 '바다와 나', '우름에 젖은얼굴', '너', '청년', '괴로운 나' 등으로 대상화되면서 의미가 표출된다. 화자는 현장감을 부여하기 위해 일인칭을 사용하다가, 바다로 가라는 당위성을 부여하기 위해 자신을 뒤로 숨기고 '너'와 '청년'으로 대상화하여 강한 어조를 구사한다.

이러한 화자의 정보는 세 번째 정보와 결합되면서 구체화된 의미를 생성한다. '길은 항상 어데나 있고, 길은 결국 아무데도 없다'는 '길은 항상 어데나 있고'와 '길은 결국 아무데도 없다'가 결합되어 인지의미를 생성하는데, 먼저 '길은 항시 어데나 있다'라는 말은 언제나 화자에게 오라고 열려 있는 존재라는 의미를, '길은 결국 아무데도 없다'는 말은 보는 자에게만 길이 있다는 의미를 생성한다. 이것은 길이 주는 의미를 알아차리는 자에게 길이 있다는 것을 의미한다.

위의 정보는 '무언의 해심에 홀로 타오르는'[127]과 결합되어 생명력에 대한 강한 의지를 표출한다. 여기에 '홀로'라는 어휘는 결국 침몰해야 하는 존재가 '나' 밖에 없다는 의미를 생성한다. 앞의 정보의 수식을 받는 '꽃같은 심장으로 침몰하라'는 정보는 바다 위에서 타올라야 하는 존재가 화자 밖에 없다는 의미를 부각시킨다. 바다에 꽃잎 같은 작은 존재이지만

---

127) 레이코프·존슨(G. Lakoff·M. Johnson)/ 노양진·나익주 역, 앞의 책, pp.72~74. '바다는 말이 없다'는 신체적 상상력을 통해 '바다'를 의인화한 존재론적 은유를 성립케 한다.

화자에게는 큰 존재의 의미를 획득하는 꽃으로 표상된다. '꽃'처럼 홀로 타오르는 존재로서 바다 밑으로 가라앉으라는 의미의 표상은 '침몰하라'와 결합되면서 자신을 깨우치는 발언이라는 의미를 생성한다. 따라서 '꽃잎'은 시적 화자의 정신을 표상하는 것으로 해석할 수 있다.

다음 네 번째 정보는 위의 정보를 보충하면서 바다에 침몰하기 위한 절차에 해당한다. '푸르른 정열에 넘쳐', '둥그란 하늘을 이고 웅얼거리는'에서 '푸르른 정열'은 '바다의 정신'을 표상하며, '넘친다'는 동사어와 결합되면서 '바다'가 용기에 비유되고 있음을 보여준다. 넘치는 바다의 정신은 '둥그란 하늘을 이고 웅얼거리는'과 결합하여 앞의 정보의 구체적인 이미지를 형상화한다. 둥그란 하늘을 이고 있는 '바다'는 '하늘의 거울'이라는 의미를 표상한다. 여기서 '바다'의 파도 소리는 '웅얼거리는'의 의성어와 결합하면서 '바다가 웅얼거린다'라는 존재론적 은유를 성립케 한다. 이것은 깊은 바다 위에서 피리를 불고 있는 청년에 대한 정보를 가져오기 위한 사전적 정보에 해당한다. '네구멍 뚫린 피리'는 세상을 인지하는 화자의 태도를 대변하는 정보로, 속을 비워야 아름다운 소리를 낼 수 있다는 원형적 의미를 함축하고 있다. 다시 말해 '피리'는 세상의 풍파를 다스린다는 의미를 생성한다.

위의 정보는 앞의 '피리'와 유사계열을 형성하면서, 다시 '애비'와 '에미', '형제와 친척과 동모', '게집'을 모두 잊어버려야만 된다는 정보로 이어진다. 이를 통해서 화자는 기존에 경험한 전통과 관습, 삶을 버려야 바다에 이를 수 있다는 역설적인 의미를 생성한다. 이것은 기존의 인식에 대한 철저한 부정이 없이는 새로운 세계에 대한 인식도 없다는 것을 의미한다.

이어서 '어지러운 심장의 무게우에 풀닢처럼 훗날리는 머리칼을 달고'

라는 표현을 통해 심장이 어지러울 수밖에 없는 이유가 기존의 관습을 모두 잊어버려야만 가능하다는 앞의 정보를 뒷받침한다. 따라서 '어지러운'과 '훗날리는'의 관형어 중첩배치는 불안정한 화자의 내면을 표출하는 효과를 얻고 있다. '심장'은 감정을 표상하며, '훗날리는 머리털'은 신체적 상상력에 기반 한 은유로 파도자락을 표상한다. 따라서 여기에는 화자의 이성과 감정의 무게 위에 파도의 이미지가 겹쳐짐으로써 화자와 바다가 일체가 된다. 여기에 '끝끝내 바다에 그득해야 하는가',[128] '눈뜨라'가 부가됨으로써 의미가 강화된다.

다시 모든 정보들에 연결되는 '침몰하라', '가라', '잊어버려', '눈뜨라. 사랑하는 눈을뜨라'의 반복은 화자의 행위에 구체성을 부여하는 정보이다. 특히 '가라'라는 어휘 뒤로 '아니'[129]라는 부정어를 삽입하여 '침몰하라'는 말로 고쳐 쓰고 있는 것은 가는 것만으로 부족하므로, 가서 바다 깊이 가라앉으라는 의미를 생성한다.[130] 더불어 화자가 가야 할 구체적인 장소 정보로 제시된 '아라스카', '아라비아', '아메리카', '아프리카'는 아시아를 벗어난 지역이다. 'ㅏ'모음의 반복은 신비스러운 음향의 효과를 빚어낼 뿐 아니라 막막한 현실에서 벗어나 다른 곳으로 가라는 몸부림의 형

<hr>

128) 위의 책, pp.66~67. 여기서 화자가 그득해야 하는 '바다'는 넓은 의미에서 '그릇'으로 인지된다. 우리는 각각을 경계 짓는 표면과 안-밖의 지향성을 지닌 하나의 그릇이다. 여기서는 물질(자연물)이 그 자체로서 그릇의 이미지로 간주된 경우이다.

129) 이원표, 앞의 책, p.84. '아니'는 상위 언어를 부정할 때 사용하는 대답이지만, 이 시에서 '아니'의 사용은 사전적 의미 외에도 화자의 갈등을 표현하거나 가야할 세계에 대한 당위적 의미를 함축하는 미적 장치의 의미를 지닌다.

130) 브룩스(C. Brooks)/ 이경수 역, 『잘 빚어진 항아리』, 홍성사, 1983, p.14. "용어를 고정시키고 엄밀한 외연으로 응결시킬 필요가 있는 것이 과학의 경향이라면, 시인의 경향은 이와는 대조적으로 분열적이다. 시인의 용어는 꾸준히 상호 수식하면서 그 사전적인 의미를 파괴한다." '가다'와 '침몰하다'는 상호작용에 의해 시인의 내면에 복잡하게 얽혀 있는 의식을 '바다'로 통합시키는 역할을 한다.

상화하는 의미를 획득한다.[131]

결국 이 시는 화자가 반드시 가야 할 '바다'에 대한 당위성을 반복적 구성에 의해 의미를 생성하고 있다. 위의 시가 반복적 정보구성을 통해 침몰이 상징하는 자아의 존재부정으로 초월적 자리에 이르고자하는 화자의 정신을 드러냈다면, 다음 시는 침몰 이후에 드러난 바다 밑에 대한 정보가 제공됨으로써 다양한 의미를 생성한다.

영원 파닥거려 일렁이는 재주 밖에 없는 머리 풀어 散髮한
떫디 떫은
저 어질머리 같은 물결.

그 아래를 조끔만 내려가면, 立體는 입체다. 罪는 죄이다. 어잏든
結末은 결말, 결말은 결말이다.

마지막으로 뻘밭 위에 괴발 디뎌 羅列한,
삼대밭 같은
삼대밭 같은
아무데로도 걸어서 더 갈 데 없는
저 天罰받은 拘束의 聯立 立方體!
바다 萬歲!
바다 萬歲!
바다, 바다, 바다, 바다, 바다 萬歲!

무엇하러 내려왔던고?
무엇하러 물 舞童 서서
무엇하러 瀑布질 쳐서
푸줏간의 쇠고깃더미처럼 내던져지는

131) 강영미, 앞의 논문, p.86.

저 낭떠러질 굴러 내려왔던고? 내려왔던고?
차라리 新房들을 꾸미었는가.
피가 아니라
피의 全集團의 究竟의 淨化인 물로서,
조용하디 조용한 물로서,
이제는 자리잡은 新房들을 꾸미었는가.

가마솥에 軟鷄닭이
사랑김으로 날아오르는
구름더미 구름더미가 되도록까지는
오 바다여!

―「바다」 전문

이 시는 세 개의 인지정보로 구성되어 있다. 첫 번째 정보는 바다 위의 공간으로 '영원 파닥거려 일렁이는 재주 밖에 없는', '떫디 떫은', '어질머리 같은 물결'이다. 그리고 두 번째 정보는 바다 밑의 공간으로 '삼대밭', '聯立 立方體'로 압축된다. 마지막으로 세 번째 정보는 초월적 공간으로 '사랑김으로 날아오르는 구름더미'로 압축된다.

첫 번째 정보인 '영원 파닥거려 일렁이는 재주 밖에 없는', '어질머리 같은 물결'132)은 바다의 속성을 신체화한 정보이다. 특히, '떫디 떫은'의 'ㄸ'음의 반복은 짜디짠 바다를 강조한 효과이다. 두 번째 정보는 '입체

---

132) 조연정, 「서정주 시에 나타난 '몸'의 시학 연구」, 서울대 석사논문, 2002, pp.34~36. '어질머리 같은 물결'에 대한 흥미로운 해석을 덧붙이고 있는 조연정은 '혼돈'으로 바다를 규정하고 어질머리 같은 물결을 '뱀'으로 인식한다. 이는 바다가 그 안에 순환재생의 상징인 '뱀'을 포함하고 있는 것임을 보여주는 것이라고 해석한다. 이러한 '뱀'과 같은 물결을 통해 '바다'는 생성의 공간인 영원의 입방체가 되는 것이라고 보고 있다. 끊임없이 밀려오고 밀려 나가는 바다의 '포말'은 영원한 생명을 의미하는 '뱀'으로 연결된다고 보는 신화적 상상력에 기반 한 이 논의는 참신해 보이기는 하나 다소 과대 해석된 부분이 있어 보인다.

는 입체', '벌은 벌', '결말은 결말', '聯立 立方體' 등이다. '입체는 입체', '벌은 벌', '결말은 결말'과 같은 '무엇은 무엇이다'라는 어법은 존재는 존재일 뿐 그 이상의 아무것도 아니다 라는 존재의 무의미성을 내포한다. 입체는 다양한 각도에서 볼 수 있는 존재의 속성을 표상하며, 벌은 벌일 뿐이므로 더 이상 결말(죄)에 대한 원인을 규명하지 말라는 의미를 내포한다.

다시 '삼대밭'에 비유된 바다에는 더 이상 갈 데가 없는 천벌 받은 '영원의 연립 입방체'라는 정보가 제공된다. 여기서 바다는 현존재의 근본을 표상하는 코드로서 작용하는데, '무엇하러 내려왔던고?'의 반복적인 의문을 통해 화자의 허무의식을 표출한다. 여기에는 바다로부터 구원을 받고 싶어 하는 화자의 정서가 내재해 있다. 존재의 근원지인 바다 밑에 대한 정보는 '무엇하러!', '내려왔던고?'의 반복적 결합으로 삶이 부질없다는 의미를 생성한다. 따라서 바다 위 → 바다 밑으로 이어지는 정보는 '차라리 신방들을 꾸미었는가'의 정보로 이어지고, 다시 이는 다시 '피'가 아닌 '정화인 물'과 결합되면서 존재의 근원을 묻지 않고 새로운 존재를 확인하는 초월적 공간으로 확장된다.[133]

위의 정보는 '사랑김으로 날아오르는 구름더미'로 확장된다. '사랑김'은 연소를 통해 생겨나는 수증기로서 여기서는 생명이 들끓는 몸이라는 의미를 생성한다.

결국, 이 시는 '저 어질머리 같은 물결'(바다 위) → '삼대밭', '연립 입방체'(바다 밑) → '사랑김으로 날아오르는 구름더미'(하늘)로의 이동을 통

---

133) 천이두, 「지옥과 열반」, 조연현 외, 앞의 책, pp.51~58. 서정주가 '피'를 통해 현세와 내세를 포용하려 한다는 천이두의 해석은, 서정주 시가 바다와 일체 되는 몸을 통해 유한의 시·공간인 현세를 무한의 시·공간으로 확장시키려는 과정이라고 보는 본고의 시각과 연관성이 있다.

해 지속되는 반복 속에서 존재의 욕망을 버리고 초월적 생명력으로 확장
된 의미를 생성한다.

> 첫 窓門 아래 와 섰을 때에는
> 피어린 牧丹의 꽃밭이었지만
>
> 둘째 窓 아래 당도했을 땐
> 피가 아니라 피가 아니라
> 흘러내리는 물줄기더니,
> 바다가 되었다.
>
> (중략)
>
> 셋째 窓門 영창에 어리는 것은
> 바닷물이 닳아서 하늘로 가는
> 차돌같이 닳는 소리, 자지른 소리.
> 셋째 窓門 영창에 어리는 것은
> 가마솥이 끓어서 새로 솟구는
> 하이얀 김. 푸른 김. 사랑 김의 때
>
> ―「旅愁」부분

이 시는 세 개의 인지정보로 구성되어 있다. 이러한 정보구성은 세 개
의 창을 지나는 동안 화자가 존재의 변화를 보여주는 과정으로 이루어져
있다. 첫 번째 정보는 '피어린 牧丹의 꽃밭' 등이며, 두 번째 정보는 '흘러
내리는 물줄기', '바다' 등이다. 마지막으로 세 번째 정보는 '하이얀 김',
'푸른 김', '사랑 김의 때' 등이다.

첫 번째 정보인 '목단의 꽃밭'은 '피'의 생명력을 표상한다. 그리고 두

번째 정보인 '흘러내리는 물줄기'는 존재의 근원지인 '바다'로 이동했다가, 다시 세 번째 정보인 '하얀 김', '사랑 김', '푸른 김의 떼'로 이어지면서 초월성을 획득한다.

세 번째 정보인 '바닷물이 닳아서 하늘로' 간다는 것은 지상에서 천상으로의 이동, 즉 수직적 이동을 의미한다. 이러한 상승의 이미지는 하이얀 김, 푸른 김, 사랑 김의 떼로 구체화된다. '차돌같이 닳는 소리'와 '자지른 소리'를 동반하는 바닷물이 하늘로 가는 과정은 존재의 심연을 들여다보는 인류 생명의 근본을 자각하는 과정을 의미한다. 그것은 가마솥이 끓어서 새로 솟구는 하이얀 김, 푸른 김, 사랑 김의 떼처럼 솟아올라 결국 닳아야 하고 끊어야 하고 끊임없이 떠돌아야 하는 것이 운명이라는 의미를 산출한다.

이상에서 살펴 본 「바다」의 시편들은 우주의 리듬을 표상하는 '바다'가 반복적인 인지과정에 의해 정보가 구성되면서 시적 화자의 몸과 일체되는 초월적 생명력을 드러낸다. 시적 화자와 '바다'가 일체된다는 것은 곧, 화자의 몸이 세계로 확장된다는 의미로, 자아와 세계가 소통할 수 있는 내밀한 장이라는 의미를 획득한다.

특히, 동일한 제목의 「바다」의 시들을 간략히 살펴보면 다음과 같다. 우선 먼저 살펴본 『화사집』(1941) 소재의 「바다」는 1938년 『四海公論』 10월에 발표된 해방 전 작품이며, 뒤의 작품 「바다」는 『신라초』(1960) 소재의 것으로 1957년 『現代文學』 9월에 발표된 작품이다. 전자의 시는 해방 전이라는 상황임을 고려할 때, '바다'에 대한 시적 화자의 인지가 강하게 투사되어 있음을 볼 수 있다. 특히, '해라체'의 문장 종결 어미는 화자의 행위를 강요하는 역할을 한다. 반면에 후자의 시는 그러한 명령적 어조에서 벗어나 전체적으로 부드러운 어조를 구사하고 있다. 앞의 시가

'바다'에 그득해야 하는, 즉 '바다'와 일체되는 한 몸이어야 함을 강조했다면, 이 시는 초월적 공간을 구체적으로 제시하여 존재와 세계가 하나로 이어져 있다는 인식을 드러내고 있다. 즉, 전자의 시가 반복적 어휘와 어조의 강렬함을 통해 불안정하고 긴박한 시적 공간의 분위기를 조성했다면, 후자의 시는 존재의 근원과 변화에 대한 성찰이 이루어짐으로써 자신을 객관화시키는 의지를 드러내고 있다. 이렇듯 동일한 대상에 사상된 '바다'의 이미지는 작품의 창작 시기와 병행하여 다양한 의미를 형상화한다.

지금까지 살펴 본 바와 같이 욕망의 다층화와 생명의 충일은 대상을 인지하는 화자의 행동모델에 집중된다. 대립적 인지구조, 전환적 인지구조, 반복적 인지구조에 의해 정보를 구성하면서 들끓는 생명 욕망과, 한계 상황 속에서 전환을 인식하는 존재의 생명력, 반복 과정을 통해 초월적 생명력이라는 의미를 생성한다.

대립적 인지구조를 통해 본능적 생명력을 구현하고 있는 「대낮」, 「가시내」, 「입마춤」, 「맥하」는 대립되는 어휘들의 병치를 통해 작품에 긴장감을 더하는 효과를 준다. 이를테면, '다라나'면서 '부르는' '님'과 '나'의 대립적 행동모델과 신체 접촉의 묘사는 '낮'이라는 인지시간과 연결되면서 더욱 강한 생명욕망을 드러내고 있다. 이에 '핫슈', '코피', '석류'와 같은 강한 이미지의 어휘를 삽입함으로써 생명 욕망을 더욱 강화시키는 효과를 얻고 있다.

전환적 인지구조를 통해 존재의 생명력을 구현하고 있는 「방」, 「벽」, 「문」, 「밀어」, 「무제」 등의 작품에서는 '안에서 밖으로'라고 하는 방향도식(orientaional-schema)이 내재한다. 벽의 '안'과 '밖', 문의 '안'과 '밖'이라는 도식은 화자의 정서와 행위 변화를 현장감 있게 조명한다는 특징이 있다. 이미 언급한 바와 같이, 대상을 인지하는 방향 도식들의 근저에는 '정신은 공간을 이동하는 신체이다.'라는 의미의 다양한 인지 모델들이 나타난다. 이를테면, 어두운 공간에서 밝은 공간으로 전환하고자 하는 화자의 욕망은 이미 운동성을 확보하고 있다. 이들은 시·공의 불확정성과 긴밀하게 연관되어 화자의 의식을 더욱 강화하는 효과를 준다.

반복적 인지구조를 통해 초월적 생명력을 구현하고 있는 「바다」(『화사』), 「바다」(『신라초』), 「여수」 등은 열린 공간을 지향하는 화자의 의식세계를 구체적으로 드러낸다. 반복은 작품에 형상화된 정서를 집중(concentration)적으로 드러내면서 일정한 리듬을 형성한다. 또한 밝음과 어둠을 표상한다. 어휘의 배치와 다양한 어조의 구사는 화자의 욕망을 극대화한다.

이러한 인지정보들은 시·공간의 인지와 더불어 극복을 향한 화자의 적극적이고 능동적인 행위를 전면에 내세운다. 그리고 이를 통해 미래 지향적인 화자의 욕망을 실현 가능하게 한다. 이러한 인지정보는 반복적으로 구성되면서 작품의 긴밀도를 높이는 효과를 주고 있다.

4. 신화적 상상력과 생명의 확산

신화란 줄거리를 가진 일종의 우화를 의미하면서 비합리적이고 직관적인 것을 의미한다.[134] 신화 속에서는 인간과 자연과 신이 하나의 공동

---

134) 허윤희, 「언어의 물질성과 초월의 가능성」, 『민족문학사연구』 16호, 민족문학사

체를 이루고 있으며, 인간의 사고와 정서가 미분화된 상태의 순수한 삶 자체를 보여주는 특성이 있다.[135] 신화의 이러한 특성은 신화가 보여주는 상상의 시·공간과 결합하면서 신화 속에서 이야기되는 당시의 생생한 삶의 정보를 전달하고 오늘의 현실 속에서 재해석 되어 다양한 의미를 생성한다.

상상력은 기본적으로 시·공간을 자유롭게 이동하기도 하며 일정한 주기성을 갖고 순환한다. 때로 순환성은 뫼비우스 띠처럼 안과 밖의 경계가 구분되지 않고 돌고 돌다가 소멸하는 유한성을 지니고 있어서 슬픔의 이야기가 되기도 한다.[136] 이러한 상상력은 근본적으로 복원성과 회귀성을 담보하고 있는데, 여기에서는 우주적 질서 속에서 무한대로 생명이 확산되는 과정에 주목하고자 한다.

신화적 상상력과 생명의 확산은 텍스트의 정보구성 방식에 따라, 순환적, 대비적, 단일적 인지구조를 보인다. 이러한 인지정보는 각각 순환적 인지구조를 통해 윤회성을 드러내거나, 대비적 정보구성을 통해 공존성을 획득하는 방식을 취하고, 단일적 인지구조를 통해 모성성이 구현되고 있는 경우이다. 이들은 모두 신화적 시·공간을 바탕으로 하여 이야기가 재구성되고 있기 때문에 화자의 행동모델보다는 화자의 태도가 더욱더 중요하게 부각된다. 결국 서정주 시는 몸의 감각을 통해 실존을 자각하고 몸이 가지고 있는 욕망의 다층화로 인해 충만한 생명력을 구현하고 있다. 그것은 신화적 상상력을 통해 생명이 확산되는 것으로 이어진다.

학회, 2000.
＿＿＿＿, 「미당 서정주 시의 신화성」, 『한국문학이론과 비평』, 앞의 책, p.51에서 재인용.

135) 김준오, 앞의 책, p.216.

136) 이명희, 앞의 책, p.24.

1) 순환적 인지구조와 윤회성

서정주의 시는 신화성을 구현하면서, 순환적 구조의 인지에 의해 다분히 윤회적인 성격을 드러내고 있다. 윤회사상은 현존재의 근원과 현존재가 누리는 행·불행의 이유를 이전의 삶 또는 그 이전의 삶으로부터 왔으며 또 이후의 삶으로 이어져 있다고 보는 것이다. 이는 인간이 현실세계의 행위에 따라 사후에 그에 상응하는 보답을 받아 다양한 모습의 생명체로서 세계에 다시 태어난다고 믿는 것을 말한다.[137)]

이것은 지금까지 그의 시에 지속적으로 거론되어 왔던 영원성의 개념과는 다소 변별성을 갖는다. 영원성이 외부와 내부로부터 생긴 분열의 간극을 회복하고 무한히 확장되는 시·공간을 지향하고 있다면, 순환적 구조를 통해 인지되는 윤회성은 현재로 집결된다는 특성이 강하다. 화자는 '지금 여기'의 위치에서 중첩된 과거의 기억을 복원하여 현재의 공간에서 대상을 인식하고자 한다. 이어서 인과의 법칙을 대상에 적용하여, 과거의 생에서 풀어내지 못한 과거의 매듭을 현실에서 풀어내려고 한다. 이러한 정보의 순환적 구조가 구성되는 인지과정을 도식화하면 다음과 같다.

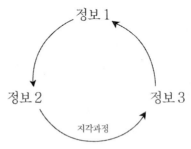

≪도식8≫ 순환적 인지구조의 정보구성 방식

---

137) 장승식, 『간추린 불교 상식』, 민족사, 2004, pp.399~400.

인간이 죽음으로 그 존재 자체가 내세에 귀속되는 것이 아니라, 그 모습을 바꾸어 다른 형태로 재생하여 인간의 현실에 귀속된다는 윤회성은 서정주 시에서 순환적 구조를 통해 다양하게 인지된다.[138]

속눈섭이 기이다란, 게집애의 年輪은
댕기 기이다란, 붉은댕기 기이다란, 瓦家千年의銀河물구비
…… 푸르게만 푸르게만 두터워갔다.

어느 바람속에서도 부끄러운 열매처럼 부끄러운 게집애.
靑蛇.
뽕나무에 오디개 먹은 靑蛇.
天動먹음은,
草龍불달고…….
번갯불 먹음은, 쏘내기 먹음은,
검푸른 하늘가에 草龍불달고…….

고요히 吐血하며 소리없이 죽어갔다는 淑은,
유체 손톱이 아름다운 게집이었단다.

— 「瓦家의 傳說」 전문

이 시는 크게 세 개의 인지정보로 구성되어 있다. 첫 번째 정보는 '숙'의 연륜을 표상하는 것이고, 두 번째 정보는 '숙'의 비극적 운명을 표상하는 것이며, 세 번째 정보는 이야기를 정리하는 단계이다.[139]

---

138) 홍기상, 『불교문학 연구』, 집문당, 1977, p.64.

139) 이 시는 이미 전설이 되어 버린 '숙'에 대한 인지정보를 화자가 재구성하는 방식을 취하고 있다. 그러나 한편 '와가'를 주요 정보로 볼 수 있는 가능성도 배제할 수 없다. 이를테면, '화자 → 와가 → 청사 → 숙'의 인지과정이 그것이다.

첫 번째 정보인 와가에서의 '숙'에 대한 정보인 '기이다란', '속눈섭', '댕기'의 어휘는 '瓦家千年의銀河물구비', '푸르게만 두터워갔다'와 연결되면서 그만큼 오랜 세월이 지나 와가의 푸른색과 일체되었다는 의미를 생성한다. '푸른색'은 하늘과 바다가 상징하는 피안(彼岸)의 빛을 표상하는데, '숙'에 대한 정보와 결합하여 신화성을 획득한다. 죽은 '숙'이 와가의 전설이 되어 버렸다는 단정적 정보인 '푸르게 두터워갔다'는 오랜 세월속에서 '와가'에 '이끼'가 끼었음을 의미한다. '이끼'는 '숙'이의 시간이 정지된 상태로 죽음이나 무덤을 표상하는데, 이 시에서는 '두터워갔다'는 진행형의 서술어와 결합하면서 지속적이라는 의미를 획득한다. 시 제목의 일부이기도 한 '와가'는 '숙'과 현재의 화자를 연결하는 매개체로서 의미를 획득한다. 즉, '와가'는 현실을 벗어난, 현실에 존재하지 않는 공간으로 신화성을 확보한다. 이렇듯 '숙'에 대한 인지 정보는 '와가'라고 하는 사물과 더불어 정교하게 구조화 되어 있다. 따라서 첫 번째 정보는 오래된 '숙'의 연륜과 '숙'과 '와가'와의 연관성에 대한 밀접함을 강조하며, 시를 끌고 가는 중요한 단서를 제공한다. 3행의 말줄임표는 위의 '기이다란'과 '瓦家千年의銀河물구비'와 결합하여 시간이 오래되었다는 강조의 의미를 생성한다.

두 번째 정보인 자연물로서의 '숙'에 대한 정보인 '청사'는 '숙'이 현재까지도 살아 있는 몸을 표상하는 신화성을 획득한다. '청사'는 '숙'을 비유한 정보로 자연물인 '오디개', '천둥', '번갯불', '쏘내기'를 머금은 존재로 확장된다. 그러한 자연적인 요소들을 머금고 있다는 것은 거듭되는 윤회에도 불구하고 그녀가 씻어내지 못하고 있는 부끄러움을 대변하기 위한 표상으로서 의미를 생성한다.

여기에 첨가 된 거친 호흡 구사, 어휘의 나열은 '숙'의 비극성을 고양시키는 효과를 준다. 이는 모두 자연친화적인 것이지만 색체나 성격이 강하다는 특성을 내포하고 있다. '오디개'는 푸르고 붉은 색을 띠다가 다 익으면 까맣게 변하는데, 그것을 따 먹으면 입 주위에 검붉은 물이 든다. '천둥', '번갯불', '쏘내기'는 '검푸른 하늘'을 구성하는 요소로 불길한 예감을 표상한다. '검푸른 하늘'은 '검다'와 '푸르다'의 합성어로 이루어져 '푸르다'의 밝은 이미지와 '검다'는 어두운 이미지를 동시에 함축한 '숙'의 삶을 고양시키는 효과를 준다. 이러한 '숙'을 둘러싼 검푸른 색의 이미지와 강한 성격을 드러내는 요소들은 '청사'로 인지될 수밖에 없었던 '숙'의 운명을 대변하는 정보이다.

위의 정보는 다시 세 번째 정보와 결합되면서 정리 단계에 이른다. '부끄러운 게집애'는 '고요히 토혈하며 소리없이 죽어갔다'와 인과적으로 결합된다. 그녀가 토혈하며 맞이하는 죽음이 와가의 전설과 청사로써 삶을 통해 겪은 고통스런 윤회에도 불구하고 '부끄러운 게집'이라는 정보에서처럼 고요히 죽을 수밖에 없는 운명의 의미를 생성한다. 왜냐하면 '부끄러운 게집'이라는 말 속에는 그녀의 관능적 외모나 삶이 '와가', '청사', '千年의銀河물구비'처럼 과거의 문제 속에 갇혀 있었다는 의미가 함축되어 있기 때문이다. '유채손톱'은 부모에게서 물려받은 타고난 손톱을 표상하면서 '숙'의 정체성을 드러낸다.[140]

이 시는 불운한 삶을 살다 간 게집을 청사로 비유하여 와가의 전설 속에서 '숙'이 현재의 시점에도 살아 있다는 인지의미를 표출한다. 이는 '와가'의 푸른 모서리처럼 두텁게 굳어져 간 '숙'의 정보를 '청사'로의 비유를

---

140) 이경수, 앞의 책, p.224에서 재인용. 김재홍은 『한국 현대시 시어사전』에서 '유체'를 '타고난 모습 그대로의'라고 제시하고 있다. 이를 이경수는 '부모님이 남겨 주신 몸 그대로', '타고나기를'을 의미한다고 해석한다.

통해 전달함으로써 신화성을 획득한다. 또한 이 시에서 죽은 '숙'에 대한 이야기를 지속적으로 언급하는 것을 통해 숙의 죽음에 대한 원인을 전설로 돌리고 있다.

이상에서 살펴 본 바와 같이, 이 시는 비극적 삶을 살다간 '숙'을 둘러싼 다양한 의미망들이 주류를 이루면서 시의 의미구조를 형성한다. 우선, 이 시의 주조를 이루는 의미의 대립은 '푸르게 두터워져 가는 와가의 역사'와 '소리 없이 죽어간 숙'의 구조이다. 또다른 한편으로, 이는 대립이라기보다 푸르게 두터워 갈수록 소리 없이 죽어간 숙의 연륜이 깊어가는 것이므로 비례구조를 띤다고 볼 수 있다. 세월 속에서 그렇게 두터워 간 것은 '숙'이면서, '계집'이면서, '청사'인 것이다.

그런 오래된 세월 속에 청사가 된 '숙'의 연륜은 붉은색과 푸른색의 이미지를 동시에 띠고 있다. 붉은색의 계열에는 '댕기', '부끄러운 계집애', '오디개', '초롱불', '토혈' 등이 있으며, 푸른색의 계열로는 '은하물구비', '청사', '검푸른 하늘' 등이 있다. 그리고 붉은색과 푸른색의 이미지를 모두 갖고 있는 계열로는 초롱불과 번갯불이 있다. 이러한 붉음과 푸름의 색체 이미지와 자연물에서 이미지의 중첩은 모든 풍파를 다 겪은 뒤 외롭게 죽음을 맞이한 '숙'의 비극적인 운명을 노정하는 중요한 인지의미를 획득한다. 화자의 진술 속에서 '와가'라는 매개물을 통해 그녀의 존재 의미를 획득할 수 있는 것이다. 이처럼 순환적 인지구조에 의한 윤회성의 획득은 다음 시에서도 구체적으로 형상화 된다.

> 내 너를 찾아왔다…… 臾娜. 너참 내앞에 많이있구나 내가 혼자
> 서 鐘路를 거러가면 사방에서 네가 웃고오는구나. 새벽닭이 울때마
> 다 보고싶었다…… 내 부르는소리 귓가에 들리드냐. 臾娜, 이것이
> 멫萬時間만이냐. 그날 꽃喪阜 山넘어서 간다음 내눈동자속에는 빈

하눌만 남드니, 매만저 볼 머리카락 하나 머리카락 하나 없드니, 비만 자꾸오고…… 燭불밖에 부흥이 우는 돌門을 열고가면 江물은 또 몇천린지, 한번가선 소식없든 그 어려운 住所에서 너무슨 무지개로 네려왔느냐. 鐘路네거리에 뿌우여니 흐터져서, 뭐라고 조잘대며 햇빛에 오는애들. 그중에도 열아홉살쯤 스무살쯤 되는애들. 그들의눈망울속에, 핏대에, 가슴속에 드러앉어 臾娜! 臾娜! 臾娜! 너 인제 모두다 내앞에 오는구나.

—「復活」 전문

이 시는 두 개의 인지정보로 구성되어 있다. '유나'의 존재성을 인지하는 정보와 '유나'의 죽음을 감각적으로 인지하는 정보가 그것이다. 이 두 개의 정보는 유기적으로 결합하여 현존재로의 재생을 통해 윤회성을 획득한다.

첫 번째 정보인 '내 너를 찾아왔다', '너참 내앞에 많이있구나', '사방에서 네가 웃고오는구나', '부르는 소리 귓가에 들리드냐', '너무슨 무지개로 네려왔느냐', '너 인제 모두다 내앞에 오는구나', '몇萬時間만이냐', '열아홉살쯤 스무살쯤 되는애들', '눈망울', '핏대', '가슴속에 드러앉어'는 서로 결합되어 '유나'의 부활을 인식한다. 시 제목이기도 한 '부활'은 존재가 죽었다가 원래의 몸으로 재생되는 경우와 죽은 몸 안의 정신이 다른 대상 즉, 다른 몸을 통해 재생되는 것을 말하는데, 이 시에서는 후자의 경우에 해당한다. 왜냐하면 화자가 이미 죽은 '유나'의 부활을 허공에서 만나는 것이 아니라 '열아홉살쯤 스무살쯤 되는애들', '눈망울', '핏대' 속에서 인지하고 있기 때문이다.

이러한 '유나'에 대한 인지정보는 '몇萬時間만이냐'와 결합하면서 순환구조의 윤회성을 생성한다. 몇 억겁의 시간은 '겁'이라고 하는 우주의 광대함 따위를 표현하는 단위에 '억'이라고 하는 천문학적인 수량의 단위가 첨가됨으로서 시간의 경계가 지워진 신화적 의미를 생성한다.[141] 위의 모든 정보는 '인연(因緣)'이라는 불교적 의미를 함축한다. 유기체적 사유에서 인연(因緣)에 의해 생겨나는 연기(緣起)라는 우주의 순환 속에서 연관되지 않은 것은 없다.[142] '몇萬時間만'의 시간은 '무지개'로 이어지면서 '유나'의 부활, 재생, 강림의 의미로 확산된다.

두 번째 정보인 '꽃喪阜 山넘어서 간다음'은 '내눈동자속에는 빈하눌만 남드니'와 결합하면서 '죽음'을 인지한 상황을 표출한다. '빈하눌만 남느니'는 '매만저 볼 머리카락 하나 없드니'와 결합되면서 '유나'가 돌아올 수 없는 곳으로 떠났다는 정보를 표출한다. 자꾸 오는 '비'는 불교적 의미로서의 죽음을 표상하는데, '燭불밖에 부홍이 우는'과 결합하여 시적 공간의 어두운 이미지를 한층 고양시킨다. '돌門을열고가면'은 저 세상으로 가는 통로를 표상하는 구체적인 정보로, '꽃喪阜 山'을 넘어야 한다는 앞의 정보를 이어받고 있다.

결국 이 시는 허공이 아닌 '눈', '소리', '열아홉살쯤 스무살쯤 되는애들', '눈망울', '핏대'를 통해 '유나'를 인지하는 순환구조 속에서 '몇萬時間만'의 '인연(因緣)'으로 이어지는 윤회성을 드러낸다. 이러한 윤회성은 '별'을 인간의 내부와 연결하여 소우주로 확장된 몸이, 일탈과 관류의 순환적 인지구조를 통해 확산되는 생명성을 구현하고 있는 다음 시에서도 드러난다.

> ① 千五百年 乃至 一千年 前에는
> 金剛山에 오르는 젊은이들을 위해
> 별은, 그 발밑에 내려와서 길을 쓸고 있었다.

---

141) 최정민, 『현대인을 위한 알기 쉬운 불교윤리』, 불교시대사, 2000, p.175.
142) 이수정, 앞의 논문, pp.180~181.

② 그러나 宋學 以後, 그것은 다시 올라가서

추켜든 손보다 더 높은 데 자리하더니,

③ 開化 日本人들이 와서 이 손과 별 사이를 虛無로 塗壁해 놓았다.

④ 그것을 나는 單身으로 側根하여

내 體內의 鑛脈을 通해, 十二指腸까지 이끌어갔으나

거기 끊어진 곳이 있었던가.

오늘 새벽에도 별은 또 거기서 逸脫한다. 逸脫했나가는 또 내려와

貫流하고, 貫流하다간 또 거기 가서 逸脫한다.

腸을 또 꿰매야겠다.

　　　　　　　　　　　—「韓國星史略」전문 (번호는 필자)

이 시는 네 개의 인지정보로 구성되어 있다. 『삼국유사』의 「혜성가」
를 모티프로 차용하고 있는 이 시는 신라시대, 고려시대, 갑오경장, 현재
에 이르는 각각의 별에 대한 정보를 순차적으로 구성하고 있다. 네 번째
현재의 정보에서 시간적 순환이 윤회성을 획득한다.

첫 번째 정보인 신라시대의 '별'은 우리에게 친숙한 존재로, '별은 발밑
에 내려와서 길을 쓸고 있었다'는 정보제시를 통해 신화적인 존재임을 표
상한다. 이는 천상과 지상의 경계가 무화되었다는 신화성을 획득한다.
'길을 쓸고 있었다'는 과거형 어미는 '별'을 '빗자루'로 개념화한 일상생활
과 친숙한 도구로서의 의미를 생성한다.

이는 다시 두 번째 정보인 고려시대로 이동하면서 '다시 올라가서/ 추
켜든 손보다도 더 높은 곳에 자리하더니'라는 신적인 존재가 된 '별'에 대
한 정보를 표출한다. 천상으로 이동한 '별'은 지상과 소통이 이루어지지
않는다는 의미를 생성한다.

세 번째 정보인 갑오경장 때의 '별'은 개화 일본인들에 의해 '손과 별
사이를 虛無로 塗壁해 놓았다.'는 정보로 제시된다. '별'이 위성의 하나에

불과하다는 과학의 지식을 통해 신화가 제거된 상태를 의미한다.

위의 정보는 다시 네 번째 정보인 현재로 이동하면서 다양한 의미를 생성한다. '내 體內의 鑛脈을 通해, 十二指腸까지 이끌어갔으나'의 정보에서 석탄이나 황금이 흐르는 곳인 '광맥'은 '육체'와 결합하여 화자의 몸을 소우주의 의미로 확장한다. 인간의 몸을 매개로 하여 인간우주(Kosmos Anthropos)의 구조, 즉 살아 있는 우리 몸과의 접촉을 통해 체험하는 무한 복합체인 내우주(Endokosmos)를 밝힐 수 있다.143) 여기서는 몇 천 년 전 전부터 내려오는 '별'을 만났던 화자의 기억과 연결되어 있는 육체로 보고 우주의 질서를 보여주고자 한다는 의미를 획득한다.

'별'은 화자 내부 깊숙이 두고 싶은 욕망을 표상한다. '十二指腸까지 이끌어갔으나/ 거기 끊어진 곳이 있었던가./ 오늘 새벽에도 별은 또 거기서 逸脫한다. 逸脫했다가는 또 내려와 貫流하고, 貫流하다간 또 거기 가서 逸脫한다./ 腸을 또 꿰매야겠다.'는 정보의 순환적 구조는 '별'이 사라지는 '새벽' 시간과 '별'이 뜨는 '밤' 시간을 결합한 미적인 형상화를 가능하게 한다. '일탈'은 사라진 기억을 표상하며, '거기 끊어진 곳이 있었던가', '꿰매야겠다'와 결합되어 '별'의 복원이 이루어지지 않았다는 의미를 표출한다. 인간의 내부에서 '별'의 순환성은 무한히 반복되는 우주 순환의 신화를 표상하면서 소우주로서의 몸이라는 생명 확산의 의미를 생성한다.144) 이 시가 인간의 몸 안에서 신라의 별을 회복시키려 하였다면, 다음의 시는 하늘에 광맥(鑛脈)을 펴는 행위를 통해 인간의 몸을 소우주로 확산시키고 있다.

---

143) 김정현, 앞의 책, p.172.

144) 엘리아데(M. Eliade)/ 이재실 역, 『이미지와 상징』, 까치, 1998, p.84.

한섬지기 남직한 이내〔嵐〕의 밭을 찾아내서

대여섯 달 가꾸어 지낸 오늘엔
홍싸리 수풀마냥 피는 서걱이다가
翡翠의 별빛 불들을 켜고,
요즈막엔 다시 生金의 鑛脈을 하늘에 폅니다
　　　　　　—「娑蘇 두 번째의 편지 斷片」 부분

'이내 [嵐]의 밭'은 산 속의 아지랑이 같은 기운을 가진 꽃밭의 이미지
로 화자가 대여섯 달 가꾸었던 것이다. 대여섯 달 가꾸어 지냈다는 것은
그만큼 화자가 병을 다스렸다는 의미를 나타낸다. 화자의 몸 안의 '피'는
비취의 별빛 불로 승화되어 생금의 광맥으로 이어지면서 인간과 '별' 사
이의 멀어진 거리를 회복하고자 한다.

결국 「韓國星史略」에서는 '별'과 인간 사이의 거리가 멀어진 상황을
장을 꿰매어 '별'을 인간의 몸 안에 복원시켜 놓는다는 신화성으로 구현
하면서 '신라정신'을 회복시키려 하고 있다. 반면, 「娑蘇 두 번째의 편지
斷片」은 몸 안의 '피'를 하늘로 승화시켜 영원성을 이어가는 삶의 원리를
보여준다.

서정주에게 '신라정신'은 도교의 신선 사상과 불교의 윤회설과 인연설
등이 융합하여 우주의 무한한 시간으로 확산되는 영원성 또는 영생주의
이다.145) '영원성'은 풍류도와 접합되어 그의 시에서 현재성을 획득하는

---

145) 서정주, 「신라문화의 근본정신」, 『서정주문학전집 2』, 일지사, 1972, p.303. "신
　　라문화의 근본 정신은 도·불교의 정신과 많이 일치하는 그것이다. 삼국사기에 보
　　면, 최치원은 신라의 풍류도 - 즉 화랑도는 유(儒)·불(佛)·선(仙) 삼교의 종합이란
　　말을 기술했다는 사실이 기록돼 있으나, 이건 선덕여왕 이후 신라의 풍류도를 말
　　하는 것임에 틀림없고, 이보다 앞서는 도·불교적 정신이 신라 지도정신의 근간이
　　었으며, (중략) 그 중요점만 말하자면, 그것은 하늘을 명(命)하는 자로서 두고 지상

데, 이때 '신라'는 과거 사실의 복원으로서가 아니라 '영원성'을 강조하기 위한 소재적 장지로서 의미를 획득한다. 시인에게 신라정신은 '서라벌 千 年의 知慧가 가꾼 國法보다도 國法의 불보다도/ 늘 항상 더 타고'(「善德 女王의 말씀」)있어야 하는 정신으로 인지되기 때문이다. 이처럼 인간의 몸을 소우주로 인식하고 영원성을 이어가고자 한 전략은 순환적 인지구 조에 의해 윤회성을 획득하는 방식으로 이어진다.

앞에서 살펴본 바와 같이 위의 시들은 순환을 거듭하며 윤회성을 획득 하고 있다. 「와가의 전설」에서는 '와가'의 푸른 모서리처럼 두텁게 굳어 져 간 '숙'의 정보를 '청사'로의 비유를 통해 생생하게 전달함으로써 신화 성을 획득한다. 「부활」에서는 '열아홉살쯤 스무살쯤 되는애들', '눈망울', '핏대'들로 죽은 '유나'를 인지하면서 순환구조의 윤회성을 획득한다. 「韓 國星史略」에서는 '별'을 인간의 몸 안에 복원시켜 놓는다는 신화성을 구 현하면서 '신라정신'을 회복하고자 하였다. 이러한 정보구성 방식은 윤회 성의 순환구조를 통해 현재에서 만나는 다양한 삶의 근거를 찾고자 한 시 인의 전략이라고 할 수 있다.

현실만을 중점적으로 현실로 삼는 유교적 세계관과는 달리 우주전체 - 즉 천지전 체를 불치(不治)의 등급 따로 없는 한 유기적 연관체의 현실로서 자각에 살던 우 주관이 그것이고, 또 하나는 고려 송학 이후의 사관(史觀)이 아무래도 당대위주가 되었던 데 반해 역시 등급 없는 영원을 그 역사의 시간으로 삼았던 데 있다. 그러 나, 말하자면 송학 이후 지금토록 우리의 인격은 많이 당대의 현실을 표준으로 해 성립한 현실적 인격이지만, 신라 때의 그것은 그게 아니라 더 많이 우주인, 영원인 으로서의 인격 그것이었던 것이다."

2) 대비적 인지구조와 공존성

시에서 과거의 시·공간은 단순히 기억의 환기나 복원이 아니라, 미학적 상상력을 통해 시인이 유기적으로 재구성하는 서정적 양식이다. 서정주 시 중에서도『질마재 신화』에 삽입된 시편들은 과거와 현재가 만나는 시간과, 유년 시절 시인의 경험적 사실을 바탕으로 '질마재' 공간의 이야기를 형상화한 것이다. 즉, 화자는 질마재에 떠도는 뜬소문, 동네 전설, 마을의 사건담 등을 유년의 체험과 결합하여 정보를 제공하고 있다. 신화의 시적 수용은 전달자로서의 성격이 강하기 때문에 화자와 대상 간의 거리가 멀다. 화자의 심리적 반응은 서술적 어조, 치밀한 묘사, 정보구성 방식 등에 의해 간접적으로 드러난다. 시인의 '고향'에 대한 정보는 유년의 추억이 섞이지 않은 채 순수한 상태로 존재한다는 점에서 신화성을 갖는다.

한편,『질마재 신화』에서의 비정상적이거나 비윤리적인 여성 인물들의 행위 속에 가치의 전복 현상이 일어나는 경우가 있다.146) 이것은 욕망을 결여로 보는 주체의 관념론적 욕망관, 즉 환상의 개념으로도 이해될수 있다. 시인은 이러한 신화적 여성성을 창출함으로써 자유롭고 다양한

---

146) 푸코(M. Foucault)/ 문경자·신은영 공역,『성의 역사 2』, 나남출판사, 1990, p.41. 도덕이란 가족, 교육기관, 교회등과 같은 다양한 규제체제를 통해 개인이나 집단에 제시되는 행동규칙과 가치들의 총체를 의미한다. 이러한 규칙과 가치들은 논리적인 교리나 명시적 교훈으로 정식화되기도 하지만 파상적으로 전달되기도 하며, 상보적이고 서로 중화되어 어떤 점에서는 타협이나 교묘한 회피가 가능해지는 요소들의 복잡한 상호작용을 이루기도 한다. 이러한 도덕의 총체를 규약이라고 부르기도 한다. 그러나 도덕이란 말은 개인들에게 제기된 규칙과 가치들의 관계 속에서 개인들의 실제적 행동을 의미하기도 한다. 이렇게 해서 개인들의 어떤 행동 원칙에 대한 복종 방식, 그들이 금기하거나 규칙을 지향하는 방식, 그들이 가치들의 총체를 존중하거나 무시하는 방식이 지칭된다.

성(性) 욕망을 드러낸다. 그것은 때때로 '남녀 양성적'147)이거나 '여성 영웅적'148)이라고 해식되는 주제론적 측면에 치우친 감도 없지 않다.『질마재 신화』에서 구현되는 여성성은 남성성과 결합된 양성적 특징을 갖는 경우가 많다.149) 이러한 여성성은 신화적 상상력을 근간으로 하면서 시인이 체험했던 유년의 삶의 서사와 자연스럽게 연결된다.

여성의 몸을 통한 성(性) 욕망은 타고난 체질과 본능적인 육체의 감각을 드러내는 방식으로 형상화된다. 더구나 이들 여성들이 한결같이 소수자라는 점은 근대적 이성주의의 대응점에 내제한 지점이기도 하다.150) '개피떡을 예쁘게 빚는 알묏집'이나 '오줌으로 굵은 무를 생산해내는 이

---

147) 남진우, 「남녀 양성의 신화」, 조연현 외, 앞의 책, pp.199~220. 남진우는 「화사」가 남녀양상(androgyne)적 특성을 지니고 있음을 분석한다. 그는 뱀을 남성 성기로, 사향방초 길을 여성 성기로 본 프로이트의 정신분석을 원용한 기존의 해석이, 시적 전개의 마지막 부분에 오면 순네 = 화사 = 여성처럼 뱀이 남성이 아닌 여성으로 등장한다고 언급한다. 그것은 시인의 착오가 아니라 뱀이 남성과 여성을 다 포함한 양성적 의미가 있다고 해석한다. 뱀은 어둡고 축축한 카오스의 자손이기 때문에 표면적인 형태로는 남성의 성기와 동일시되지만 심층적인 면에서는 남녀 양성의 모습을 가지고 있다고 해석한다.

148) 여성 영웅적 성격에 대한 연구로는 문혜원, 「여성성의 신화와 직관으로서의 시」, 『한국시학 연구』 제4호, 한국시학회, 2001이 있다. 『질마재 신화』의 신화적 여성성 역시 남성적 특징이 결합된 강한 여성성을 산출해 낸다고 해석한다.

149) 김종태, 「서정주 시에 나타난 여성성과 욕망의 관련 양상」, 『어문학』 85집, 한국어문학회, 2004, 9, p.358.

150) 이진경, 『카프카-소수적인 문학을 위하여』, 동문선, 2001, p.43. 들뢰즈와 가타리에게 '소수적(mineure)'이라는 말은 '다수적(majeur)'이란 말과 반대인데, 이는 단순히 수적인 비교를 하는 개념이 아니다. 가령 곤충들은 인간보다 수가 훨씬 많지만 이 세계에서 인간이 다수자라면 곤충은 소수자이고, 여성이 남성보다 수가 적지 않지만 남성에 대해 여성은 소수자이다. 다수자 내지 다수성이란 척도적인 것, 그래서 척도의 권력을 장악하고 있는 것이고, 그것이 평균적인 것이 되는 것은 바로 그것 때문이다. 그런 점에서 '다수적인'이란 '지배적인' 내적 '주류적인'이고, 언제나 권력이 함축되어 있는 어떤 것이다. 소수적인 것은 그 지배적인 것에서 다수적인 것이 권력에서 벗어나는 것이다.

생원네의 마누라', '한숨으로 마을 모든 것들을 웃게 하는 한물댁'은 비범한 능력을 가졌다고는 하나 사실은 일상적인 존재에 불과한 평범한 서민들에 해당한다. 그들은 하나같이 자신의 결점으로 인해 소외되거나 매몰되지 않고 마을에서 공존하며 살아가면서 아픔을 극복한다. 이러한 여성성의 시적 형상화는 대개 대비적 구조의 인지를 통해 공존성을 드러내는 방식으로 구성되어 있다. 공존성의 실현은 전달자인 화자의 서술태도에 의해 부각된다. 질마재 마을 이야기는 진술방식의 특성상 옛이야기와 사건의 결합양상에 따라 생성된 의미를 밝히는 과정이다. 이러한 정보의 대비적 구조가 구성되는 인지과정을 도식화하면 다음과 같다.

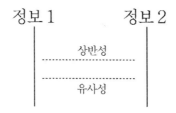

《도식9》 대비적 인지구조의 정보구성 방식

대비적 인지구조에 의해 구성된 정보는 각각 유사성과 상반성을 겸비하면서 등장인물로 하여금 공동체에서 소외되지 않고 공존하여 살아가는 과정을 보여준다. 이러한 정보의 대비는 텍스트 내에 흐르는 유기적 의미망을 명확하게 파악할 수 있다는 장점이 있다. 그러나 그러한 장점으로 인해 시의 입체적 구성을 평면화 시켜 파괴할 우려가 있다. 그러나 다음의 시편들은 치밀한 묘사와 탄탄한 구성력으로 인해 그러한 우려를 넘어서면서 신체적 결함을 비롯한 여러 가지 악조건을 갖추고 있는 알묏댁이 공동체에서 소외되거나 추방되지 않고 공존성을 획득하며 살아간다는 이야기의 정보를 제공하고 있다.

　　알뫼라는 마을에서 시집 와서 아무것도 없는 홀어미가 되어 버린 알묏댁은 보름사리 그뜩한 바닷물 우에 보름달이 뜰 무렵이면 행실이 궂어져서 서방질을 한다는 소문이 퍼져, 마을 사람들은 그네에게서 외면을 하고 지냈읍니다만, 하늘에 달이 없는 그믐께에는 사정은 그와 아주 딴판이 되었읍니다.

　　陰 스무날 무렵부터 다음 달 열흘까지 그네가 만든 개피떡 광주리를 안고 마을을 돌며 팔러 다닐 때에는 「떡맛하고 떡 맵시사 역시 알묏집네를 당할 사람이 없지」 모두 다 흡족해서, 기름기로 번즈레한 그네 눈망울과 머리털과 손 끝을 보며 찬양하였읍니다. 손가락을 식칼로 잘라 흐르는 피로 죽어가는 남편의 목을 추기었다는 이 마을 제일의 烈女 할머니도 그건 그랬었읍니다.

　　달 좋은 보름 동안은 外面당했다가도 달 안 좋은 보름 동안은 또 그렇게 理解되는 것이었지요.

　　앞니가 분명히 한 개 빠져서까지 그네는 달 안 좋은 보름 동안을 떡 장사를 다녔는데, 그 동안엔 어떻게나 이빨을 희게 잘 닦는 것인지, 앞니 한 개 없는 것도 아무 상관없이 달 좋은 보름 동안의 戀愛의 소문은 여전히 마을에 파다하였읍니다.

　　방 한 개 부엌 한 개의 그네 집을 마을 사람들은 속속들이 다 잘 알지만, 별다른 연장도 없었던 것인데, 무슨 딴손이 있어서 그 개피떡은 누구 눈에나 들도록 그리도 이뿌게 만든 것인지, 빠진 이빨 사이를 사내들이 못 볼 정도로 그 이빨들은 그렇게도 이뿌게 했던 것인지. 머리털이나 눈은 또 어떻게 늘 그렇게 깨끗하게 번즈레하게 이뿌게 해낸 것인지 참 묘한 일이었읍니다.
　　　　　　　　　　　　　　　　　　　　—「알묏집 개피떡」 전문 (밑줄은 필자)

이 시는 크게 네 개의 인지정보로 구성되어 있다. 첫 번째 정보는 알묏 댁의 서방질에 대한 사건담이고, 두 번째 정보는 열녀 할머니의 사건담이 며, 세 번째 정보는 맛 좋고 빛깔 좋은 개피떡의 묘사이고, 네 번째 정보 는 연장 없는 부엌 묘사와 알묏댁의 신체 결함이다. 이 네 개의 대비적 정 보는 공존성을 획득하는 방식으로 구성되어 있다.

첫 번째 정보인 알묏댁의 서방질은 모든 정보를 구성하는 핵심에 해당 한다. '보름달이 뜰 무렵이면 행실이 궂어져서 서방질을 한다는 소문이 퍼져, 마을 사람들은 그네에게서 외면을 하고 지냈습니다.'는 첫 번째 정 보는 두 번째 정보인 '손가락을 식칼로 잘라 흐르는 피로 죽어가는 남편 의 목을 추기었다는 … 열녀 할머니'의 정보와 상반적 대비구조를 형성한 다. '서방질'은 홀어미인 알묏댁의 성(性) 욕망, 여성성을 표상한다. '열녀 할머니'는 성(性) 윤리에 대한 보수적이며 완곡함의 표상이다.

세 번째 정보인 '개피떡'은 첫 번째 정보에 대비되는 '서방질'과 결합 하여 대비구조를 형성한다. '떡맛하고 떡 맵시사 역시 알묏집네를 당할 사람이 없지'의 정보에서는 서방질을 한 알묏댁을 외면하면서도, 알묏 댁이 만든 개피떡을 먹으며 그녀를 칭송하는 아이러니를 획득한다. 알 묏댁에 대한 칭송은 그녀의 결점을 보호해주는 마을 사람들의 반어적 행동이라는 의미를 생성한다. 이는 '달'이 뜨지 않는 '어둠'을 표상하는 시간과 결합하여 알묏댁의 허물이 덮어지는 효과를 얻는 것으로 해석 할 수 있다.[151] 다시 말해 첫 번째 정보와 세 번째 정보의 결합은 '달이

---

151) 레이코프·터너(G. Lakoff·M. Turner)/ 이기우·양병호 역, 앞의 책, p.46. '밤'은 은유 에 의해서 관습적으로 덮개나 숨김이나 둘러싸기 같은 것으로 생각된다. 우리는 밤의 정막과 어둠이 옷이라고 말하는데, 그것은 밤이 덮개와 같이 사물을 보이지 않게 해버리기 때문이다. 나아가서 무엇인가를 완전히 덮어버리는 것은 봉인하는 것이기도 하다.

뜨지 않을 때(서방질/외면)'와 '달이 뜰 때(개피떡/이해)'되는 대비 구조를 형성한다.152)

이 시에서 핵심 코드인 '달'은 마을 전체를 지켜보는 감시의 눈으로 표상되며, '개피떡'은 알묏댁의 몸으로 표상된다. 알묏댁의 삶의 변화는 '달'의 주기성을 따르는 신화적 의미와 결합된다. 우주의 순환론 중에서도 '달'은 창조(초승달) → 성장(보름달) → 감소, 죽음(달 없는 사흘 밤)으로 철저하게 주기성을 띠고 있다.153) '달'이 주기에 따라 모습을 바꾸는 것은 알묏댁이 '보름달'이 뜰 때와 뜨지 않을 때 보여준 삶의 방식과 유사한 맥락에서 이해된다. 한편 마치 '달' 모양을 연상케 하는 '개피떡'은 강한 향기, 맛, 화사한 색, 떡을 파는 알묏댁의 목소리를 모두 갖추고 있는 대상으로 이 시에서는 매혹적인 여성의 몸을 표상하는 인지의미를 획득한다.

네 번째 정보는 위의 정보들에 일관되게 연결되면서 탄탄한 대비적 구조를 뒷받침 하는 알묏댁의 부엌에 대한 정보이다. '별다른 연장도 없이'는 알묏댁의 신체적 결함을 표상하는 정보인 '빠진 이빨', '서방질', '개피떡'과 대비적으로 결합되어 그녀에 대한 긍정적 인식을 부각시킨다.

'연장도 없이'는 궁핍한 그녀의 삶을 표상하며, '빠진 이빨'은 '구멍'과 '어둠'을 표상하면서 충족되지 않은 그녀의 삶이라는 의미를 생성한다. '연장도 없이'라는 정보에서 알 수 있는 것은 '개피떡'의 생성과정에 대한 구체적인 정보가 생략되어 있다는 것이다. '빠진 이빨 사이를 사내들이

---

152) 정유화, 앞의 논문, p.195. 달의 주기에 따라 알묏댁과 질마재 마을 사람들의 질서가 대립적으로 나타나는 것은 알묏댁을 달과 마을 사람들의 중간자로서, 바다와 마을 사람들을 중재하는 매개 항이라고 해석하기 때문이다. '달(上) - 알묏댁 - 마을(下)', '마을(內) - 알묏댁 - 바다(外)'과 같은 수평과 수직의 공간을 매개하며 삼원구조의 공간기호 체계를 구축한다고 분석한다.

153) 엘리아데(M. Eliade)/ 이재실 역, 앞의 책, p.85.

못 볼 정도로 그 이빨들은 그렇게도 이쁘게 했던 것인지. 머리털이나 눈은 또 어떻게 늘 그렇게 깨끗하게 번즈레하게 이쁘게 해낸 것인지 참 묘한 일이었읍니다.'의 'ㅃ'의 중첩이나 '그렇게 깨끗하게 번즈레하게 이쁘게'에서의 부사어 '~게'의 반복은 알뫼댁의 신체 결함을 해학적 묘사를 통해 제시함으로써 공존성을 획득하는 알뫼댁을 부각시킨다.154)

이 시는 알뫼댁의 비윤리적인 행위와 열녀 할머니의 사건담과의 대비, 맛 좋고 빛 좋은 개피떡, 연장 없는 부엌, 알뫼댁의 신체 결함의 대비정보를 통해 알뫼댁의 공존성을 표출한다. 이처럼 대비적 정보구성을 통해 공존성을 획득하는 작품은 다음 시에서도 확인된다.

> 姦通事件이 질마재 마을에 생기는 일은 물론 꿈에 떡 얻어먹기같이 드물었지만 이것이 어쩌다가 走馬痰 터지듯이 터지는 날은 먼저 하늘은 아파야만 하였읍니다. 한정없는 땡삐떼에 쏘이는 것처럼 하늘은 웨-하니 쏘여 몸써리가 나야만 했던 건 사실입니다.
>
> 「누구네 마누라하고 누구네 男丁네하고 붙었다네!」 소문만 나는 날은 맨 먼저 동네 나팔이란 나팔은 있는 대로 다 나와서 <뚜왈랄랄 뚜왈랄랄> 막 불어자치고, 꽹가리도, 징도, 小鼓도, 북도 모조리 그대로 가만 있진 못하고, 퉁기쳐 나와 법석을 떨고, 男女老少, 심지어는 강아지 닭들까지 풍겨져 나와 외치고 달리고, 하늘도 아플 밖에는 별 수가 없었읍니다.
>
> 마을 사람들은 아픈 하늘을 데불고 家畜 오양깐으로 가서 家畜用의 여물을 날라 마을의 우물들에 모조리 뿌려 메꾸었읍니다. 그러고는 이 한 해 동안 우물물을 어느 것도 길어 마시지 못하고, 山골에 들판에 따로 따로 生水 구먹을 찾아서 渴症을 달래어 마실 물을 대어 갔읍니다.
>
> ―「姦通事件과 우물」 전문

---

154) 나희덕, 앞의 논문, p.27.

이 시는 세 개의 인지정보로 구성되어 있다. 첫 번째 정보는 욕망과 일탈적 행위를 표상하는 간통사건에 대한 정보이다. 첫 번째 정보에 대비되는 두 번째 정보는 우물물을 메우는 행위에 대한 정보이다. 세 번째 정보는 어린이와 어른을 비롯한 마을 사람들의 행위이다.

첫 번째 정보인 간통사건에 대한 정보는 '간통사건', '하늘이 아프다'로 압축된다. '꿈에 떡 얻어먹기같이 드물었지만 이것이 어쩌다가'는 질마재 마을에 대한 이미지를 긍정적으로 보는 화자의 정서가 반영된 정보이다. '간통사건'은 '하늘이 땡삐떼에 쏘이는 것처럼 … 몸써리가 나야만 했다'와 결합되어 부도덕한 현실에 대한 근본적인 비판을 몸의 아픔으로 형상화한다. '하늘이 아프다'는 정보는 '하늘'을 감각을 느끼는 몸으로 인식하는 존재론적 은유로, 질마재 마을 사람들의 아픔을 표상하면서 신화성을 가진다.[155]

두 번째 정보는 위의 첫 번째 정보에 유사적으로 대비된다. '家畜用의 여물을 날라 마을의 우물들에 모조리 뿌려 메꾸었읍니다.', '한 해 동안 우물물을 어느 것도 길어 마시지 못하고', '山골에 들판에 따로 따로 生水 구멍을 찾아서 渴症을 달래어 마실 물을 대어 갔읍니다.'는 마을의 공동 산물인 물을 오염시켜 물을 못 먹게 함으로써 마을 구성원들에게 공동의 고통을 부여한다는 의미를 함축한다. 특히, 아픈 하늘을 데리고 '家畜用의 여물을 날라 마을의 우물들에 모조리 뿌려 메꾸었읍니다.'는 정보는 간통사건이 마을의 물을 오염시키는 것과 동일한 의미로 인식된다는 것을 보여준다. 이러한 정보는 마을 사람들이 갈증을 달래어 죄를 묻는 행위로, 간통사건을 마을 전체가 감당해야 한다는 공동체성의

---

155) 허윤희, 앞의 논문, p.54. 서정주 시의 신화성을 고찰하고 있는 허윤희에 의하면 이 시는 사건은 있으나 특정한 인물이 등장하지 않고, 시의 주인공을 '하늘'이라고 보는 흥미로운 신화적 해석을 하고 있다.

의미를 획득한다.

이러한 갈증의 고통은 '생수(生水)' 즉, 더럽혀지지 않은 깨끗한 물에 대한 갈망의 의미를 가지며, 오염되지 않은 물을 찾기 위해 질마재 마을을 벗어나 '山골'이나 '들판'과 같은 새로운 공간을 찾아가야 한다는 정보가 첨가되어 '간통사건'을 공동체의 문제로 인식한다.156)

세 번째 정보는 간통사건이 일어난 후의 마을 사람들에 대한 행동묘사이다. "동네 나팔이란 나팔은 있는 대로 다 나와서 <뚜왈랄랄 뚜왈랄랄> 막 붙어 자치고, 꽹과리도, 징도, 小鼓도, 북도 모조리 그대로 가만있진 못하고, 퉁기쳐 나와 법석을 떨고, 남녀노소, 심지어는 강아지 닭들까지 풍겨져 나와 외치고 달리고"에서 '뚜왈랄랄 뚜왈랄랄' 하는 의성어 사용, 대화체와 서술체의 교체, 짧은 호흡, 어휘 나열 등으로 발생한 율동감은 시의 긴장감을 형성하여, '간통사건'의 부정적 인식을 속에 감추고 겉으로 공존성을 획득한다.

결국, 이 시는 간통사건, 하늘의 아픔, 우물물의 메움, 마을 사람들의 반응에 대한 정보가 개인적 아픔을 공동체의 문제로 인식하여 공존성을 획득하는 방향으로 나아감을 보여준다. 다시 말해 '하늘'은 마을 전체의 아픔을 대신하는 신(神)적인 존재로 표상되며, '우물물'은 여성의 성(性)적 생명력을 표상한다. 이는 여성의 몸이 소수자로서 삶의 대안을 마련하

---

156) 조흥윤, 『무와 민족문화』, 민족문화사, 1990, p.16, 조연정, 앞의 논문에서 재인용. 한편 간통사건이라는 일탈의 행위를 대하는 마을 사람들의 모습은 집단적 오르기(orgy)의 성격을 통해 설명될 수 있다고 분석한 조흥윤의 논의가 있다. '오르기'는 디오니소스 신의 밀의(密儀) 때 난폭한 음주, 광희(狂喜), 난무를 집단적으로 행했던 것에서 유래한다. 흥분과 도치도 있지만 망아 (忘我)의 엑스터시를 경험한다는 종교적 의미가 있었다고 한다. 그러나 이러한 조흥윤의 논의는 상당 부분 무리가 있어 보인다. 본고는 이를 모든 사람들이 감당해야 할 집단성을 획득하는 면피적 행동이라고 본다.

지 못했다는 의미로 해석 될 수 있다. 한편, 대비적 인지구조는 「石女 한물宅의 한숨」에서도 구체적으로 드러난다.

> 아이를 낳지 못해 自進해서 남편에게 小室을 얻어 주고, 언덕 위 솔밭 옆에 홀로 살던 한물宅은 물이 많아서 붙여졌을 것인 한물이란 그네 親庭 마을의 이름과는 또 달리 무척은 차지고 단단하게 살쩐 玉같이 생긴 女人이었읍니다.
>
> (중략)
>
> 그래 서방도 밝은 아침에 이는 솔바람 소리가 들리면 마을 사람들은 말해 오고 있읍니다. 「하아 저런! 한물宅이 일찌감치 일어나 한숨을 또 도맡아서 쉬시는구나! 오늘 하루도 그렁저렁 웃기는 웃고 지낼라는 가부다」고……
>
> —「石女 한물宅의 한숨」 부분

이 시는 두 개의 인지정보로 구성되어 있다. 첫 번째 정보는 아이를 낳지 못함을 표상하는 '석녀'와 '한물'이다. 이에 대립되는 두 번째 정보는 한물댁의 양면적 삶의 방식으로, '웃음'과 '한숨'이 있다. 이 시는 '석녀'와 '한물'이 결합한 제목부터 대비적 구조를 인지하고 있다.

첫 번째 정보인 '석녀'는 아이를 낳지 못하여, 남편에게 소실을 얻어주고 혼자 사는 여자이다. 반면, '한물'은 물이 많다는 의미로, 창조의 원천과 풍요를 상징하는 건강한 여인의 생명력을 표상한다.[157] 이에 대립되는 두 번째 정보인 '한숨'은 속으로 울음을 삼키며 사는 존재를 표상한다. '한숨'은 '새벽'이라는 시간 정보와 결합하면서 인적이 드문 시간이기에 그녀가 제대로 한숨을 몰아 쉴 수 있다는 의미를 함축하면서 동시에 그녀가 하루 종일 웃으며 지낼 수 있다는 양면적 의미를 생성한다. '웃음'은

---

157) 한국문화상징사전 편찬위원회, 앞의 책, p.284.

그녀가 마을에서 공존성을 획득하며 살아가는 삶의 전략을 표상한다.

이러한 정보구성을 통해 시적 화자는 비극적 운명을 담지한 여성의 삶을 대비적 구조를 통해 인지하고 있다. 그리고 '웃음'으로 인해 마을에서 공존하며 살아가는 소수자들의 대안을 암시적으로 드러내고 있다.

이상에서 살펴 본 바와 같이, 「알묏집 개피떡」의 알묏댁은 '서방질'을 통해 마을 사람들로부터 외면당하지만, 예쁘고 맛깔스러운 개피떡으로 인해 마을 사람들로부터 칭송을 받는 것과 열녀 할머니의 사건담과 대비적 구조를 형성함으로써 여성의 사건을 마을 전체의 문제로 승화하였다. 특히 화자는 알묏댁에 대한 구체적이고 사실적인 묘사와 의도적인 부사어의 반복 등으로 그녀에 대한 긍정적 태도를 드러냈다. 또한 시방질을 한 알묏댁과 열녀 할머니의 이야기를 대비적으로 배치하여 구조의 미학성을 실현하고 있다. 더불어 앞니가 빠진 알묏댁에 대한 정보와 연장 하나 없는 알묏댁의 집에 대한 정보를 첨가함으로써 신화적 분위기를 한층 고양시키고 있다. 「姦通事件과 우물」에서는 마을에서 일어난 간통사건에 대한 정보와 우물물을 매우고 그 갈증의 고통을 모두가 감수한다는 또 다른 정보의 대비적 구성을 통해 공동체 성원들의 공존성을 드러냈다. 대비적 구조의 형태를 취하고 있는 '한물'과 '한숨'이라는 어휘는 결국 '웃음'으로 공존성을 획득하는 한물댁의 삶의 방식을 구현하고 있다.

이처럼 화자가 인지하는 대상으로서의 질마재 인물들은 현실의 모순과 인간적인 욕망에 의해 갈등할 수밖에 없는 상황에 처해 있는 '욕망하는 존재들'이다. 그런데 그들은 다양한 욕망을 지니고 있으면서도 결코 그 욕망에 함몰되거나 소외되지 않고 함께 살아간다는 특징을 대비적 인지구조 방식을 통해 표출하고 있다. 이러한 구성방식은 화자의 복합적 어조, 인지 대상에 대한 사실적인 묘사, 유사한 음성 언어의 반복, 대조적 사건의 유용한 배치, 신체적 상상력에 기댄 비유 등에 의해 작품의 미학성을 효과적으로 드러내고 있다.

3) 단일적 인지구조와 모성성

비윤리적이고 왜곡된 삶의 방식이 대비적 구조의 인지를 통해 마을 사람들의 인정 속에서 함께 살아간다는 공존성의 의미를 획득하기도 하지만, 단일적 인지구조를 통해 모성성을 드러내기도 한다. 서정주 시에서 강한 성(性) 욕망은 앞의 경우와는 달리 열린 공간에 있는 대상물의 비유를 통해 자연스럽게 드러난다. 그러나 강한 성(性) 욕망을 드러내는 여성성은 단순한 쾌락주의로 드러나는 것이 아니라 생산성을 구현하는 것으로 확산된다. 이러한 생산성은 모성적 성격의 연장선상에 있다.[158] 이러한 정보의 단일적 구조가 구성되는 인지과정을 도식화하면 다음과 같다.

---

158) 엄경희, 앞의 논문, p.118. 이 논문에서는 수평·수직의 융화와 낙관적 현실 인식의 장으로 설정하여 현실의 수평적 관계 속에서 빚어지는 온갖 잡사가 그것을 신성한 것으로 끌어올리려는 초월 의지와 융화됨으로써 보다 강력한 시적 리얼리티를 획득하게 되는 것이라고 보고 있다. "수직적인 방향(vertical direction)이 신성한 영역을 향한 운동을 표상하는 반면 수평적 방향(horizontal direction)은 인간 행위의 구체적 세계를 표상한다."(김옥순, 「서정주 시에 나타난 우주적 신비체험 - 화사집과 질마재 신화의 공간 구조를 중심으로」, 『이화어문논총』 제12집, 이화여대 한국어문학연구소, 1992, p.234.)는 말을 인용하면서 서정주의 상상력 속에서 이 두 방향이 서로 교차하고 융화한다고 분석하고 있다. 본고는 이를 여성성의 모태인 생산성이라고 분석한다.

정보 1 ●───────정보전달방식───────● 정보 2

≪도식10≫ 단일적 인지구조의 정보구성 방식

단일적 인지구조는 그야말로 단조로운 구성 방식이다. 그러나 이러한 단일성은 모성적 특성을 전면에 부각시킨다는 점에서 시각적 효과가 두드러지는 특징이 있다. 생산성과 직결되는 대지는 신화 속에서 여성과 동일시되면서, 다산과 풍요의 의미를 창출한다. 엘리아데의 말을 빌리면, 대지는 나무와 마찬가지로 생명을 창조한다는 점에서 어머니에게 비유된다.[159] 대지는 생명의 근본이면서 동시에 생명을 확산시키는 자리로서 모성성을 갖는다. 대지에 씨를 뿌리는 행위 역시 생성의 과정으로 볼 수 있다.「小者 李 생원네 마누라님의 오줌기운」에서 보여준 '오줌'이 그러한 역할을 한다고 할 수 있다. 이러한 인식은 자연의 질서이면서 전 우주의 원리로 확대될 수 있다.

① 小者 李 생원네 무우밭은요, 질마재 마을에서도 제일로 무성하고 밑둥거리가 굵다고 소문이 났었는데요, 그건 이 小者 李 생원네 집 식구들 가운데서도 이 집 마누라님의 오줌기운이 아주 센 때문이라고 모두들 말했읍니다.

② 옛날에 新羅 적에 智度路大王은 연장이 너무 커서 짝이 없다가 겨울 늙은 나무 밑에 長鼓만한 똥을 눈 색시를 만나서 같이 살았는데, 여기 이 마누라님의 오줌 속에도 長鼓만큼 무우밭까지 鼓舞시키는 무슨 그런 신바람도 있었는지 모르지.

③ 마을의 아이들이 길을 빨리 가려고 이 댁 무우밭을 밟아 질러

---

159) 이명희, 앞의 책, pp.39~40.

가다가 이 댁 마누라님한테 들키는 때는 그 오줌의 힘이 얼마나 센
가를 아이들도 할수 없이 알게 되었읍니다. ---<네 이놈 게 있거라.
저 놈을 사타구니에 집어 넣고 더운 오줌을 대가리에다 몽땅 깔기어
놀라!> 그러면 아이들은 꿩 새끼들같이 풍기어 달아나면서 그 오줌
의 힘이 얼마나 더울까를 똑똑히 잘 알 밖에 없었읍니다.
　　　　―「小者 李 생원네 마누라님의 오줌기운」 전문 (번호는 필자)

　이 시는 크게 세 개의 인지정보로 구성되어 있다. 첫 번째 정보는 근거
없는 소문에 대한 진술이고, 두 번째 정보는 옛날 智度路大王의 연장이야
기이며, 세 번째 정보는 소문과 관련된 사실적 묘사이다.

　첫 번째 정보는 이 생원네 무밭의 농사가 잘 되는 일이 마누라님의 오
줌 굵기 때문이라는 정보와 근거 없는 소문을 믿으며 사는 마을 사람들에
대한 정보로, 어린아이의 어조를 빌려 전달하는 방식을 취한다.[160] '질마
재 마을에서도 제일로'는 '오줌기운이 센 때문'이라는 정보와 결합하여
독자의 상상력을 극대화시키는 효과를 준다. 이는 단순히 쾌락적이거나
해학적으로 제시되는 것이 아니라 '무'의 상징성과 '마누라님의 오줌 굵
기'[161]와의 연관성 속에서 신화성을 생성한다.

　이러한 첫 번째 정보는 위의 두 번째 정보와의 연결에 의해 설득력을
얻고 있다. 오줌 기운이 센 이 생원 부인의 삶은 '智度路大王'의 신라 설

---

160) 전미정, 『한국 현대시의 에로티시즘』, 새미, 2002, pp.221~222. '무'가 무성하게
　　성장하는 요체는 이생원네 마누라님의 오줌기운이라고 할 수 있다. 생태학적 방
　　법론에 입각하여 분석한 전미정은 죽음이 생명의 자질을 갖추게 되는 것이라고
　　언급한다. 여기서 죽음을 상징하는 것은 배설물이다. 각기 다른 몸은 서로 촘촘히
　　연결됨으로써 순환적 고리를 형성하게 되며, 그 그물망 속에서 모든 생물의 죽음
　　과 생명은 서로 맞물리게 되는 것이다. 그러면서 그는 조화와 질서를 의미하는 유
　　머가 반대되는 감정의 교화를 위한 수사법으로 쓰이고 있음을 피력하였다.
161) 한국문화상징사전 편찬위원회, 앞의 책, p.534. 오줌은 꿈을 통해 천하를 지배할
　　영웅의 탄생을 예고하며, 생명의 정기(精氣)를 상징한다.

화를 삽입하여 신화성을 획득하며, 위의 정보에 신빙성을 부여하는 기능을 한다. 이는 다시 '늙은 나무 밑에 장고만한 똥을 눈 색시'와 결합되면서 '오줌 굵기가 센 마누라님'과 그녀의 집 '무우밭'까지 확장된다. 그런데 '여기 이 마누라님의 오줌 속에도 장고만한 무밭까지 고무시키는 무슨 그런 신바람도 있었는지 모르지.'의 정보에서는 어른의 어조가 삽입되어 시적 공간의 해학적 분위기를 한층 고양시킨다.

첫 번째 정보와 두 번째 정보가 결합된 대비적 구조를 살펴보면, '연장이 너무 큰 智度路大王' = '밑둥거리가 굵은 무', '오줌 기운이 센 이 생원네 마누라님' = '장고만한 똥을 눈 색시'의 등식이 성립된다. '智度路大王'과 '장고만한 똥을 눈 색시'는 결혼을 통해, '밑둥거리가 굵은 무'와 '이 생원네 마누라님의 오줌 기운'은 식물의 양분을 통해 생산성의 의미를 생성한다.

다시 세 번째 정보는 위의 정보와 결합하여 보다 확장된 생명성의 의미를 획득한다. '저 놈을 사타구니에 집어 넣고 더운 오줌을 대가리에다 몽땅 깔기어 놓라!'는 상스러우면서도 성(性)적인 언어를 직접적으로 노출하고 있는 이 생원네 부인의 어조에 대한 정보이다. 이는 단순히 아이들을 위협하기 위한 어조라기보다 성(性) 욕망의 의미로 생성된다. '대가리'와 '무'는 남성의 성기를 표상한다. 이 생원네 부인의 오줌 기운이 그만큼 세다는 의미와 생명체를 생산한다는 긍정적인 의미를 함축한다. '얼마나 더울까'는 아이들의 두려움의 정서를 고양시키는 정보로, '오줌기운'을 부각시키기 위해 제시한 정보에 해당한다.

위의 상위정보를 뒷받침하는 하위정보인 '무밭은요', '났었는데요', '말했읍니다', '모르지', '되었읍니다', '없었읍니다' 등은 아이와 어른의 복합적 어조로 현장감을 창출하여 시적 공간이 분위기를 고양시킨다.

이 시에서 李 생원 부인은 무밭을 혼자서 경작하고 보호할 만큼 권력의 영향력을 행사하고 있는 인물이다. 이 생원 부인은 단순히 여성으로서의 생산성만이 아닌 토지의 생산력을 확보한다. 대시로 스며드는 '오줌'은 생산을 위한 양분으로서의 의미를 획득한다. 즉, 그녀의 '오줌'은 대지에 생명력을 표상하며, '밑둥거리가 굵은 무'는 이 생원 부인의 신체성을 자연물로 비유하여 의미를 확산한다. 인간 신체의 자연물 되기가 생산성으로 확산되면서 이 생원 부인의 오줌은 신화성을 가진다.[162]

여성 인물들의 몸은 단순히 성(性)적 대상만이 아닌 능동적 생산력을 지닌 존재로 확장된다.[163] 니체의 관능의 순진성에 의하면 성(性) 생활은 윤리와는 무관한 것이기 때문에 무리한 억압이나 병적인 탐닉은 좋지 않으며, 순진성은 창조적 활동의 한 계기로서 생식에의 의지를 표상한다고 언급한다.[164] 이 시는 시인이 경험한 질마재 공간과 풍광에 대한 서사적 구성을 통해 그가 도달하고자 하는 세계의 구체적인 형상을 보여주고 있다.

일상에 대한 거부 담론으로서 다음의 시는 자유로운 연예를 욕망하는

---

162) 윤재웅, 『서정주 시 연구』, 동국대 박사논문, 1995, pp.204~249. 이 시에 대하여 윤재웅은 '육체를 중시하고 확장된 세계적 육체를 가진 인간으로서, 욕망, 생산, 식용 등을 중요한 가치로 여기는 인간'으로서 라블레적 인간이라는 개념을 통해 미당의 시를 분석한 바 있다.

163) 엘리아데(M. Eliade)/ 이동하 역, 『성과 속』, 학민사, 1959, p.111. 엘리아데는 여성의 생산력이 갖는 원형성에 대해 "여성은 신비적으로 대지와 하나가 되며, 아이를 낳는 것은 대지의 산출력을 인간의 차원에서 변용한 것으로 간주된다. 생산력 및 출산과 결부된 모든 종교적 경험은 우주적인 구조를 가지고 있다."고 해석한다.

164) 니체(F. Nietzsche)/ 황문수 역, 『짜라투스트라는 이렇게 말했다』, 문예출판사, 1975, pp.88~89. "달아나라, 나의 벗이여, 그대의 고독 속으로, 사납고 강한 바람이 부는 곳으로! 파리채가 되는 것은 그대의 운명이 아니다." 니체는 순결을 사랑하고 관능의 정화를 요구하지만, 금욕을 강요하지는 않는다. 따라서 관능의 순진성은 성 생활을 선도 악도 아닌 상태, 곧 윤리와는 무관한 상태라고 생각한다.

여성들의 모습을 보여준다. 그런데 이는 왜곡된 모습으로 드러난다거나 관능이나 쾌락적인 모습으로 드러나는 것이 아니라, 강한 성(性) 욕망과 함께 생산성의 면모를 아우르고 있다는 것이 특징이다. 그러나 위의 시가 모성적인 면에 좀 더 근접해 있다면, 다음의 시는 그러한 양상을 내포하고 있으나 상징적인 면모가 보다 강하게 드러난다는 특성이 있다.

질마재 堂山 나무 밑 女子들은 처녀때도 새각씨 때도 한창 將年에도 戀愛는 절대로 하지 않지만 나이 한 오십쯤 되어 인제 마악 늙으려 할 때면 戀愛를 아조 썩 잘 한다는 이얘깁니다. 처녀때는 친정부모 하자는 대로, 시집가선 시부모가 하자는대로, 그 다음엔 또 남편이 하자는대로, 진일 마른일 다 해내노라고 겨를이 영 없어서 그리 된 일일런지요? 남편보단도 그네들은 응뎅이도 훨씬 더 세어서, 사십에서 오십 사이에는 남편들은 거이가 다 뇌점으로 먼저 저승에 드시고, 비로소 한가해 오금을 펴면서 그네들은 戀愛를 시작한다 합니다. 朴푸대접이네도 金서운니네도 그건 두루 다 그렇지 않느냐구요. 인제는 房을 하나 온통 맡아서 어른 노릇을 하며 冬柏기름도 한 번 마음껏 발라 보고, 粉세수도 해 보고, 金서운니네는 올해 나이 쉬흔 하나지만 이 세상에 나서 처음으로 이뻐졌는데, 이른 새벽 그네 房에서 숨어나오는 사내를 보면 새빨간 코피를 흘리기도 하드라구요. 집 뒤 堂山의 무성한 암느티나무 나이는 올해 七百살, 그 힘이 뻐쳐서 그런다는 것이여요.

—「堂山나무 밑 女子들」 전문

이 시는 크게 두 개의 인지정보로 구성된다. 첫 번째 정보는 옛 이야기이고, 두 번째 정보는 현재의 이야기이다. 단일구조의 인지를 따르고 있는 이 시는 과거형과 현재형의 어조 교체 사용을 통해 구성된 정보의 긴밀성과 현장성을 돋보이게 하는 효과를 얻고 있다. 여성의 자유로운 연애

욕망에 대한 성적 묘사는 '당산나무'라고 하는 자연물에 빗대어 참신하게 표현된다.[165]

첫 번째 정보는 당산나무 밑 여자들이 처녀 때, 새 각시 때, 한참 정년 때는 연애를 못하다가 오십 쯤 되었을 때 연애를 잘한다는 것이다. 위의 진술 정보를 탄탄하게 뒷받침하는 '처녀때는 친정부모 하자는대로', '결혼을 해서는 시부모와 남편이 하자는대로' 하다가 나이 오십에 남편들이 저승으로 간 뒤 연애를 즐길 수 있는 여유가 생겼다는 정보는 다음 정보를 이어가는 매개 정보로서 의미를 가진다.

당산나무 밑 여자들 중에서도 성 씨가 구체적으로 거론되는 '朴푸대접이네'와 '金서운니네'는 흔한 성씨로 '푸대접'과 '서운니'와의 결합을 통해 남성 지배이데올로기를 넘어서지 못하는 평범한 여성이라는 의미를 생성한다. 시의 핵심 정보인 '오십'은 육아에서 해방된 시점, 출산에 대한 공포에서 해방되는 시점, 가부장적인 전통사회에서 친정과 시댁으로부터 자유로운 시점이라는 의미를 획득한다. 따라서 이 시는 자유연애를 욕망하는 여성의 자율성, 즉 여성 스스로 할 수 있는 주체적인 생명력의 형상화로서 의미를 가진다.[166]

이는 두 번째 정보와 결합하면서 시상 전개의 구체성을 띤다. 오십쯤

---

165) 전미정, 앞의 책 pp.223~224. 전미정은 '나무'와 '金서운니'의 몸이 서로 교감하고 있는 것을 '인간과 자연의 교감이 생명의 에너지를 교환하는 것'이라고 해석하고 있다. 그리고 이처럼 이질적인 몸 사이에 이루어지는 교감은 상생적(相生的) 관계일 때에만 가능하다고 언급한다. 생물 각자가 개별성을 지니되, 개별성이 극소화되는 지점에서 그들은 상생의 존재로 탈바꿈하게 되는 것이다.

166) 윤재웅, 앞의 책, p.61. 윤재웅은 이를 여인의 음욕이 아니라 토속적 속신으로서의 생기론(生氣論)이라고 해석한다. 시인의 상상력은 자연주의자들의 치열한 속성으로 믿어졌던 숨겨진 질서를 유머러스한 입심으로 되살려 낸다. 그는 명백히 농경 문화적 전통의 감수성을 내보이고 있는 것이라고 분석하고 있다.

되어 자유연애를 할 수 있는 여성들은 남성의 이데올로기에서 해방되어 '房을 하나 온통 맡아서 어른 노릇을 하며 冬柏기름도 한번 마음껏 발라 보고, 粉세수도 해보'는 여유를 갖게 되는데, 이 정보는 '이른 새벽 그네 房에서 숨어나오는 사내를 보면 새빨간 코피를 흘리기도 하드라구요.'와 결합되어, 올 해 나이 칠백 살인 '암느티나무'로 연결된다. '칠백살'이라는 정보는 쇠약한 여성성을 표상하는 비유적 정보이다. 여기에는 "인간은 식물이다"라는 은유가 내재한다.[167] 흔히 사람을 식물 중에서도 꽃이나 열매 등으로 비유하여 '젊은 싹(젊음)', '만개(성숙)', '시들다(죽음)'로 설명 하는데, 여기서는 암느티나무를 여성의 몸에 빗대어 표현함으로써 노년 의 여성성을 표상한다. 특히, 암느티나무라는 정보는 여성의 질긴 생명력 을 표상하기도 한다.

위의 상위정보를 뒷받침하는 하위정보인 '이 애깁니다', '일일런지요?', '시작한다 합니다', '그렇지 않느냐구요.', '하드라구요.', '그런다는 것이지 요.'는 현재형 어미가 주는 생생한 현장감을 부여하는 효과를 준다.

다음 시는 생산적인 성(性)이 직접적으로 표출되지는 않지만 여성성 을 창출한 원형적 공간의 의미를 생성한다. 칠백 살이 된 당산나무와 먹 오딧빛 툇마루의 비유는 '오랜 세월'이라는 유사성으로 인해 신화성을 얻는다.

> 외할머니네 집 뒤안에는 장판지 두 장만큼한 먹오딧빛 툇마루가 깔려 있습니다. 이 툇마루는 외할머니의 손때와 그네 딸들의 손때로 날이날마다 칠해져 온 것이라 하니 내 어머니의 처녀 때의 손때도 꽤나 많이는 묻어 있을 것입니다마는, 그러나 그것은 하도나 많이 문질러서 인제는 이미 때가 아니라, 한 개의 거울로 번질번질 닦이

---

167) 레이코프·터너(G. Lakoff·M. Turner)/ 이기우·양병호 역, 앞의 책, p.9

어져 어린 내 얼굴을 들이비칩니다.

　그래, 나는 어머니한테 꾸지람을 되게 들어 따로 어디 갈 곳이 없
이 된 날은, 이 외할머니네 때거움 툇마루를 찾아와, 외할머니가 장
독대 옆 뽕나무에서 따다주는 오디 열매를 약으로 먹어 숨을 바로
합니다. 외할머니 얼굴과 내 얼굴이 나란히 비치어 있는 이 툇마루
에까지는 어머니도 그네 꾸지람을 가지고 올 수 없기 때문입니다.
―「외할머니의 뒤안 툇마루」 전문

　이 시는 크게 두 개의 인지정보로 구성되어 있다. 첫 번째 정보는 어머
니의 옛 이야기이고, 두 번째 정보는 현재 나의 행위와 사건이다.

　첫 번째 정보인 '뒤안 툇마루의 손때'는 오랜 세월을 거치는 동안 가족
들의 손때가 묻은 반복적인 과정을 거쳐 번질번질한 '거울'로 생성된다.
'거울'은 사물이면서, 외할머니와 어린 손녀를 이어주는 매개체로 이해된
다. 또한, 과거와 현재를 동시에 들여다 볼 수 있는 기억의 상징으로 볼
수 있다. 특히 '인제'라는 부사어는 손 때 묻은 툇마루의 정보와 반질반질
한 거울이 된 툇마루의 정보를 연결하면서 새로운 시·공간의 체계를 구축
하는 기능을 한다.[168]

　두 번째 정보는 앞의 정보와 결합되어 시상의 현재성을 획득한다. '장
독대 옆 뽕나무에서 따다주는 오디열매를 약으로 먹어 숨을 바로 합니
다.'는 정보는 먹오딧빛 툇마루에서 위안을 얻었다는 것을 입증하는 정보
로서 설득력을 가진다. '툇마루'는 모성의 거울, 반성의 거울, 여성성을
표상하는 원형의 거울이라는 의미를 획득한다. '툇마루'는 힘을 잃은 권

---

168) 이원표, 앞의 책, pp.34~37. '이제'는 시간적인 개념과 공간적인 개념을 동시에 표
　　현하고 있는 것으로, 현재나 과거, 미래 등의 시점에 구애받지 않고 모든 담화시점
　　에서 앞의 명제나 정황과 뒤에 언급되는 명제 사이의 연속적 관계(sequential
　　relation)의 표현을 통해서 "기술되고 있는 객체로서의 담화"에서 응집관계를 증진
　　시키는 것이다.

위의 표상으로, 어린 손녀에게는 위안의 대상으로서 의미를 가진다. 그것은 과거를 지나온 흔적이면서 탈색된 권위를 표상한다. 외할머니 → 어머니 → 이모들 → 손녀의 손 때로 이어지는 모계의 질서는 '거울'과 결합되면서 무한한 가능성의 의미를 확장한다. 신화적 세계는 현재 삶의 한계를 극복할 수 있는 매개체로서 개인의 공간보다는 집단적 사회를 지향한다는 특성이 있다. 이 시에서 '툇마루'는 과거와 미래가 만나는 지점으로 '툇마루'가 '거울'이 되는 경험을 기억하는 화자를 통해 유년 시절의 미분화된 정보를 전달하고 있다.

위의 상위정보를 뒷받침하는 하위정보인 '깔려있읍니다', '들이비칩니다', '때문입니다,', '바로 합니다'는 모두 현재형을 취하고 있다. 이러한 현재형 이미의 구사는 설화를 이야기하는 시점과 과거의 이야기를 일치시켜 표현하고자 하는 화자의 의도를 현장성을 가지고 보여주는 것으로, 신화 내용에 대한 화자의 주관적 개입이 두드러지는 언어적 장치의 하나이다.[169] 어린 손녀와 외할머니를 이어주는 '툇마루'는 단순히 기억을 부르는 매개물이 아니라, 시간의 차원으로 무한히 확장되는 생명력을 가진 신화의 성격을 띤다.

이렇듯 단일적 인지구조에 의해 획득된 모성성은 생산성을 함축한다. 이것은 여성의 원형적 특성에서 기인할 수 있다. 이들 시에서는 여성성의 직접적 제시보다는 신화적 공간과 결합함으로써 흥미를 유발하고 상상력을 극대화시킨다. 화자의 유년의 추억이 깃든 미분화된 순수한 상태로 존재하는 신화성은 주제구현의 차원을 넘어 소수자로서의 여성의 삶을 드러내는 것까지 나아가고 있다.

---

169) 위의 책, pp.181~182.

이상에서 살펴 본 바와 같이, 순환적 인지구조에 의해 드러나는 윤회성은 화자의 정신세계에서 지속적으로 재생되면서 현재성을 얻는다. 「와가의 전설」은 이미 전설이 되어 버린 '숙'을 푸르게 두터워 간 '와가'와 일체화한 몸이라는 인지를 통해 신화성을 드러낸다. 「復活」은 화자의 '눈'과 '소리', 종로 네거리의 소녀들을 통해 죽은 '유나'를 인지한 인연(因緣)으로서 윤회성을 획득한다. 「韓國星史略」에서는 인간의 몸을 소우주로 인지하고 있다. 우주의 순환론 속에서 '별'은 화자의 몸 안에서 일탈하고 관류하는 순환을 거듭하면서 신화성을 가진다.

이처럼 화자가 인지하는 대상으로서의 질마재의 인물들은 현실적인 모순과 인간적인 욕망에 의해 갈등할 수밖에 없는 상황에 처해 있는 '욕망하는 존재들'이다. 그런데 그들은 다양한 욕망을 지니고 있으면서도 결코 그 욕망에 함몰되거나 소외되지 않고 공존한다는 특징을 대비적 인지구조 방식을 통해 드러낸다. 그리고 이러한 구성방식은 화자의 복합적 어조, 인지 대상에 대한 사실적인 묘사, 유사한 음성 언어의 반복, 대조적 사건의 유용한 배치, 신체적 상상력에 기댄 비유 등에 의해 작품의 미학성을 효과적으로 나타낸다.

또한 단일적 구조의 인지에 의해 드러나는 모성성은 소수자로서의 여성의 의미를 모성성으로 수렴함으로서 존재가치를 획득하는 방식을 취한다. 이들 작품의 인지 시간은 과거이며, 인지 공간은 과거(또는 유년)의 기억이나 추억이 깃든 분화되지 않은 상태로 존재하여 전달된다는 점에서 신화적이라 할 수 있다. 이러한 신화적 공간은 다양한 인지 대상과의 결합을 통해 환상적 요소를 보여주기도 한다.

화자의 인지 대상은 자연적 사물들로의 비유를 통해 다양한 인지의미를 드러낸다. 인지 대상과 자연적 사물과의 결합 양상에는 대체로 공통분

모가 존재한다, 이러한 분모들은 신체적 상상력에 기반을 둔 비유를 사용함으로써 인지 공간의 구체성과 친밀도를 강화하는 효과를 주고 있다. 특히 시각적인 요소를 통해 인지 대상에 선명성을 부여하여 대상을 집중화시키고 있다.

예를 들어, 「와가의 전설」에서 '기이다란 댕기'와 '瓦家千年의銀河물구비'가 '길다'와 연결된다는 점, '청사'와 '푸르게만 두터워'간 와가가 '푸르다'라는 색체어와 결합된다는 점이 그것이다. 또한 「알뫼집 개피떡」에서 알뫼댁의 외모와 개피떡의 외형이 '이쁘다'라는 의미로 집약되며, 「간통사건과 우물」에서 여성의 성기와 '우물'이 원형적 상징성의 의미로 결합된다는 점이 그러하다. 그리고 「이생원네 마누라님의 오줌기운」에서 '굵은 무', '장고만한 똥', '오줌 기운', '대가리' 등이 각각 남성의 몸과 여성의 몸의 특성을 반영하고 있다는 점, 「당산나무 밑 여자들」에서 '여자들'과 '당산나무'가 '나이듦'이라는 의미로 인지된다는 점, 「외할머니의 뒤안 툇마루」에서 '할머니'와 '툇마루'가 '오래됨'의 의미로 인지된다는 점 등은 작품의 인지 구조를 파악하는 중요한 역할을 한다.

또한, 이들 작품은 화자의 복합적 어조, 인지 대상에 대한 사실적인 묘사, 유사한 음성 언어의 반복, 대조적 사건의 유용한 배치, 신체적 상상력에 기댄 은유 등에 의해 작품의 미학성을 효과적으로 드러내고 있다. 이러한 형식구조 외에도 화자가 인지하는 대상으로서의 질마재의 인물들의 모습은 현실적으로 모순된 경우가 많음에도 작품 속에서 다양한 의미로 재생산되고 있다. 이는 경험의 영역에서 이끌어낸 것이라는 점에서 구체성을 띠게 되는데, 근대적 삶의 부정성에 대립하는 대응점으로 읽힐 수 있는 가능성을 제공한다는 점에서 의의가 있다.

결국 이들 작품은 서술 방식의 특이성, 신화적 공간, 인지 대상의 은유화를 통한 신체적 상상력, 상반되는 사건의 균등한 배치 등에 의해 다양한 인지 의미를 드러내고 있다. 이 서술방식은 텍스트와 독자의 심리적 거리를 좁혀줌으로써, 시적 긴장감을 불러일으킨다. 또한 신화적 공간이 주는 환상적 요소가 가미됨으로써 상상력을 증폭시키는 효과를 주며 특정 지점에서는 전통적인 해학성을 드러내기도 한다. 이들 시는 이러한 요소들의 유기적인 배치를 통해 일상적 이야기를 시적으로 형상화시키는 미적 효과를 확보하고 있다.

5. 서정주 시의 형상적 특성

인지정보 구성을 통해 드러난 의미생성이 어떤 형상적 특성을 보이는가를 살피는 일은 서정주 시를 시답게 하는 특성이 무엇인가를 밝히는 과정이다. 시가 시다울 수 있는 것은 시인의 서정과 상상력이 시 속에서 어떻게 유기적으로 결합하느냐에 달려있다. 이러한 유기적인 결합에는 근본적으로 인간의 몸이 배제될 수 없다는 것이 논의의 출발점이었다.

이미 살펴본 바와 같이, 우리의 몸은 타인과의 교섭을 통해 사회적인 관계를 형성하며, 그러한 상호연관성 속에서 다양한 의미를 생성한다.170) 이러한 의미의 생성은 몸의 지각과 감각 작용, 판단 등에 의해 이루어지며, 텍스트의 정보구성을 통해 유기적으로 결합하여 시적 효과를 고양시킨다. 텍스트의 정보는 대립적이거나 유사한 의미계열을 축으로 하여 시적 공간의 분위기를 환기시키고, 어휘의 결합 양상에 따라 주체의

---

170) 브르통(D. Breton)/ 홍성민 역, 『근대성과 육체의 정치학』, 동문선, 2003, p.183.

행동 의지를 강하게 표출하면서 의미생성의 구체성을 더한다. 이것은 하나의 사물을 인지할 때 다른 사물과 유사한 것을 선택하거나 인접한 것을 결합한다는 은유의 보편적 특성에서 기인한다.

시가 언어로 쌓아 올린 건축물이라는 점을 환기하면, 서정주 시의 언어는 인간의 원죄의식, 본능과 욕망, 미분화된 유년의 경험 세계가 유기적으로 결합되어 '생명'이라는 의미로 수렴되는 탄탄한 의미망을 가진다. 이미 논의 되었듯이 그의 시는 내면의 불안정한 정서가 외부로 표출되어, 병들거나 지친 자아의 실존의식을 드러내고, 열린 세계를 지향하는 강한 생명 욕망을 표출하면서 소우주인 몸으로 확산되는 의미를 생성한다. 이러한 의미생성 과정에서 드러난 형상적 특성은 크게 다섯 가지로 압축된다. 첫째 의미의 현장성과 진솔성의 확보는 화자의 동일화(identification)된 인지를 토대로 한다. 둘째 시적 공간의 분위기는 은유적 결합을 통해 환기된다. 셋째 시상 전개 구조는 이항 대립적 인지체계 형태를 취한다. 넷째, 시상 전개의 구체화된 의미 변화는 어휘의 배치에 따라 다양하게 실현된다. 다섯째 인식의 전환은 어조의 변화에서 중점적으로 부각된다.

첫째 의미의 현장성과 진솔성의 확보는 화자의 동일화(identification)된 인지를 토대로 한다. 화자가 처한 현실은 결코 자족적이거나 화해로운 세계가 아니라 괴롭고 불만족스럽다. 의미생성은 시적 대상과 화자의 동일화된 인지를 통해 구체적으로 실현된다. 그의 시 텍스트는 시적 대상을 화자의 내부로 끌어들여 스스로를 객관화한 태도를 보이기도 하지만, 객관적 진술과 내적 진술이 교직하는 혼합적 서술 방식을 통해서도 드러난다.

정보의 진솔성은 내면에 들어앉은 자아의 동일화(indentification)된 인식태도를 통해 확보된다. 화자 내면의 정서를 직접적으로 드러내는 '시인지향적' 성격은 시인과 화자의 거리가 밀착되어 간혹 둘을 구분하기 어렵게 한다. 이러한 동일화의 양상은 화자와 대상간의 관계에서도 적용된다. 화자가 대상과 일정한 거리를 유지하다가 밀착되어 일체화되는 상황은 서정주 시에서 두드러지는 특성으로 다양한 정보구성 방식에 의해 구축되어 진솔한 의미를 생성한다.

'시인 지향적' 성격은 그의 작품 중에서도 「자화상」, 「부흥이」, 「화사」, 「벽」, 「바다」 등에서 중점적으로 드러난다. 「자화상」은 제목에서도 연상되듯이 '나'라고 지칭되는 일인칭 화자를 통한 고백적 서술방식을 취함으로써 보다 신빙성 있는 정보를 제공한다. 「벽」에서는 자신의 내면 정서를 직접적으로 표출함에 있어 일인칭어를 빈번하게 사용하여 정보를 구성한다. 또한 「부흥이」에서 가족사와 세계에 대한 양면적인 의미생성은 화자의 어두운 내면과의 동일화된 인지를 통해 공유하고자 하는 의도를 반영한다. 특히, '오래전부터 내 머리속 暗夜에 둥그란 집을 짓고 사렀다'는 정보를 통한 의미생성은 화자와 부영이의 동일화 전략을 통해 실현되고 있다. 동일화의 전략을 통해 화자 내면의 정보를 여과 없이 노출하는 것은 독자들로 하여금 시적 대상에 동화(assimiliation)되게 하는 효과를 준다.171) 「화사」와 「바다」(「화사집」) 역시 '바늘에 꼬여 두를까부다'와 '침몰하라', '그득해야 하는가'라는 구체적인 어휘를 통해 시적 대상과 밀착되는 과정을 보여준다.

이처럼 다양한 의미의 생성은 '시인 지향적' 성격을 견지하면서, 인지 대상과 밀착된 동일화의 원리를 통해 정보의 진술성을 획득하는 것이다. 이러한 동일화의 전략에 의한 다양한 의미생성은 동화와 긍정적 일체감

---

171) 김준오, 앞의 책, p.39. 동화(assimiliation)는 시인의 세계를 자신의 내부로 끌어들여 인격화하는 이른바, 세계의 자아화이다. 다시 말하면, 자아와 갈등하는 세계를 자아의 욕망, 가치관, 감정에 적합한 것으로 만들어 동일성을 이룩하는 작용이다.

을 소망하는 화자의 인지 태도를 강하게 부각시킨다.

둘째, 시적 공간의 분위기는 은유적 결합에 의해 환기된다. 은유는 의미에 의해 연상되거나 지배되는 이미지를 나열하는 것이 아니라, 기존의 개념 위에 기폭제 역할을 함으로써 시적 공간의 구체성을 부여한다.[172] 은유는 어휘의 부족을 매워주거나 어떤 대상에 대한 복잡한 관념을 압축하여 제시하는 것에서 나아가 인간의 사고 대부분을 관장한다. 인간의 행동과 의식까지도 은유적으로 구조화 되어 있다.[173]

서정주 시에서 은유적 결합은 이미지 사상(image mapping)을 통해 시상의 구체성을 확보하는 것으로 구체화된다.[174] 이것은 물리적인 대상이 행위의 주체가 되는 존재론적 은유(ontological)에 의해 보다 풍성히고 선명한 의미를 생성한다. 존재론적 은유는 추상적인 대상을 구체적인 물체나 물질을 통해 이해하고 개념화하는 방식으로 물질은유(entity and substance metaphor)와 용기은유(container metaphor)로 구분된다.[175]

---

172) Paul Ricoeur, On Metaphor, University of Cicago Puess, 1978, p.152. 양병호, 앞의 책, pp.41~42에서 재인용.

173) 오성호, 『서정시의 이론』, 실천문학사, 2006, pp.188~189.

174) 양병호, 앞의 책, p.43. '이미지 사상'이라는 용어는 양병호가 '은유적 투사'를 번역한 용어이다. 목표 영역을 이해하기 위하여 근원 영역을 끌어들여 사상(寫像)하는 은유이다. 다시 말해, 설명하려는 대상을 목표 영역(target domain), 대상을 이해하기 위하여 끌어들인 영역을 근원 영역(source domain)이라고 보는 기본 인식에서 출발한다.

175) 레이코프·존슨(G. Lakoff·M. Johnson)/ 노양진·나익주 역, 앞의 책, p.59. 물리적 대상(특히 우리 자신의 몸)에 대한 은유의 경험은 매우 광범위하고 다양한 존재론적 은유 - 즉 사건, 활동, 정서, 생각 등을 개체 또는 물질로 간주하는 방식인 - 의 근거를 제공한다.

① 파뿌리같이 늙은할머니와 대추꽃이 한주 서 있을뿐이었다.
나를 키운건 八割이 바람이다
병든 숫개만양 헐덕어리며 나는 왔다.
                                    ―「自畵像」 부분

② 아 - 스스로히 푸르른 情熱에 넘처
둥그란 하눌을 이고 웅얼거리는 바다,

                (중략)

오- 어지러운 心臟의 무게 우에 풀닢처럼 훗날리는 머리칼을 달고
이리도 괴로운나는 어찌 끝끝내 바다에 그득해야 하는가.
                                    ―「바다」 부분

③ 영원 파닥거려 일렁이는 재주 밖에 없는 머리 풀어 散髮한
떫디 떫은
저 어질머리 같은 물결.
                                    ―「바다」 부분

　①에는 화자의 불운한 과거의 삶과 '바람'이 키운 역경의 삶, 현재 화
자의 실존의식이 선형적 인지구조에 의해 구성되어 있다. 따라서 이 시
의 의미생성 과정은 화자의 현재를 증명하는 이미지 묘사를 주축으로 한
다. 화자의 과거 삶은 '파뿌리같이 늙은할머니와 대추꽃이 한주 서있을
뿐이었다'는 이미지 정보로 압축된다. 암담한 가족사라는 의미의 생성은
근원영역인 할머니의 머리칼을 목표영역인 파뿌리의 이미지에 사상한
은유적 결합에 의해 드러난다. '파뿌리'와 '할머니'는 '색체'와 '형태'면에

서 동일한 대상으로 범주화된다. 이러한 이미지 사상은 남성들의 부재로 인해 늙은 할머니가 가장의 표본이 될 수밖에 없다는 정보와 불안정한 화자의 가족사와 불운한 성장 과정의 정보를 구체적으로 드러내기 위한 장치이다.

암담한 가족사를 표상하는 이미지 사상의 활용은 '팔할이 바람'으로 수렴되면서 힘든 화자의 삶을 단적으로 보여준다. '바람이 나를 키운다'는 정보는 추상적인 형태의 '바람'이 나를 키우는 대상으로 의인화되는 존재론적 은유로 화자의 삶을 함축하는 의미를 생성한다. 이것은 다시 '병든 숫개'로 수렴되면서 화자의 실존이라는 확장된 의미를 생성하는데, 이러한 의미생성은 '병든 숫개'의 이미지를 '나'에게 사상한 은유적 장치를 사용하여 병이 든 화자가 견뎌온 삶을 사실적으로 보여준다.

②는 존재론적 은유의 활용으로 다양한 의미생성이 이루어진 시이다. 상승 지향적인 화자의 정서는 '푸르른 정열'과 '넘치다'가 결합하여 추상적인 어휘를 용기로 인지하는 은유의 활용을 통해 실현된다. '넘치다'는 상승 지향적 은유는 '둥그란 하늘을 이고 웅얼거리는 바다'와 연결되면서 유동적인 생명력을 표출한다. 괴로운 화자의 정서는 '바다가 웅얼거린다'는 존재론적 은유와 바다를 신체화한 '어지러운 心臟의 무게 우에 풀닢처럼 훗날리는 머리칼'의 이미지에 의해 구체적인 의미를 생성한다. 화자의 정신을 표상하는 '어지러운 心臟'과 '풀닢처럼 훗날리는 머리칼'은 '어지러운'과 '풀닢'의 수식으로 의미생성의 구체화를 더하고 있다.

③에서 '머리 풀어 散髮한/ 떫디 떫은/ 저 어질머리 같은 물결'은 파도치는 바다의 이미지를 산발한 머리카락과 떫은 맛의 미각적 감각정보를 결합시켜 신체적 상상력을 돋보이게 하는 효과를 준다. 또한 '붉은 우름'(「문둥이」)에서처럼 '붉은'과 '우름'의 결합은 시각적 효과인 '붉다'가 청

각적 효과인 '울음'에 사상된 은유로, '피'의 생명력과 문둥이의 설움이 빚어낸 '울음'이라는 의미를 생성한다.[176)

이처럼 은유적 결합을 바탕으로 한 형상적 특성은 화자의 현재와 미래에 대한 상승 지향적 의미를 생성하는 전략적 장치로 확장되며, 사물들과 신체와의 동일성을 강화하여 시상의 구체성을 확보한다. 무엇보다도 이 결합은 인지 공간의 구체성과 친밀도를 강화하여 작품의 긴밀성을 높이는 효과를 준다. 이 외에도 시각적 특성이 부각된다는 점에서 분명한 의미의 전달과 섬세하고 생생한 풍경을 연출하며 다양한 의미를 생성한다.

신체화된 상상력은 「자화상」, 「바다」(『화사집』), 「바다」(『신라초』), 「문둥이」 등에서 형상화되기도 하지만, 서술 방식의 특성상 서사의 형태로 의미생성의 구체성을 보이기도 한다. 「알꾀집 개피떡」, 「간통사건과 우물」, 「이생원네 마누라님의 오줌기운」, 「당산나무 밑 여자들」, 「외할머니의 뒤안 툇마루」 등은 사물 또는 자연친화적인 대상들이 신체화된 상상력을 통해 의미를 생성한다.

> 숲서운니네는 올해 나이 쉬흔 하나지만 이 세상에 나서 처음으로 이뻐졌는데, 이른 새벽 그네 房에서 숨어나오는 사내를 보면 새빨간 코피를 흘리기도 하드라구요. 집 뒤 堂山의 무성한 암느티나무 나이는 올해 七百살, 그 힘이 뻐쳐서 그런다는 것이여요.
>
> —「堂山나무 밑 女子들」부분

---

176) 한 감각 영역의 체험이 다른 감각 영역으로 전이되는 공감각의 언어화 현상은 서정주 시에서 이미지 사상을 통해 의미생성의 구체성을 부여한다. 이와 관련된 논의로는 김중현, 「국어 공감각 표현의 인지 언어학적 연구」, 담화인지 언어학회 편, 『담화와 인지』, 한국문화사 (2001, 8권, 2호)가 있다.

이 시의 의미생성은 자신의 방에서 숨어 나오는 사내를 보면 새빨간 코피를 흘린다는 숲서운니네의 정보와 암느티나무의 나이가 많아 그 힘이 뻗쳐서 그런다는 정보의 결합에 의해 실현된다. 이러한 은유적 결합은 노년의 여성성이라는 의미를 생성하기 위해 인간의 몸을 자연적 사물에 빗대어 표현함으로써 시적 공간에 구체성을 부여하며 흥미를 유발하는 효과를 준다. 신체적 상상력을 동반한 은유는 '알묏댁의 번즈레한 외모와 모양 좋고 맛 좋은 개피떡의 비유'(「알묏집 개피떡」)에서도 활용된다. 알묏댁이 만든 개피떡은 알묏댁의 몸으로 인식되며, 'ㅃ'의 중첩은 알묏댁의 빠진 이빨을 표상하는 해학적 분위기를 자아낸다.

「간통사건과 우물」 역시 간통사건의 주범인 여성의 몸과 '우물'의 이미지를 결합하여 공존성의 다양한 의미를 생성한다. 「이생원네 마누라님의 오줌기운」에서는 '굵은 무', '장고만한 똥', '오줌 기운', '대가리'가 각각 여성의 몸과 남성의 몸으로 인지되어 생산성의 의미를 생성한다. 「외할머니의 뒤안 툇마루」에서도 외할머니의 몸이 툇마루의 이미지와 결합되면서 노년의 여성성이라는 의미를 생성한다. 이 시들은 화자가 유년의 개인적 체험을 질마재의 소재와 연결하여 전달하는 입장에 있기 때문에, 대상에 대한 인지 태도가 서술적 어조를 통해 부각될 수밖에 없다. 따라서 신체적 상상력에 기반 한 은유적 결합은 화자가 인지한 유년의 기억과 화자의 상상력이 절묘하게 어우러진 결과물의 형상으로서 탄탄한 구성력과 미적 형상화에 기여한다.

이처럼 서정주 시에서 은유는 단순한 기법적 활용에만 그치지 않고, 시적 공간의 주요 의미를 창출하는 장치로서의 효과를 얻는다. 단순히 대상을 선명하게 부각시키기 위해서보다는 화자와의 심미적 거리를 확보하여 객관적으로 자아를 인지하는 과정을 보여준다.

셋째 시상 전개 구조는 이항 대립적 인지체계 형태를 취한다. 화자가 인지하는 공간은 화자의 위치를 경계로 하여 '외부'와 '내부'로 범주화된다. '안'이 화자가 내재한 현재의 공간이라면, '밖'은 화자가 지향하는 공간이다. '벽'과 '문'으로 경계 지어진 '안'과 '밖'의 인지체계는 존재를 자각하는 서정주 시 전반의 의미구조와 긴밀한 관련성을 갖는다. 화자는 '벽' 안의 공간을 용기(container)로 인지하면서, 용기 안의 공간을 벗어나기 위한 화자의 생명 욕망이 꿈틀거리는 곳, 현실에 대한 분열과 갈등이 존재하는 곳으로 인지한다. 용기 밖은 아직 화자가 가보지 않은 곳이면서 새로운 전환의 공간으로 인지된다. 여기서 화자는 밖을 지향하는 태도를 지닌다. 이것은 화자의 심리가 용기 '안으로의 도식'(in-schina)에 깊이 침윤되어 있음을 보여준다.

고립과 단절로 인해 괴로운 상태가 유지되고 있는 현재 자아의 부정적 인식 공간으로부터 벗어나기 위한 화자의 태도는 '壁차고 (밖으로) 나가'(「벽」), '(밖으로 나가고 싶은) 문이 우는'(「문」), '(밖으로 나가는) 門은 없었고'(「房」) 등의 형상화를 통해 구체화된다. 서정주 시에서 불운한 가족사와 유년, 원죄의식 등은 '안'의 공간으로 설정되어 '밖'으로의 지향을 꿈꾸는 화자의 욕망의식을 표출한다. 이러한 욕망의식은 주로 행위의 직접성을 드러내는 동사어들로 표현된다.[177] 수식이 없는 동사만의 세계인 그의 시는 심장만 있고 눈, 귀, 코가 아직 없는 벙어리와 문둥이의 울음

---

177) 서정주, 「나의 시인생활 약전」, 앞의 책, p.200. "내가 한동안 붙잡힌 것이 정지용 류의 형용사의 수풀이었다. '무엇처럼, 무엇 모양' 류의 수사의 허영에 한동안씩 사로잡힌 것은 비단 나 혼자만도 아닐 것이다. 그러나 마침내 나는 이러한 가식의 차원에 싫증이 났다. 그 뒤부터 나는 일부러 형용사를 피했고 문득 구투가 떠오른다 하여도, 내 상념의 세계로부터 이것들을 추방하기에 노력하였다. 직정(直情)언어 ─ 수식 없이 바로 사람의 심장을 건드릴 수 있는 그러한 말들을 추구하는 것이 당시의 내 이상이었던 것이다. 그 결과로서 형용사 대신에 좋든 언짢든 행동을 표시하는 동사의 집단이 내 시에 등장하게 되었음은 물론이다."

같은 몸짓으로서의 언어에서 출발하여, 눈, 귀, 코가 서서히 열려 가는 과정으로 이어진다.[178]

따라서 서정주 시의 다양한 의미생성은 뼈대의 역할을 하는 '안에서 밖으로'의 인지 도식을 통해 정보가 흐르면서 실현된다. 벽의 '안'과 '밖', 문의 '안'과 '밖', 소리의 '안'과 '밖'이라는 이항 대립적 도식은 화자의 인지 심리와 신체적 반응, 그리고 인지 행위에 직접성을 부여하는 역할을 한다.

첫째, 시상 전개의 구체화된 의미 변화는 어휘의 배치에 따라 다양하게 실현된다. 서정주 시의 어휘 배치는 병렬적 구성을 취하는 경우가 많다. 병렬적 구성은 한 쌍의 서로 다른 구, 행, 음들이 대응하는 상태로, 병렬, 평행성, 대구, 대비, 병행, 대응, 병치 등과 혼용되어 쓰이며, 텍스트 전체의 미학을 구현하는 기본 동력이다.[179]

그의 시에서 병렬적 구성은 어휘, 구, 소리, 시행 분행 등으로 표출되어 시각적인 리듬을 형성하는데, 이것은 단순히 수사적인 의미만이 아닌 정보의 원활한 소통을 위한 유기적인 의미망을 형성한다. 대립과 반복을 통해 얻어지는 의미생성 과정은 서정주 시의 기본 동력으로서 언어의 미감에 취할 수 있는 미학적 특징까지도 아우르고 있다.

어휘의 대립적 배치는 대립되는 의미의 충돌로 인해 팽배한 긴장감을 형성하면서 화자의 건강하고 치열한 생명력을 표출하는 경우와 유사한 의미계열을 병렬적으로 배치하여 화자의 정서를 집중시키면서 다양한 의미를 생성하는 경우로 구분된다. 우선, 대립적 반복을 통해 의미가 생성되는 경우를 대립 쌍으로 나열하면 다음과 같다.

---

178) 김윤식,『미당의 어법과 김동리의 문법』, 서울대학교출판부, 2003, pp.101~102. 김윤식은 이러한 심장만 있는 언어에서 눈과 귀, 코가 있는 언어로 변화되는 과정을 미당시의 역사인 셈이라고 언급한다.

179) 조규미, 앞의 논문, p.4.

① 사향박하 - 뒤안길, 아름다운 배암 - 징그러운 몸둥아리
　달변의 혓바닥 - 소리를 잃다, 푸른 하늘 - 붉은 아가리, 따르나 -
무러뜯다

② 애기 - 문둥이, 해·하늘빛 - 달

③ 따서 먹는다 - 자는듯이 죽는다, 핫슈 먹다 - 취해 나자빠지다
　님은 다라나다 - 나를 부르다, 두손에 받다 - 나는 쫓다
밤처럼 고요하다 - 끌른 대낮

④ 오라고만 그러면 - 작구 다라나다, 즘생스런 우슴 - 우름가치
달다

　①의 「화사」와 ②의 「문둥이」에서는 밝음과 어둠, 아름다움과 추함, 축복받은 운명과 저주받은 운명이라는 의미의 충돌을 보여준다. 특히, 의미의 충돌 과정에서 생긴 긴장감은 어느 한쪽으로 기울거나 수렴되지 않고 중심축을 유지하고 있어서 실존이 강한 내면 의식을 보여준다. ③의 「대낮」과 ④의 「입마춤」은 삶과 죽음의 이분법적 의미와 '님'과 '나'의 대립적 행동모델이 통합된 의미를 생성한다. 이와 같은 본능적 생명력은 극단적 어휘 배치로 인해 구체화된다.

　이러한 인지 범주들은 작품의 유기성을 확보하면서 시·공간의 인지와 더불어 극복을 향한 화자의 적극적이고 능동적인 행위를 불러일으킨다. 그리고 이를 통해 화자의 미래 지향적인 욕망의 실현에 가능성을 부여한다. 이러한 인지의 과정들은 긴장과 이완의 과정을 반복하면서 작품의 긴밀도를 고양시키는 효과를 주며, 건강하고 치열한 생명력의 의미를 생성한다.

　이처럼 그의 시는 대립되는 의미의 충돌로 인해 팽배한 긴장감을 형성하면서 화자의 건강하고 치열한 생명력을 표출하여 다양한 의미를 생성

하기도 하지만, 유사한 의미계열을 병렬적으로 배치하여 화자의 정서를
집중시키면서 다양한 의미를 생성하기도 한다.

> ① 우리 아버지와 어머니에게 또 나와 나의 안해될 사람에ㅣ 도
> 나의詩를, 그 다음에는 나의表情을, 흐터진 머리털 한가닥까ㅅ ……
>
> ② 복사꽃 피고, 복사꽃 지고, 뱀이 눈뜨고, 초록제비 무처오는
>
> ③ 머언 나무 닢닢의 솟작새며, 벌레며, 피릿소리며,
> 노루우는 달빛에 기인 댕기를.

위 시들의 어휘 배치는 단순하게 유사의미계열 축을 형성하는 어휘
를 나열한 것이 아니라, 화자의 정서적 반응을 유발하는 요인이 된다.
①의 '우리 아버지와 어머니' → '나와 나의 안해될 사람' → '나의시' →
'나의표정' → '흐터진 머리털 한가닥까지……'의 어휘 배치는 '또', '그
다음에는'등과 같은 연결어미에 의해 정보가 추가되어 구성 면에서 점
층적 방식을 보이지만, 의미 면에서는 점점 화자와 시적 공간의 거리가
좁혀지는 과정을 보여준다. ②의 '복사꽃 피고, 복사꽃 지고, 뱀이 눈뜨
고, 초록제비 무처오는'은 봄에 대한 정보가 순차적으로 제시되면서 생
명이 움트는 분위기를 환기한다면, ③의 '머언 나무 닢닢의 솟작새며, 벌
레며, 피릿소리며,/ 노루우는 달빛에 기인 댕기를'은 하찮은 자연물과 동
물이 두서 없이 나열되어 어지러운 화자의 정서를 노골적으로 표출하는
기능을 한다. 이러한 나열식의 어휘 배치는 그의 시에서 화자의 정서와
병행하는 구성을 취하면서, 시각적 효과 외에도 주제를 뒷받침 하는 탄
탄한 구성을 보여준다.

이러한 특성 외에도 서정주 시에 우세하게 적용되는 소리의 반복은 중첩되는 음들로 인해 언어의 미각유 사림 수 있고, 이네 ㅡㅡ신 니님을 명성한다. 이러한 음들의 중첩은 유사한 음을 여러 번 반복함으로써 유음적 심상을 자아낸다.[180] 이는 반복이 주는 리듬 효과 외에도 화자의 정서를 집중화함으로써 시적 공간의 구체성을 부여하는 역할을 한다.

① 밀려왔다 밀려가는 무수한 물결우에 무수한 밤이 往來하나
　　　(중략)
애비를 잊어버려
에미를 잊어버려
兄弟와 親戚과 동모를 잊어버려,
마지막 네 계집을 잊어버려,

아라스카로 가라 아니 아라비아로 가라
아니 아메리카로 가라 아니 아프리카로
가라 아니 沈沒하라. 沈沒하라. 沈沒하라!

　　　　　　　　　　　　　　　　　　　—「바다」 부분

② 가시내두 가시내두 가시내두 가시내두
콩밭 속으로만 작구 다라나고

---

180) 야콥슨(R. Jakobson)/ 김태옥 역, 「언어학과 시학」, 이연민 외 편, 『언어과학이란 무엇인가』, 문학과지성사, 1977, p.154. 야콥슨은 'I like Ike'를 예로 들어 유음법을 설명한다. "'I like Ike'에서 이중모음 /ay/들은 자음 하나씩 /…I…k…k/이 그 뒤를 균형 있게 따르고 있다. 그런데 세 단어들의 구성은 각기 다르다. 첫째 단어에는 자음이 없고 둘째 단어는 3중모음 좌우로 자음이 있는가 하면 셋째 단어에는 말음이 자음이다. 'I like Ike'는 서로 압운을 이루며 운을 밟은 두 단어 중 둘째 단어는 첫 단어 안에 완전히 내포되어 /Iayk/-/ayk/ 대상을 전적으로 감싸는 듯한 감정의 유음법적 영상을 이룬다. 두 개의 운율단위는 두운을 밟으며 그 첫 단어는 둘째 단어에 포함되어 있다. /ay/-/ayk/이는 역시 사람의 객체에 의해서 감싸인 사랑의 주체에 대한 유음법적 영상이라 하겠다."

울타리는 막우 자빠트려 노코
<u>오라고 오라고 오라고만 그러면</u>

<u>사랑 사랑의 石榴꽃 낭기 낭기</u>
하누바람 이랑 별이 모다 웃습네요
풋풋한 山노루떼 언덕마다 한마릿식
<u>개고리는 개고리와 머구리는 머구리와</u>

(중략)

땅에 <u>긴 긴</u> 입마춤은 <u>오오</u> 몸서리친
쑥니풀 지근지근 니빨이 히허여케
즘생스런 우슴은 <u>달드라 달드라</u> 우름가치
달드라.

　　　　　　　　　　　　　　　　　—「입마춤」 부분

①에서 '밀려왔다 밀려가는 무수한 물결우에 무수한 밤'이 보여주는 'ㅁ'음의 반복은 '밤'과 결합하면서 어두운 날을 지나온 시간을 표상하며 다시 '왕래하나'와의 결합을 통해 여러 날들의 의미를 강조하는 시각적 이미지를 자아낸다. '~를 잊어버려'의 어휘 반복은 화자의 단호한 의지적 표명으로 명령조의 종결어미가 강조의 효과를 더하고 있다. 이러한 반복은 과거를 부정하는 화자의 내면의식을 표출하는 미적 장치로서 비판적인 시각의 강렬함을 한층 더해주는 기능을 한다. '~해라'체의 빈번한 사용은 화자의 구체화된 행위를 부추키는 의미를 드러낸다. 특히 'ㅏ'모음의 반복은 바다의 신비스러운 분위기와 겹치면서 미지의 세계를 지향하는 의미생성을 가능하게 한다.

②는 본능적 생명력을 표상하는 시로서 '가시내두 가시내두 가시내두

가시내두'로 반복되는 어휘의 배치에 의해 '가시내'의 존재를 전면에 부각키고 망설이는 화자의 시선을 표출한다. 가시내를 향한 본능적 욕망은 '오라고 오라고 오라고만 그러면'의 'ㅇ'음의 반복을 통해 표출되고, 다시 '사랑 사랑의 낭기 낭기'의 'ㅇ' 음의 반복과 결합되면서 유성자음을 통해 매끄러운 사랑의 숨결을 나타낸다. 유성자음의 반복에 의해 형성된 리듬은 '개고리는 개고리와 머구리는 머구리와'로 이어지면서 자연 만물의 성적 교감을 보여주는 시각적 효과를 제공한다. '긴 긴 입마춤'과 '오오 몸서리친'에서 '긴 간'과 '오오'는 사랑의 열정을 내뿜는 화자의 구체적인 행위의 현장성을 살리기 위한 전략적 어휘배치이다. '달드라 달드라 우름가치/달드라'의 반복은 앞의 사랑의 감정이 '달드라'는 미각적 심상으로 표출됨으로서 보다 직접적인 사랑의 행위를 연출한다.

이 외에도 「석녀 한물댁의 한숨」은 한물댁의 불행한 삶을 '한물', '홀로', '힘', '한숨'이 보여주는 'ㅎ'음의 반복을 통해 구체화한다. 또한 「알뫼집 개피떡」에서 'ㅃ'음의 겹침과 부사어 '~게'의 반복은 알뫼댁의 빠진 이빨이 빚어내는 시각적 효과를 제공한다.

이처럼 동일한 구의 반복과 병치, 어휘나 소리의 반복 등의 집중적인 사용은 작품의 긴밀성을 유지함과 동시에 화자의 정서를 표출하는 직접성을 드러낸다. 이러한 시 작법의 특징은 작품의 주된 정서를 집중화(concentration)하여 의미생성의 구체성을 더할 뿐만 아니라, 리듬에 의한 시적 호흡의 완성을 기하는 효과를 준다. 이러한 반복성은 의미 전달의 효용성, 의미의 유기적 구성, 의미의 전환과 지속성까지를 포괄하는 시의 본질적인 특성에서 기인한다.[181]

또한 다양한 정서의 표출은 시행의 분행 양상을 통해 구체화된다. 시행

---

181) 위의 책, p.173.

은 시를 다른 장르와 구분 짓는 기본적인 장치의 하나이다. 시인은 시행을 최대한 낯설게 배열함으로써 다분히 리듬 효과만이 아닌 리듬을 시각화하고 공간적으로 배분하는 특성을 통해 화자의 정서를 집중적으로 표출한다.182) 서정주 시에서는 화자의 불안정한 정서가 시행 불일치를 통해 드러난다면, 안정된 정서를 회복한 뒤에는 균형 잡힌 시행이 이어지면서 시 전체의 의미와 형식의 유기적 형상성을 성취한다. 화자의 불안정한 정서와 안정된 정서의 엇갈린 의미의 생성은 시행의 겹침을 통해 실현되기도 한다.

① 어매는 달을두고 풋살구가 꼭하나만 먹고 싶다하였으나……
흙으로 바람벽한 호롱불밑에
　　손톱이 깜한 에미의아들.
　　甲午年이라든가 바다에 나가서는 도라오지 않는다하는 外할아버지의 숯많은 머리털과
　　그 크다란눈이 나는 닮았다한다.
　　　　　　　　　　　　　　　　　　　　—「自畵像」 부분

② 아라스카로 가라 아니 아라비아로 가라
아니 아메리카로 가라 아니 아프리카로
가라 아니 沈沒하라. 沈沒하라. 沈沒하라!
　　　　　　　　　　　　　　　　　　　　—「바다」 부분

③ 꺼져드는 어둠속 반딧불처럼 까물거려
　静止한 <나>의
　<나>의 서름은 벙이리처럼……
　　　　　　　　　　　　　　　　　　　　—「壁」 부분

---

182) 오성호, 앞의 책, pp.156~158.

④ 아름다운 일이다. 아름다운일이다. 汪茫한 廢墟에 꽃이 되거라!
屍體우에 불써 이러나야할, 머리털이 흔들흔들 흔들리우는,
오 - 이 時間, 아까운 時間.

—「門」 부분

⑤ 속눈섭이 기이다란 게집애의 年輪은
댕기 기이다란, 붉은댕기 기이다란, 瓦家千年의銀河물구비
…… 푸르게만 푸르게만 두터워갔다.

—「瓦家의 傳說」 부분

①에서 제시된 것처럼 불안정한 가족사와 화자가 부정하는 과거사의 정보는 시행의 불일치를 통해 형상화된다. 안정된 시행 배열은 '어매는 달을두고 풋살구가 꼭하나만 먹고 싶다하였으나……/ 흙으로 바람벽한 호롱불밑에// 甲午年이라든가 바다에 나가서는 도라오지 않는다하는/ 外할아버지의 숯많은 머리털과/ 그 크다란눈이 나는 닮았다한다'가 되어야 한다. 하지만, 시인은 화자의 불안정한 정서를 환기하는 시각적 효과로, '호롱불 밑에'와 '에미의 아들'을 배치함으로써 사실적 효과가 주는 상상력을 극대화한다. 화자와 외할아버지의 매개항인 '숯많은 머리털'과 '크다란 눈'이 닮았다는 의미를 강조하기 위해 '크다란 눈' 앞에 '그'를 첨가하여 'ㅡ'음을 중첩시키는 효과를 주고 있다.

한편, ②는 부사어 '아니'의 반복으로 가파른 호흡을 구사하면서 단정과 부정을 반복하다가 '沈沒하라'의 반복을 통해 급박한 정서를 표출한다. ③ 역시 시행 분행이 자연스럽지 못한 것은 화자 내면이 안정되어있지 못하기 때문이다. '<나>'의 설움이 벙어리처럼 깊다는 의미의 생성은 '<>' 안에 갇힌 '나'의 존재 상황에 시각적 효과를 제공한다. 다시 말

해 '<>'는 정지한 설움과 벙어리가 병렬적으로 배치되어 사방이 '벽'인 공간에 갇힌 화자의 몸을 부각시킨다. ④ 역시 위의 「벽」과 유사 계열을 형성하는 작품으로 시행을 분행하지 않고 '삶'과 '죽음'의 어휘를 나란히 배치하여 희망과 절망이 뒤섞인 화자의 갈등 양상을 구체화함으로써 다양한 의미를 생성한다. ⑤는 시각적 효과를 잘 나타내고 있다. '기이다란'의 반복과 '푸르게'의 반복은 '瓦家千年의銀河물구비'와 '숲'의 연륜이 오래되었음을 강조하는 시각적 효과를 보여준다. 이러한 시행의 분행은 '청사'의 외형적 모습과도 유사한 형태를 취하고 있으면서, '숲'에 대한 정보를 효과적으로 전달하는 기능을 한다.

이처럼 시행의 분행은 화자의 정서와 관련하여 텍스트의 의미생성에 효과적인 장치로 활용된다. 이러한 시행 분행은 위의 시 외에도 서정주 시에 빈번하게 나타나는 수사적 장치라 할 수 있는데, 이러한 장치는 화자의 안정되지 못한 정서를 부각시키는 시각 효과를 제공한다.

다섯째 인식의 전환은 어조의 변화에서 중점적으로 부각된다. 현실에 대한 시·공간적 인지의 투철함과 아울러 그 극복을 향한 화자의 적극적이고 능동적인 다짐과 미래에 대한 긍정적인 시각 확보는 다양한 어조 변화를 통해 구체화된다. 어조의 변화는 주로 문장 종결어미를 통해 구체적으로 실현되는데 이는 화자의 정서가 표출되어 의미생성의 직접적인 영향을 제공한다. 서정주 시에는 평서문, 의문문, 감탄문, 명령문, 청유문이 다양하게 활용되는데, 종결방식의 차이에 따라 화자의 미묘한 감정 및 의미의 차이에 변화가 일어나, 작품의 유기적인 의미를 형성한다.[183]

---

183) 이와 연관된 논의로는 서정주 초기 시 일부를 대상으로 품사·어휘·종결법의 빈도 수를 조사한 류현미의 연구가 있다. 이 논문에 관해서는 I-2장 선행 연구 검토에서 논의하였다.

‘오지않았다’, ‘있을뿐이었다’, ‘않을란다’, ‘먹키웠었다’, ‘목매어 울리라!’, ‘던지자’, ‘버리자’, ‘보아라’, ‘다라나거라’, ‘슴여라’, ‘잊어버려’, ‘침몰하라’, ‘가라’ 등으로 표상되는 어조는 주로 상위정보를 뒷받침하는 하위정보로 활용되면서 구체적인 방향 설정을 제시한다. 평서형 어미에 의해 잊고 싶은 과거에 대한 기억과 현재를 고백하고 미래를 다짐하는 방식을 취한다면, 명령형 어미는 스스로에게 자명하는 방식을 취함으로써 내부의 갈등을 함축적으로 드러낸다. 그의 시는 화자의 실존과 의지를 표상하는 의미획득과 세계에 대한 반성적 시각이 강하기 때문에 상대를 향한 의문이나 청유보다는 스스로에게 약속을 다짐하는 방식을 취한다.

이 외에도 그의 시에는 감탄사와 문장부호, 비문법적인 띄어쓰기가 빈번하게 활용되어 화자 내면의 정서를 밖으로 끌어올리는 시적 장치로서의 역할을 담당한다. 그의 시에서 의미생성을 뒷받침하는 감탄사는 ‘오-’가 우세하게 활용되며, 문장부호로는 느낌표(!), 말줄임표(……), 줄표(-), 쉼표(,)가 빈번하게 활용된다. 이러한 부호들의 잦은 활용은 화자의 정서, 호흡 등의 변화에서 파생되는 다양한 의미를 형성한다. 특히, ‘오-’ 라는 감탄사는 정지된 시간과 제한된 공간의 배치와 절묘한 조화를 이루면서 화자의 간절한 욕망을 직접적으로 드러내고, 독자로 하여금 동화되게 하는 효과를 제공한다. ‘말줄임표’ 역시 시를 형식상 미완의 상태로 남겨 둠으로써 정보의 지속성을 드러내기도 하지만, 독자에게 참여 공간을 제공하여 공감의 폭을 넓히는 전략적 장치로 활용되기도 한다. 또한 『질마재신화』와 같은 전달자의 독특한 서술 시학적 특징을 보여주는 시들에서는 정보구성의 중첩과 어울림, 어긋남의 절묘한 조화로 인해 작품의 완성도가 가져다주는 긴장감을 극대화하는 효과를 준다.

정보구성 방식에 따른 의미생성 과정에서 드러난 형상적 특성은 이 외에도 화자의 인지 대상 대부분이 세상으로부터 타자화된 존재라는 동일한 인지의미로 수렴된다는 점에서 가족 유사성(family resemblances)을 갖는다. '병든 숫개', '부흥이', '화사', '문둥이', '안즌뱅이'와 와가의 전설이 되어버린 '숙', '석녀 한물댁', '알못댁', '이생원네 마누라님', '당산나무 밑 여자들'을 비롯한 그 외의 인물들은 어떤 식으로든 세상으로부터 타자화된 존재들이다. 이러한 소수자로서의 삶은 불운한 가족사와 원죄의식, 지배 이데올로기 등으로 인해 '팔할이 바람'으로 키워질 수밖에 없었던 고난과 역경의 삶에서 비롯되었다. 특히, 지배 이데올로기로부터 타자화된 여성 인물들의 모습은 고요히 토혈하며 죽어갔다는 '숙'과 서방질을 한다는 알못댁, 간통사건의 주범인 여인의 모습 등으로 대변되어 가족 유사성을 갖는다.

이러한 가족 유사성은 작품의 의미구조를 유기적으로 조망할 수 있는 시안(詩眼)을 제공한다는 점에서 의미가 있을 뿐만 아니라, 소수자들을 끌어안는 시적 대안을 마련하였다는 점에서 독자 참여의 문을 확대할 수 있다는 장점이 있다.

이처럼 서정주 시는 우리의 신체화된 감각적 경험으로부터 발생하는 상상력과 의미화에 초점이 맞추어져 있다. 이로 인해 자아와 세계를 포함한 다양한 인지 의미를 효과적으로 드러낸다는 특성이 있다. 그런데 이러한 모든 작용이 주체의 '몸'을 통한 인지과정이라는 점에서 볼 때, 지각 작용은 구체적이기보다 애매하게 드러나는 경우가 많다. 구체적인 사물에 대한 단순한 감각이 아니기 때문이다. 인간의 습관화된 행동 이외의 모든 지각에는 기본적으로 정서가 따른다. '슬픔', '기쁨', '설움', '무서움'과 같은 정서 표현의 언어 등은 신체적 지각과 밀접한 관계 속에서 이해된다. 지각 경험을 통해 인식과 감응의 결합으로서 정서가 생기는 것인데, 이러한 화자의 판단을 통해 내면의 심리가 드러나는 것이다. 다시 말해 인간의 '경험으로서의 언어'는 감정과 정서, 의사를 전달하고 소통하기 때문에 인간의 마음은 언어에 의해 객관화 될 수밖에 없는 것이다.184)

이상에서 살펴본 바와 같이, 서정주 시는 시적 화자의 주관적 인지를 통하여 작품에 구축된 의미구조와 언어의 형식미가 탄탄하게 고착되고, 정밀한 이미지와 장면의 치밀한 묘사가 주는 정서의 변화를 집중적으로 보여줌으로써 작품의 미학성을 효과적으로 실현하고 있다는 데 가치가 있다. 이는 시인의 개인사에도 불구하고 독자들로 하여금 그의 언어의 미감에 취할 수 있게 하는 충분한 의미를 획득한다고 본다.

이처럼 신체화된 경험과 상상력의 만남에 의해 형성된 정보는 텍스트 내에서 다양한 의미를 생성하고, 그 생성된 의미로 인해 당시 사회는 물론 오늘의 현실까지도 진단해 볼 수 있는 배경을 제공한다는 점에서 의의가 있다. 사회구조가 다양해지고 복잡해짐에 따라 우리의 인식체계 역시 분화되어 때로는 종잡을 수 없는 지점에까지 이른다. 우리 개인의 사상과 감정을 가장 직접적으로 반영하는 양식이 '시' 장르라는 점에서 볼 때, 오늘날 현대시는 다원화된 사회구조의 다양성과 그 속에서 살아가는 우리의 모습을 밀착하여 보여주는 미덕을 드러낸다. 오늘의 현대시가 '서사적'인 경향이 짙어 시의 본령을 잃어가는 것이 아니냐는 우려의 목소리가 있었음에도 불구하고 여전히 시는 개인의 서정을 담보로 하여 시인과 독자의 경험세계와 상상력을 결합하여 다양한 의미를 생성한다. 우리의 사고 체계 전반을 인지과정으로 처리한다는 인지시학적 관점은 오늘의 현대 시를 새로운 시각으로 접근할 수 있는 계기를 제공한다는 점에서 의의가 있다.

---

184) 송광일, 「듀이의 자연주의적 언어관」, 전남대 철학 석사논문, 2007, p.14.

6. 결론

지금까지 본고는 서정주 시를 인지시학적으로 접근하여 텍스트의 정보구성 방식에 따른 의미생성 과정을 살피고, 의미생성 과정에서 드러난 형상적 특성을 밝혔다. 그 결과 서정주의 시는 내면의 불안정한 정서가 외부로 표출되어 병들거나 지친 자아의 실존의식을 드러내고 있으며, 열린 세계를 지향하는 강한 생명 욕망을 표출하여 소우주인 몸으로 확산되는 의미생성 과정을 보여주었다. 다양한 정보구성 과정에서 드러난 의미생성은 '생명'이라는 연결 고리로 서로 교직(交織)되면서 상호 연관성을 획득하였다. 시인의 '생명'에 대한 인식은 원죄의식, 인간의 본능과 욕망, 미분화된 유년의 경험 세계 등에 바탕하여 산출된 의미를 뒷받침하였다.

시인의 기억은 시간과 유사 경험에 따라 이미지가 중첩되면서 이미지의 변형을 가져 온다. 인지시학은 그러한 경험에서 발생되는 이미지의 변형이 어떤 의미로 산출되는가를 밝히는 과정이다. 그것은 현존재의 의미를 발견하는 문제 해결의 과정이면서 동시에 지속적으로 존재 자체에 대해 물음을 제기한다는 점에서 양면적이다. 서정주 시에서 '생명'은 이러한 존재 규명의 문제와 밀접하게 연관되어 있으며 시 전반에 걸쳐서 생명의 유기적인 의미망을 구축하였다.

몸의 감각과 실존에 대한 자각은 텍스트의 정보가 구성되는 방식에 따라 유목적 존재, 피투적 존재, 병리적 존재로 구분하여 고찰하였다. 한편, 텍스트의 정보는 선형적 인지구조와 양면적 인지구조, 인과적 인지구조에 의해 구성되는데, 이들 인지구조는 존재에 대한 근본적인 물음과 가능성을 모색하는 화자의 의지를 직접적으로 표출한다.

선형적 인지구조는 정보가 제공되는 시점과 인지의 방향성이 한 방향으로 연결되어 있음을 말한다. 이를 통해 정착하지 못하고 떠돌아다닐 수밖에 없는 유목적 존재로서 의미생성 과정을 살폈다. 이는 '나를 키운건 八割이 바람'이라는 고백과 '세상은 가도가도 부끄럽기만 하드라'는 인식에서 출발하여 '바람뿐이드라// 거러가보자'와 연결되면서, 화자의 방랑생활에 대한 정서를 직접적으로 표출하였다.

양면적 인지구조는 각 정보의 양면적 특성이 동시에 표출되는 경우로, 인간은 주어진 삶 자체에 충실할 수밖에 없다는 피투적 존재로서의 의미를 생성하였다. 동일한 대상의 양면적 정보는 시각적 효과가 두드러지는 '푸른', '붉은' 등의 색체어, '다라나거라', '슴여라' 등의 행동모델, '기쁨', '슬픔'의 정서 표출로 인해 양면성을 인지하였다.

인과적 인지구조는 원인과 결과의 정보 관계를 말하는 것으로, 유전적 영향, 원죄의식, 세계의 불평등성이 원인으로 작용하여 병리적 존재로서의 의미를 생성하였다. '문둥이', '병든 숫개', '부흥이', '화사', '안즌뱅이' 등은 병들어 있다는 동일한 인지의미로 수렴된다는 점에서 가족 유사성(family resemvblances)을 갖는다고 보았다.

욕망의 다층화와 생명의 충일은 텍스트의 정보가 구성되는 방식에 따라 본능적 생명력, 존재의 생명력, 초월적 생명력으로 구분하여 고찰하였다. 텍스트의 정보는 대립적 인지구조와 전환적 인지구조, 반복적 인지구조에 의해 구성 되는데, 이들 인지구조는 정신과 본능의 복합체인 화자의 몸이 욕망하는 세계에 대해서 각각의 방향성을 제시하였다.

대립적 인지구조는 대립되는 정보가 통합된 의미로 수렴되는 방식으로, 이것은 '붉은 꽃밭새이 길', '능구렝이같은 등어릿길', '콩밭 속', '두럭길'과 같은 은밀한 공간 정보와 '대낮'과 '여름'이라는 밝은 이미지의 시간 정보, '님'과 '나'의 대립적 행동모델의 결합에 의해 본능적 생명력이라는 통합된 의미를 생성하였다.

전환적 인지구조는 화자의 시각이 전환점을 만나서 방향이 바뀌지 않고 자아와 세계에 대한 새로운 인식 체계를 형성하는 것을 말한다. 이것은 한계 상황을 인식한 화자의 새로운 방향모색에 해당한다. 존재의 생명력은 어둠(안)에서 밝음(밖)을 지향하는 화자의 인식 전환을 보여주는 '벽', '문'으로 표상되었다. 반복적 인지구조는 반복적 리듬을 형성하면서 정보가 제공되며, 그로인해 화자의 욕망이 초월적 생명력을 구현하는 데 까지 나아가는 과정을 보여주었다. 이러한 구조는 화자의 욕망과 생명성의 근원을 파악하는 존재론적인 차원까지 포괄하고 있어 다양한 의미생성을 가능하게 하였다. 이러한 반복적 인지구조는 서정주 시에서도 특별히 '바다'의 이미지와 그 특성이 연결되면서 반복의 구조가 단순한 동일 어휘의 반복이 아닌 거듭된 정보제공과 추가되는 효과로 인해 초월적 공간으로 확산되었다.

신화적 상상력과 생명의 확산은 텍스트의 정보가 구성되는 방식에 따라 윤회성, 공존성, 모성성으로 구분하여 고찰하였다. 텍스트의 정보는 순환적 인지구조와 대비적 인지구조, 단일적 인지구조에 의해 구성 되는데, 이들 인지구조는 신화적 시·공간과 결합하여 소우주인 몸으로 확산되는 충일한 생명성을 보여주었다.

순환적 인지구조는 끊임없이 정보가 순환하는 것으로, 인간은 죽음으로 그 존재 자체가 내세에 귀속되는 것이 아니라, 다른 형태로 재생하여 인간의 세계에 귀속된다는 윤회성을 가지고 있다. '와가'의 푸른 모서리처럼 두텁게 굳어져 간 '숙'의 정보를 '청사'로의 비유를 통해 생생하게 전달함으로써 신화성을 획득하였다. '열아홉살쯤 스무살쯤 되는애들', '눈망울', '핏대'로 죽은 '유나'를 인지하면서 순환구조의 윤회성을 획득하였다. 또한 '별'을 인간의 몸 안에 복원시켜 놓는다는 신화성을 구현하면서 '신라정신'을 회복시키려는 의미를 생성하였다.

대비적 인지구조에 의해 구성된 정보는 각각 유사성과 상반성을 겸비하면서 등장인물로 하여금 소외되지 않고 세계에서 공존하며 살아가는 과정을 보여주었다. 이러한 정보의 대비는 텍스트 내에 흐르는 유기적 의미망을 명확하게 파악할 수 있다는 장점을 내포하고 있었다. '알뫼댁', '한몰댁' 등은 다양한 욕망을 지니고 있으면서도 결코 그 욕망에 함몰되거나 소외되지 않고 함께 살아간다는 공존성을 획득하였다.

단일적 인지구조에 의해 획득된 모성성은 생산성을 함축하고 있었다. 이는 여성의 원형적 특성에서 기인하여, 유년의 추억이 깃든 미분화된 순수한 상태로 존재하는 신화성과 결합하여 의미를 생성하였다. 이는 주제 구현의 차원을 넘어 소수자로서의 여성의 삶의 방식과 존재의미를 발견하는 것까지 나아감을 보여주었다.

이렇듯 신체화된 경험과 상상력의 만남은 시 텍스트의 정보를 유기적으로 결합하여 다양한 의미를 생성하였다. 의미생성이 드러낸 형상적 특성을 크게 다섯 가지로 압축하여 살펴보았다. 첫째 의미의 현장성과 진술성의 확보는 화자의 동일화(identification)된 인지를 토대로 하였다. 둘째, 시적 공간의 분위기는 은유적 결합을 통해 환기되었다. 셋째 시상 전개 구조는 이항 대립적 인지체계 형태를 취하였다. 넷째 시상 전개의 구체화된 의미 변화는 어휘의 배치에 따라 다양하게 실현되었다. 다섯째 인식의 전환은 어조의 변화에서 중점적으로 부각되었다.

결국, 서정주 시는 구체적이고 감각적인 시인의 상상력에 의해 작품에 구축된 의미구조와 언어의 형식미가 탄탄하게 고착되고, 정밀한 이미지와 장면의 치밀한 묘사가 주는 정서의 변화를 집중적으로 보여줌으로써 미학적 효과를 획득하였다. 이렇듯 서정주 시는 보는 각도에 따라 다양성을 함의하면서도 유기적인 복합체로서 입체적인 아름다움을 지녔다고 할 수 있다. 또한 독자로 하여금 서정주 시가 가진 언어의 미감에 취할 수 있게 하는 충분한 의미를 획득한다는 점에서도 의의를 발견하고자 했다.

'몸'을 중심으로 자아와 세계의 구조를 인지하고 있는 시인의 시적 전략은 인간의 모든 경험 세계가 근본적으로 몸을 떠나서는 불가능하다는 관점을 견지하고 있었다. 신체화된 경험과 그 경험을 배경으로 서정주의 시적 상상력은 구체적인 형상성을 획득한다. '몸'을 중심으로 서정주 시의 형상화 전략을 풀어가는 이유는 시적 대상에 직접 반응하고 공감의 폭을 넓힐 뿐만 아니라 인지구조를 통해 반성적·비판적 인식이 가능하기 때문이다. 따라서 이 연구는 시 해석의 전략을 파악하는 것뿐만 아니라, 우리 사회의 원활한 소통 가능성을 탐색하고 있다는 데 그 의의가 있다.

제2부
인지시학적 시각으로 본
기형도 시세계

1. 머리말

1985년 「동아일보」 신춘문예 당선, 불과 3년간의 짧은 문단 활동과 29세의 나이에 요절, 기형도(1960~1989)[1]를 둘러싼 이 길지 않은 수식은 그의 시집 『입 속의 검은 잎』의 출현과 더불어 평단에 적잖은 관심을 불러 모았다. 그간의 기형도 시 연구가 부조리한 체험의 기억들을 회상의 방식으로 엮어나간 개성적인 실례로 논의된 것도 젊은 나이에 요절한 그의 갑작스런 죽음과 함께 가난하고 우울했던 전기적 사실이 강렬한 기폭제로 작용했기 때문이다.

기형도 시의 최초의 해설인 「영원히 닫힌 빈방의 체험」[2]에서 김현은 그의 시를 괴이한 이미지의 중첩과 소통의 불가능성, '죽음을 바라다보는 개별자'와 '갇힌 개별자의 비극적 모습'들이 뚜렷하게 나타나 있는 세계라 보고, 그 비극적 세계관의 모양을 '그로테스크 리얼리즘'이라고 정의한 바 있다. 이 외에도 기형도 시에 대한 논의는 그의 죽음과 관련하여 자아와 세계의 소통 불가능성이나 상실의 상처로 말미암은 비극적 시세계

---

1) 1960년 경기도 연평 출생, 1985년 「동아일보」 신춘문예에 당선되어 작품활동을 시작했으며, 유고시집 「입 속의 검은 잎」이 있다. 본고에서는 기형도 시집과 『기형도 전집』, 문학과지성사, 1993을 주 텍스트로 삼는다.

2) 김 현, 「영원히 닫힌 빈방의 체험」, 『입 속의 검은 잎』, 문학과지성사, 1989.

를 보여주었다는 논의3)가 주조를 이루고 있다. 그러나 시인의 갑작스러운 죽음과 맞물린 부정적 이미지에 관한 논의4)들이 자칫 시 해석의 다양성을 차단한다는 지적과 함께 그에 대한 논의는 '죽음이 생명의 기원과 그 맥을 같이한다는 인식의 전환을 보여주고 있다.5)

이처럼 짧은 문단 경력과 작품의 적은 양에도 불구하고 극단적 시 해석의 가능성과, 다양한 시각의 방법론들을 선보였던 기형도 시 연구는 그만큼 그의 시가 다양한 의미해석의 여지를 담고 있다는 것을 의미한다. 그러나 그의 시를 분석하는 기제인 작가의 전지적 사실을 지나치게 의식한 나머지, 다양한 연구 방법론에도 불구하고 주제론적 탐색에 머무는 기존 논의 틀을 크게 벗어나지는 못하고 있다. 그런 측면에서 볼 때 기형도 시의 직유를 분석하여 수사적 특징을 밝히거나6) 피상적으로나마 은유양상을 고찰하는 논의7)는 작품의 형성원리를 밝히는 참신한 시도라는 점

---

3) 성민엽, 「부정의 언어, 그 사회적 의미」, 『오늘의 시』, 1989, 하반기.
   박철화, 「집 없는 자의 길찾기, 혹은 죽음」, 『문학과사회』, 1989, 가을호.
   장정일, 「기억할 만한 질주, 혹은 용기」, 『사랑을 잃고 나는 쓰네』, 솔, 1994.
   박상찬, 「기형도 시에 나타난 죽음의 상상력 연구」, 부산대 석사논문, 2001.

4) 남진우, 「숲으로 된 성벽」, 『사랑을 잃고 나는 쓰네』, 위의 책, 133~134쪽. 남진우는 기형도 시에서 빈번하게 발견되는 죽음과 쇠락의 이미지들이 다른 한 켠에서 이 시인의 시읽기를 규정짓는 인자로 작용하고 있다고 보고, 이는 마치 한용운이나 이육사를 대상으로 한 시인론들이 흔히 위인전의 함정에서 벗어나지 못하는 것과 다를 바 없음을 지적한 바 있다.

5) 박혜현, 「정거장에서의 추억」, 『문학정신』, 1989. 9.
   김경복, 「유배된 자의 존재시학」, 『문학과비평』, 1991, 봄호.
   문관규, 「기형도 시 연구」, 서울시립대, 1997.
   김미옥, 「기형도 시 연구」, 영남대 석사논믄, 2008.

6) 이영주, 「직유로 보는 새로운 시각 : 기형도 시의 직유 연구」, 연세대 교육석사논믄, 2004.

7) 문관규, 「기형도 시에 나타난 은유 양상 고찰」, 『전농어문연구』 제9집, 1997. 2. 이 글은 은유의 시각에서 기형도 시를 새롭게 바라보고자 했다는 점에서 의의가 있다. 하지만, 일부 시편들의 아주 부분적인 인용만으로 은유를 피상적으로 고찰하는 차

에서 의의가 있다.

기형도 시를 인지시학적 시각으로 읽어내고자 하는 이 글은 은유를 수사적 장치가 아닌 일상적 사고의 문제로 확장하여 인식함으로써 보다 더 구체적인 시각으로 텍스트의 의미생성 원리를 밝히는 과정이다. 레이코프와 존슨에 의하면 은유는 우리가 경험하는 일상세계의 모든 대상이 우리의 신체적 경험을 통하여 인지되고, 반복된 경험은 우리의 의식 속에 구조화되어 있다는 입장을 견지한다.[8] 그들에 의하면 은유는 일반적으로 인지하려는 대상인 목표영역(Targetget domain)과 그것을 인지하기 위해 끌어들인 근원영역(Source domain)으로 나뉜다. 은유의 성립은 목표영역을 이해하기 위하여 근원영역을 끌어들여 신체화된 경험에서 파생되는 대상의 구체화된 속성을 맵핑(mapping)하는 과정이다. '맵핑'은 신체화된 경험을 통해 추상적 이미지를 구체적이고 심층적인 의미에 도달하게 하는 '사상(寫像)'을 말하며, 시 은유인 개념적 은유는 구조적 은유, 지향적 은유, 존재론적 은유로 분류된다.[9]

기형도 시에서 드러나는 순환적, 대비적, 복합적 정보구성은 시적 경험을 통하여 심층적 의미에 도달케 하는 시적 은유이다. 따라서 이 글은 기형도 시 텍스트의 의미생성 과정을 살핌으로써 근원영역이 어떠한 변

원에 그치고 말았다는 한계를 드러냈다.

8) G 레이코프·존슨(임지룡 외 역), 『몸의 철학』, 박이정, 2001, 29쪽.

9) G 레이코프·존슨(노양진·나익주 역), 『삶으로서의 은유』, 박이정, 2006, 21~27쪽. 개념적 은유란 한 개념이 다른 개념에 의하여 은유적으로 구조화되는 것을 말한다. 가령, '인생은 여행이다'에서 인생은 목표영역이며, 여행은 근원영역이 되는 것이다. 지향은유는 공간적 방향과 관련된 것으로 상호 간의 체계 속에서 하나의 전체적인 개념구조를 형성하는 것을 말한다. 위-아래 앞-뒤 안-밖 접촉-분리 중심-주변의 구성으로, 우리가 일상생활에서 쉽게 겪는 공간적 경험을 중심으로 은유화한 것이다. 존재론적 은유는 우리가 추상적인 사건, 활동, 정서 생각 등을 구체적인 물건이나 물질로 이해하고 개념화하는 방식이다,

별성을 보이며 목표영역에 도달하는지를 해명하고, 삭가의 시적 지향이 어디에 있는지를 밝히는 것을 목적으로 한다. 기형도 시의 의미생성 과정을 통해 그의 시세계를 규명하고자 하는 이 글은 그의 시에 편제해 있는 죽음의 이미지들과 상처로 얼룩진 삶이 다분히 시인의 비극적 세계관을 형성하였다는 주제론적 접근에서 나아가, 시적 화자의 경험적 은유를 통하여 텍스트의 형성원리를 살피는 작업이다.

이렇게 신체화된 경험에서 발생하는 시적 상상력이 어떠한 의미로 산출되는가를 밝히는 인지시학적 방법은 화자의 주관적 경험을 시적으로 승화시킨다는 점에서 그 의미가 다분히 주관적이다. 따라서 시인의 정서와 사고 체계의 산물인 언어의 인지과정에 주목하여 텍스트의 형성원리를 밝히는 것은 주관적 의미화에 이르는 과정을 탐구하는 일이다. 시적 화자의 인지과정을 따라가며 텍스트의 형성원리를 읽어내는 작업은 시인의 세계관은 물론 우리 사회의 소통 구조를 읽어내는 하나의 출구를 찾아내는 일이기도 하다.

2. 순환적 인지과정과 부정의식

기형도 시에서 순환적 인지과정에 의해 구성되는 정보는 자연 사물을 근원영역으로 설정하여 독자로 하여금 자신의 존재를 찾지 못하고 방황하는 부정적 존재로서의 자아 인식이라는 목표영역에 도달하게끔 한다. 그의 시에서 순환적 인지과정은 식물의 생장과정처럼 주기적인 순환성을 띤다.[10] 순환적 인지과정은 과거의 기억으로부터 쉴 새 없이 새로운 인식을 요구한다. 가령, '일생은 하루이다'라는 구조적 은유에서 보듯 지는 해가 노년기를, 이슬과 추위와 어둑어둑함이 죽음의 시작을 의미하는 것이다.11) 따라서 순환적 인지과정에 의해 구성되는 정보는 되풀이되는 경험과 우리의 상식에 의존하여, 식물을 근원영역으로 끌어들여 사물의 속성과 시적 경험을 맵핑하는 과정 속에서, 시적 화자의 내면과 자연스럽게 결합하는 방식을 취한다.12)

> 그는 어디로 갔을까
> 너희 흘러가버린 기쁨이여
> 한때 내 육체를 사용했던 이별들이여
> 찾지 말라, 나는 곧 무너질 것들만 그리워했다
> 이제 해가 지고 길 위의 기억은 흐려졌으니
> 공중엔 희고 둥그런 자국만 뚜렷하다
> 물들은 소리없이 흐르다 굳고
> 어디선가 굶주린 구름들은 몰려왔다
> 나무들은 그리고 황폐한 내부를 숨기기 위해
> 크고 넓은 이파리들을 가득 피워냈다

---

10) M. 존슨(노양진 역), 『마음 속의 몸』, 철학과현실사. 2000, 236~247쪽. 이 시편들은 세계 안의 모든 것은 주기적인 과정에 묶여 있는 것으로 경험하는 '주기-도식'으로 설명될 수 있다. 밤과 낮, 계절, 삶의 행로(탄생과 죽음), 식물과 동물의 성장 단계들, 천체의 운행 등이 그렇다. 가장 기본적인 주기는 시간적 주기이다. 주기는 어떤 초기 상태에서 출발하며, 연결된 사건들의 연쇄를 통해 나아가고, 시작했던 곳에서 끝남으로써 반복적인 주기 패턴을 새롭게 시작한다. 따라서 가장 단순한 주기 도식은 원 운동으로 표현된다.

11) G 레이코프·M 터너(이기우·양병호 역), 『시와 인지』, 한국문화사, 1996, 9쪽.

12) 위의 책, 20쪽. 기형도 시에서 주기적 순환성은 '인간은 식물이다'는 은유의 사용으로 두드러진다. '인간은 식물이다'는 개념적 은유는 인생의 주기를 이해하고, 그것에 한해서 말하기 위한 표준적인 방법의 하나는 인간을 식물(내지 그 일부)로 보고, 인생은 식물의 생명 주기에 대응하는 모습의 은유를 사용하는 것이다.

나는 어디로 가는 것일까, 돌아갈 수조차 없이

이제는 너무 멀리 떠내려온 이 길

구름들은 길을 터주지 않으면 곧 사라진다

눈을 감아도 보인다

어둠 속에서 중얼거린다

나를 찾지 말라, 무책임한 탄식들이여

길 위에서 일생을 그르치고 있는 희망이여

　　　　　　　　　　　―「길 위에서 중얼거리다」 전문

이 시에서는 '그는 어디로 갔을까', '나무들은 황폐한 내부를 숨기기 위해 크고 넓은 이파리들을 가득 피워냈다', '나는 어디로 가는 것일까'라는 세 개의 정보가 제시되어 있다. 지금은 부재하는 '그'는 '흘러가버린 기쁨'이면서 '한때 내 육체를 사용했던 이별들'로 인지된다. '그'에 대한 인지정보는 '무너질 것들'로 수렴되면서 이별을 사물의 개념으로 은유한다. 여기서는 '분리는 깨어지는 것이다'는 구조적 은유가 기저한다. '흘러가버린 기쁨'은 '기쁨은 그릇 속의 액체이다'는 은유로 개념화되지만, 그것이 '흐르다 굳은 물'로 변이됨으로써 '삶(기쁨)은 흐름(액체)' → '죽음(슬픔)은 정지(고체)'라는 주기적 순환성을 보여준다.[13]또한 이 시는 절망스런 화자의 내면을 목표영역으로 달성하기 위해 '해가 지다', '기억이 흐려지다', '흐르다 굳은 물', '굶주린 구름'등의 어두운 이미지 정보들을 근원영역으로 끌어들이고 있다. 자연에 대한 진술 정보와 인간에 대한 진술 정보는 개인의 주관적 체험을 상상력에 의해 변용시켜 시적 언어로 표현해

---

13) 임지룡, 『말하는 몸』, 한국문화사, 2006, 385~386쪽. '기쁨'은 '그릇 속의 액체, 적, 물건, 식물, 음식물·술, 강물·바닷물, 폭풍우, 불, 실, 풍선'의 10가지 근원영역을 통해 개념화된다. 이 시에서는 '기쁨'이라는 목표영역을 '흘러가버렸다'와 결합시킴으로써 '그릇 속의 액체'라는 근원영역의 체험에 기초하는 개념적 은유 양상을 만들어 낸다.

내면서, 자연과 관련된 체험 역시 동일한 절차를 밟아 시작품 속으로 유입한다. 나무는 길을 잃은 인간의 내면을 형상화하기 위해 끌어들인 근원영역으로 볼 수 있다.

이 시는 '인간은 식물이다', '인생은 여행이다', '인생은 계절의 순환이다'는 구조적 은유를 중층적으로 사용하면서 무의식적 공간에서 떠돌아야 하는 화자의 정서를 효과적으로 부각시킨다.[14] '삶(기쁨)/ 흐름(액체)/ 합일 → 죽음(황폐한 내부)/ 정지(고체)/ 분리'의 도식을 가능하게 한다. '나는 어디로 가는 것일까, 돌아갈 수조차 없이 이제는 너무 멀리 떠내려온 이 길'에서는 '여행은유'를 구체적으로 드러낸다. 여행자의 경험적 속성은 '무책임한 탄식들'과 '길 위에서 일생을 그르치고 있는 희망'에서 드러나는 현존재에 대한 부정의식을 부각시키는 근원영역으로서의 역할을 수행하면서, 시상을 수렴하는 기능을 한다.

이 시의 하위 정보인 '가다', '그리워하다', '지다', '굳다', '중얼거린다'와 '흘러가버린', '사용했던', '흐려졌으니' 같은 술어들은 죽음, 출발, 여행 등의 다양한 해석의 가능태로 기능하면서, 지향은유의 관점에서 '아래/주변/안(내부)'에 해당한다. 현존재의 부정의식은 출발점과 도착점이 명료하지 않은 채 길 이미지 도식을 공유한다. 결국 이 시는 존재에 대한 강한 부정이라는 목표영역에 도달하기 위해 식물의 은유와 죽음 이미지, 길 이

---

14) G 레이코프·M 터너(이기우·양병호 역), 앞의 책. 2~13쪽. '인생은 여행이다'는 은유에는 탄생은 도착, 생명은 지금 여기에 존재하는 것, 죽음은 출발이라는 은유가 내포되어 있다. 이 개념은유에 여행자의 경험이 맵핑되는 것이다. 인생을 목적이 있는 것이라고 생각한다면, 인생에는 종착점이 있고, 인생은 그 종착점으로 가는 경로가 된다. 여기서 인생을 여행이라고 보는 은유가 나오게 되는 것이다. 기형도 시에서는 '인생은 여행이다'는 은유는, 인생의 성숙기에 이른 화자가 길을 잃은 상태에 있는, 즉 인생의 정확한 목표나 그 목표로 가는 뚜렷한 길을 찾지 못한 자신을 발견한다는 의미를 내포한다.

미지 도식을 근원영역으로 끌어들여 경험적 속성을 맵핑하고 있다.

> 너는 어느 시간의 흙속에
> 아득히 묻혀 있느냐
> 축축한 안개 속에서 어둠은
> 망가진 소리 하나하나 다듬으며
> 이 땅 위로 무수한 이파리를 길어 올린다
>   (중략)
> 나는 일찍이 어느 곳에 나를 묻어 두고
> 이다지 어지러운 이파리로만 날고 있는가
> 돌아보면 힘없는 추억들만을
> 이곳저곳 숨죽여 세워 두었네
>   (중략)
> 멀수록 무서운 얼굴들이다, 그러나
> 희망도 절망도 같은 줄기가 틔우는 작은 이파리일 뿐, 그리하여 나는
> 살아가리라 어디 있느냐
> 식목제(植木祭)의 캄캄한 밤이여, 바람 속에 견고한 불의 입상(立像)이 되어
> 싱싱한 줄기로 솟아오를 거냐, 어느 날이냐 곧 이어 소스라치며
> 내 유년의 떨리던, 짧은 넋이여
>   —「식목제(植木祭)」 일부

　이 시에서는 '이파리'에 대한 세 개의 인지정보가 결합되면서 개인의 주관적 체험을 상상의 세계와 연결지어 시적 언어로 표현해내는 양상을 보이고 있다. 첫 번째 '이파리'는 근원지를 표상하는 '시간의 흙 속'과 원인을 표상하는 '어둠이 길어 올린'것이라는 주체에 대한 정보가 결합되면서 생명의 근원이 어두운 공간이라는 의미를 생성한다. '소리'를 다듬고

'이파리'를 길어 올리는 '어둠'에서는 '어둠은 동작주'라는 존재론적 은유가 성립한다.15) '이파리'는 동작주인 어둠이 땅 위로 끌어올린 것으로 '무수한'이라는 양적 수식어와 결합되면서 어둠을 선명하게 부각시킨다. 상위 정보를 뒷받침하는 하위 정보인 '묻혀 있다', '다듬다', '길어 올리다', '피어오르다'. '흘러간다'는 어둠과 침묵의 공간에 놓인 경험적 세계를 끌어들여 어두운 내면의 실체를 표상하는 부가적 장치로 기능한다.

어둠에서 출발했다는 태동의 이미지는 어지러운 이파리로만 날고 있는 두 번째 '이파리'로 순환하면서 아픈 추억 속에서 헤매는 내면세계를 결속시킨다. 이는 다시 '희망도 절망도 같은 줄기가 틔우는 작은 이파리'라는 깨달음을 암시하는 세 번째 정보로 이어진다. 여기서는 어둠에서 뻗어 나온 이파리와 절망적 추억으로 어지럽게 날고 있는 이파리가 모두 '나'라는 동일한 나무의 뿌리에서 생성된 것이라는 의미를 전달한다. 여기서 구현되는 '인간은 식물이다'라는 구조적 은유는 싹 틈(청춘) → 무성한 잎(성숙) → 마른 잎(노년) → 수확(죽음의 순간)의 대응을 유도하며 존재의 성장과정을 은유한다.

이처럼 시인은 유년기에서 노년기에 이르는 정서의 변화를 통해 유년기의 절망적 상처가 현재로 이어지는 암울한 내면이라는 목표영역에 도달하기 위해 나무의 주기적 속성을 근원영역으로 끌어들여 맵핑한다. '인간은 식물이다'는 구조적 은유는 '인생은 계절의 순환이다'와 '인생은 여행이다'의 은유와 중층적으로 겹쳐지면서 유년기의 상처로 인해 실존의 의미도 모르고 여전히 떠돌아야 하는 여행자로서의 삶을 은유한다.

---

15) 존재론적 은유는 추상적인 사건, 행동, 감정, 생각 등 추상적인 것을 구체적인 물체나 물질을 통해 이해하고 개념화하는 방식이다. '어둠은/망가진 소리 하나하나 다듬으며/이 땅 위로 무수한 이파리를 길어 올린다'에서는 '사물은 동작주이다'의 등식을 성립시킨다.

> 그는 말을 듣지 않는 자신의 육체를 침대 위에 집어 던진다
> 그의 마음속에 가득 찬, 오래 된 잡동사니들이 일제히 절그럭거린다
> (중략)
> 모퉁이에서 마주친 노파, 술집에서 만난 고양이까지 나를 거들떠보
> 지도 않았다
> 중얼거린다, 무엇이 그를 이곳까지 질질 끌고 왔는지, 그는 더 이상
> 기억도 못한다
> 그럴 수도 있다, 그는 낡아빠진 구두에 쑤셔박힌, 길쭉하고 가늘은
> 자신의 다리를 바라보고 동물처럼 울부짖는다, 그렇다면 도대체 또
> 어디로 간단말인가!
>
> ─「여행자」 일부

이 시에서는 어둠속에서 출발한 길은 또 어디로 가야할 지 모르는 방향 상실의 혼란을 보여준다. '나는 이곳까지 열심히 걸어왔었다'는 정보와 그런 '나'를 객관적으로 인지하는 '그'에 대한 정보를 교차 진술하면서 목적지가 불분명한 여행자로서의 자신의 삶을 돌아보고 있다. '말을 듣지 않는 자신의 육체를 침대에 집어 던진다'는 행위 정보를 가장 먼저 제시하는 이유는 자신의 삶에 대한 부정의식이 강하게 깔려 있다는 의도적 배치이다. '마음속에 가득 찬, 오래 된 잡동사니들이 일제히 절그럭기린다'에서는 '그릇 은유'가 성립된다. '모퉁이에서 마주친 노파'와 '술집에서 만난 고양이'가 거들떠보지도 않는다는 정보는 자신에 대한 강한 부정성과 미래에 대한 막막한 정서를 구체적으로 드러내기 위한 근원영역으로 기능한다.

이렇게 내면의 방황과 갈등, 자신의 존재를 부정하는 인식의 기저에는 '인생은 여행이다', '인간은 식물이다', '인생은 계절의 순환이다'는 구조적 은유가 내제하며, '아래'로 향하는 지향은유를 중층적으로 활용하고

있다. 레이코프와 터너에 의하면 모든 여행에는 여행자와, 노정과, 출발
지와, 체류자가 존재한다. 어떤 여행은 목적을 가지고 그 곳을 향해서 나
아가는 종착점이 있는 반면에 어떤 여행은 마음속에 어떠한 행선지도 없
이 방황하고 다니는 경우가 있다.16) 이들 시에서는 식물의 생장과정과
'여행도식'을 근원영역으로 설정하여 부정적 존재로의 인식이라는 의미
를 증폭시키고 있다.

3. 대비적 인지과정과 소외의식

대비적 인지과정에 의해 구성된 정보는 유사성과 상반성을 겸비하면
서 분열된 사회적 환경 속에서 어떠한 방식으로 공존하고 있는가를 보여
준다. 이러한 정보의 대비는 텍스트 내에 흐르는 유기적 의미망을 명확하
게 파악할 수 있다는 장점이 있다. 기형도 시에서 대비적 정보 구성은 자
신이 설 곳이 어디인지를 깨닫게 함으로써, 모순된 현대사회가 낳은 소외
적 존재로서의 의미를 드러낸다.

> 이 읍에 처음 와본 사람들은 누구나
> 거대한 안개의 강을 거쳐야 한다.
> 앞서간 일행들이 천천히 지워질 때가지
> 쓸쓸한 가축들처럼 그들은
> 그 긴 방죽 위에 서 있어야 한다.
> 문득 저 홀로 안개의 빈 구멍 속에

---

16) 위의 책, 88~89쪽.

갇혀 있음을 느끼고 경악할 때까지.
                    (중략)
가끔씩 안개가 끼지 않는 날이면
방죽 위로 걸어가는 얼굴들은 모두 낯설다. 서로를 경계하며
바쁘게 지나가고, 맑고 쓸쓸한 아침들은 그러나
아주 드물다. 이곳은 안개의 聖城이기 때문이다.

―「안개」 일부

　이 시에서 화자는 안개가 끼었을 때의 풍경과 안개가 걷혔을 때의 풍경을 대비적으로 인지한다. '안개'는 소통의 불가능성과 단절된 인간성을 표상한다. '앞서간 일행들이 천천히 지워질 때까지/쓸쓸한 가축들처럼 그들은/그 긴 방죽 위에 서 있어야 한다'는 정보는 안개에 갇혀 가축들처럼 수동적으로 살아갈 수밖에 없는 존재의 의미와 단절된 공간 속에서 소외된 존재로서의 의미를 생성한다.

　읍에 사는 사람들은 앞서간 일행들로 자신의 뒷모습이 지워질 때까지 실존의식도 없이 무의미하게 살아가는 존재들을 표상한다. 이와 대비되는 안개가 음습한 방죽 위를 걸어가는 자들에 대한 정보 역시 긍정적이고 친화적인 존재가 아니라, 낯설고 서로를 경계해야 하는 자들임을 보여준다. 이들은 '걸어가야 하는 존재', '남아 있어야 하는 존재'라는 점에서 상반되지만, 안개 강을 건너야 하고, 실존의식 없이 살아가는 자들이라는 점에서 유사성을 지닌다.

　'일행/(안개 속으로) 걸어간다/ 능동적' : '가축(방죽에) 서 있어야 한다(남아 있다)/ 수동적'이라는 정보의 대비는 결국 '안개'의 상징 속에서 자신의 의사도 표명하지 못하는 비극적 자아로서의 모습을 표상한다. 무의식, 죽음, 통제, 외부의 힘에 따름을 표상하는 '안개'의 속성은 또 다시 '빈

구멍에 갇혀'있다는 표현의 중첩으로 인해 화자의 몸을 가둔 감옥으로 인지된다. 공간적 지향성은 물리적 환경에서 기능하는 우리의 신체적 경험에 근거하여 발생한 것으로, 소외된 존재라는 목표영역의 달성을 위해 끌어들인 근원영역으로 기능한다. 이 시에서 공간적 방향과 관련된 지향적 은유는 중심에서 밀려난 은벽진 삶을 대비직으로 보여줌으로써 소외된 존재로서의 의미를 부각시키는 기능을 한다.

구름으로 가득 찬 더러운 창문 밑에
한 사내가 쓰러져 있다, 마룻바닥 위에
그의 손은 장난감처럼 뒤집혀져 있다
이런 기회가 오기를 기다려온 것처럼
비닐 백의 입구같이 입을 벌린 저 죽음
감정이 없는 저 몇 가지 음식들도
마지막까지 사내의 혀를 괴롭혔을 것이다
이제는 힘과 털이 빠진 개 한마리가 접시를 노린다
죽은 사내가 살았을 때, 나는 그를 몇 번인가 본 적이 있다
그를 사람들은 미치광이라고 했다, 술고 침이 가득 묻은 저
엎어진 망토를 향해, 백동전을 던진 적도 있다
아무도 모른다, 오직 자신만이 홀로 즐겼을 생각
끝끝내 들키지 않았을 은밀한 성욕과 슬픔
어느 한때 분명 쓸모가 있었을 저 어깨의 근육
그러나 우울하고 추악한 맨발 따위는
동정심 많은 부인들을 위한 선물이었으리
어쨌든 구름들이란 매우 조심스럽게 관찰해야 한다
미치광이, 이젠 빗방울조차 두려워 않을 죽은 사내
자신감을 얻은 늙은 개는 접시를 엎지르고
마루 위엔 사람의 손을 닮은 흉측한 얼룩이 생기는 동안
두 명의 경관이 들어와 느릿느릿 대화를 나눈다

어느 고장이건 한두 깨쯤 이런 빈집이 있더군,
이따위 미치광이들이 어떻게 알고 찾아와 죽어갈까
더 이상의 흥미를 갖지 않는 늙은 개도 측은하지만
아무도 모른다, 저 홀로 없어진 구름은
처음부터 창문의 것이 아니었으니

　　　　　　　　　　　　　　　　　　　—「죽은 구름」 전문

　이 시는 '사내'의 삶과 죽음을 각각 '죽은 구름'과 '떠돌이 개'의 속성으로 맵핑하면서 황폐한 삶이 죽음으로 치닫는 비극성과 소외성이라는 의미를 생성한다. 더불어 사내의 죽음 사이에 그가 살았던 과거의 경험들이 추가적으로 제시되어 대비적으로 결합되면서 소외의식을 더욱 구체적으로 부각시킨다. 사내의 죽음을 묘사하는 '장난감처럼 뒤집혀져 있다'와 '비닐팩의 입구같이 입을 벌린 저 죽음'은 무생물체로서의 의미를 표상하는 비유로서 추상적인 생각이나 감정들을 구체적인 사물로 인지하게 하는 존재론적 은유에 해당한다. '장난감'의 고체성과 '입을 벌린 상태', '감정이 없다'는 화자의 경험은 '죽음은 액체의 상실이다'는 은유를 부각시키며, '액체는 생명이다', '생명은 체내의 액체이다', '피는 생명이다'의 구조적 은유와 대비된다.[17]

　사내의 죽음에 대비되는 삶에 대한 정보는 화자의 기억 속에서 '미치광이', '술과 침이 가득 묻은 저 엎어진 망토', '어깨의 근육', '우울하고 추악한 맨발' 등으로 인지된다. 더럽고 추악한 몰골을 표상하는 '망토', '어깨의 근육', '맨발'은 '마루 위엔 사람의 손을 닮은 흉측한 얼룩이 생긴다'는 죽음을 표상하는 기타의 정보들과 결합되면서 '죽은 구름'으로서의 '그'

---

17) '생명은 체내의 액체이다'에서 사상의 목표 영역은 살아 있는 인간 속에 보이는 활력으로 "죽음은 액체의 상실이다"와 대비되는 의미를 형성하면서 소외된 존재로서의 의미를 부각시키는 기능을 한다. G 레이코프·M 터너, 앞의 책, 29-32쪽.

의 존재를 한층 부각시킨다. '구름'에 대한 인지 정보는 사회에서 방관하는 사회 밖 존재이면서 동시에 사회에서 처리해야 하는 사회 내의 존재로서의 사내를 부각시킨다. '사내'의 죽음은 '더러운 창문 밑에 가득 찬 구름'과 '떠돌이 개'의 묘사, 그리고 '더럽다', '쓰러져 있다', '뒤집혀져 있다', '감정이 없다'는 시어들의 결합을 통해 존재의 소외의식을 부각시킨다. 이 시어들은 '창문 밑/(창문 위)', '쓰러져 있다/(일어서 있다)', '뒤집혀져 있다/(바로 있다)', '감정이 없다/(감정이 있다)'와 대립되면서 주변으로 치닫는 지향은유를 성립시킨다.

그는 쉽게 들켜버린다.
무슨 딱딱한 덩어리처럼
달아날 수 없는,
공원 등나무 그늘 속에 웅크린

그는 앉아 있다
최소한의 움직임만을 허용하는 자세로
나의 얼굴, 벌어진 어깨, 탄탄한 근육을 조용히
핥는
그의 탐욕스런 눈빛

나는 혐오한다, 그의 짧은 바지와
침이 흘러내리는 입과
그것을 눈치채지 못하는
허옇게 센 그의 정신과

내가 아직 한 번도 가본 적 없다는 이유 하나로
나는 그의 세계에 침을 뱉고
그가 이미 추방되어버린 곳이라는 이유 하나로

나는 나의 세계를 보호하며
단 한 걸음도
그의 틈입을 용서할 수 없다.

—「늙은 사람」 일부

　이 시는 젊음과 늙음을 대비적으로 인지하는 과정을 통해 늙음을 두려워하는 화자의 정서를 표출하고 있다. 그리고 이 두 정보 사이에 '나'가 '늙음'을 두려워하고 경멸하는 이유에 대한 구체적인 정보가 추가되어 있다.

　'그'에 대한 정보는 '그는 딱딱한 덩어리다'와 '그는 웅크리고 있다'는 두 가지 사실로 압축된다. '딱딱한 덩어리'는 고체 상태의 물질로 움직임이 정지된 상태의 사물화 된 존재를 표상한다. 즉, '액체는 생명이다'는 구조적 은유에 대비되는 '고체는 죽음이다'는 은유를 만들어낸다. '나'의 시선에 부정적으로 포착되는 늙은 '그'에 대한 정보는 또다시 '짧은 바지', '침이 흘러내리는 입', '허옇게 센 정신'으로 이어진다. 이러한 '그'에 대한 정보는 죽음에 임박한 '그'의 모습을 부각시키기 위한 근원영역으로, '혐오스럽다'는 화자의 심리정보와 대비되면서 죽음 그 너머의 세계에 대한 두려움을 강하게 표출한다. 3연에서 '나는 혐오한다' 뒤에 찍는 쉼표는 늙음을 받아들이지 못하고 밀어내면서 젊음과 구분하는 의도적 장치로 기능한다. '와 ~ 과 ~ 과'로 이어지는 구성 역시 '그'에 대한 정보를 끝내 마무리 짓지 못하고 일부 차단한 것으로 보인다.

　이 시에서 존재의 비극성과 소외의식이라는 목표영역에 도달하기 위해 화자는 죽음과 관련된 경험적 사유와 이중적이고 어두운 공간적 경험을 근원영역으로 끌어들여 맵핑함으로써 냉혹한 현실과 모순된 사회 구조를 고발하고 있다. 이러한 대비정보를 통해 그의 시편들은 '액체는 생명이다/고체는 죽음이다', '열은 생명이다/차가움은 죽음이다'는 은유를 성립시키는 것이다.

4. 복합적 인지과정과 실존의식

앞의 시편들은 부정적 존재의식과 소외의식이라는 목표영역을 달성하기 위해 어둡고 건조한 경험적 정보들을 근원영역으로 끌어들였다. 다음의 시편들에서는 긍정과 부정의 이미지를 근원영역으로 끌어들여 절망을 재인식하는 과정 속에서 갈등하는 구체적 경험을 맵핑함으로써 최소의 욕망에 대한 그리움이야말로 자신의 실존을 증명하는 것이라는 의미 생성 과정을 보여준다. "희망이 없다면 이 도저한 삶과 삶들이 자신에게 부재했을 것"[18]이라는 그의 고백은 결국 삶을 위한 최소한의 욕망이 절망을 절망으로 맞서는 삶 속에서 자신의 현존재를 자각하게 되는 것이라는 인식을 가능하게 한다.

> 미안하지만 나는 이제 희망을 노래하련다
> 마른 나무에서 연거푸 물방울이 떨어지고
> 나는 천천히 노트를 덮는다
> 저녁의 정거장에 검은 구름은 멎는다
> 그러나 추억은 황량하다, 군데군데 쓰러져 있던
> 개들은 황혼이면 처량한 눈을 껌벅일 것이다
> 물방울은 손등 위를 굴러다닌다, 나는 기우뚱
> 망각을 본다, 어쩌다가 집을 떠나왔던가
> 그곳으로 흘러가는 길은 이미 지상에 없으니
> 추억이 덜 깬 개들은 내 딱딱한 손을 깨물 것이다
> 구름은 나부낀다, 얼마나 느린 속도로 사람들이 죽어갔는지

---

18) 기형도는 "희망이란 말 그대로 욕망에 대한 그리움"이다, "희망이 없다면 이 도저한 삶과 삶들, 이해할 수 없는 존재들은 자신에게 부재했을 것"이라고 말한 바 있다. 『기형도 전집』, 앞의 책, 295~296쪽.

얼마나 많은 나뭇잎들이 그 좁고 어두운 입구로 들이닥쳤는지
내 노트는 알지 못한다, 그 동안 의심 많은 길들은
끝없이 갈라졌으니 혀는 흉기처럼 단단하다
물방울이여, 나그네의 말을 귀담아들어선 안 된다
주저앉으면 그뿐, 어떤 구름이 비가 되는지 알게 되리
그렇다면 나는 저녁의 정거장을 마음속에 옮겨놓는다
내 희망을 감시해온 불안의 짐짝들에게 나는 쓴다
이 누추한 육체 속에 얼마든지 머물다 가시라고
모든 길들이 흘러온다, 나는 이미 늙은 것이다
　　　　　　　　　　　　　　　—「정거장에서의 충고」 전문

　　이 시에서는 긍정적 이미지와 부정적 이미지를 교차하면서 절망적 삶
의 반복 속에서 깨달음을 얻고 실존적 존재로서 자아를 인지하는 과정이
두드러진다. 긍정적 이미지 정보들은 '물방울의 떨어짐'과 '노트를 덮는
행위', '쓰는 행위', '누추한 육체 속에 얼마든지 머물다 가시라는 말' 속에
서 구체적으로 드러난다. 이 정보들은 '마른 나무', '노트', '불안의 짐짝'등
과 같은 절망적 삶을 표상하는 추상적인 정보들과 결합되면서 욕망의 의
지를 내비치는 존재의 모습을 부각시킨다.

　　이 시는 첫 행에서 희망을 가지는 일조차도 미안한 일임을 드러내며
희망을 갖는 것이야 말로 온갖 절망을 경험한 뒤에 '지금 여기'에 이른 현
존재의 존재이유임을 고백하고 있다. '마른 나무'에서 '물방울'이 떨어지
는 것은 깊은 절망의 늪에서 어렵게 만난 희망의 줄기라는 의미를 생성한
다. '연거푸'라는 부사어의 결합은 단단한 의지를 표상하면서, 곧바로 천
천히 노트를 덮는 행위와 대립된다. 긍정적 이미지와 부정적 이미지 정보
는 결국 '나는 이미 늙은 것이다'로 수렴되면서 존재에 대한 반성과 함께
모든 과거를 다 끌어안고 있는 현존재에 대한 실존적 의지를 드러낸다.

저녁의 정거장에 멎는 '검은 구름'과 '불안한 짐짝' 같은 정보들은 이제
껏 화자의 삶을 힘겹게 끌고 온 유년의 상처이면서 동시에 극복해야 할
대상이다. 이러한 희망과 절망의 복합적 정보들은 결국 '저녁의 정거장을
마음속에 옮겨놓'고, '누추한 육체 속에 얼마든지 머물다 가시라고' 또 한
번 다짐하는 정보들과 결합되면서 절망을 견디겠다는 강한 의지를 표방한
다. 이 두 정보는 '나는 이미 늙은 것이다'로 수렴되면서 무수한 절망을 경
험한 뒤에야 현존재의 실체를 받아들이는, 화자의 실존의식을 드러낸다.

홀로 잔가지를 치며
나무의 沈黙을 듣는다.
"나는 여기 있다.
죽음이란
假面을 벗은 삶인 것.
우리도, 우리의 겨울도 그와 같은 것"
우리는
서로 닮은 아픔을 向하여
불을 지피었다.
창(窓)너머 숲 속의 밤은
더욱 깊은 고요를 위하여 몸을 뒤채인다.

              (중략)

늦겨울 태어나는 아침은
가장 完璧한 自然을 만들기 위하여 오는 것.
그 後에
눈 녹아 흐르는 방향을 거슬러
우리의 봄은 다가오고 있는 것이다.
                    —「겨울 눈(雪) 나무 숲」 일부

이 시는 '죽음은 가면을 벗은 삶', '삶과 죽음의 서로 닮은 아픔', '우리의 봄은 다가오고 있는 것'이라는 정보를 복합적 인지과정에 의해 구성하면서 깊은 성찰을 통해 자각하는 실존의 의미를 되새기게 한다. 화자에게 죽음은 '가면을 벗은 삶'으로 인지된다. 이러한 지각은 '우리도, 우리의 겨울도 그와 같은 것'이라는 인지를 통해 그 의미를 점층적으로 확산시키면서, '죽음은 겨울이다'는 구조적 은유를 성립시킨다.

죽음이 '가면을 벗은 삶'이라면, 지금까지 화자가 인지한 삶은 '가면을 쓴 상태'라는 의미가 성립된다. 이러한 정보는 '서로 닮은 아픔'이라는 정보로 수렴되면서 삶과 죽음이 결국 한 가지에서 나온 것이므로, 삶 역시도 가면을 쓴 것이라는 의미를 끌어낸다. 이러한 절망과 희망의 뒤섞임은 '늦겨울 태어나는 아침'으로 이어진다. '가장 완벽한 자연을 만들기 위하여 오는 것'이라는 부가 정보는 '우리의 봄'과 연결되면서 완벽한 자연의 모습이 결국 삶과 죽음의 경계를 허물고 실존을 자각하는 자신과의 새로운 만남을 여는 것이라는 의미를 만들어낸다.

> 나를 끌고 다녔던 몇 개의 길을 나는 영원히 추방한다 내생의 주도권을 제 마음에서 육체로 넘어 갔으니 지금부터 나는 길고도 오랜 여행을 떠날 것이다. 내가 지나치는 거리마다 낯선 기쁨과 전율은 가득 자라니 어떠한 권태도 더 이상 내 혀를 지배하면 안된다
>
> —「그날」 일부

'나를 끌고 다녔던 몇 개의 길'은 화자를 구속했던 과거의 상처에 해당하는 정보로 '추방한다'는 서술어와 결합되면서 새로운 반전의 삶을 추구하는 의지의 강렬함을 보여준다. 그것을 화자는 '마음'에서 '육체'로 넘어가는 과정으로 인지하면서 '여행'이라는 의미와 결합시킨다. 여기서의

'여행'은 아무런 준비도 없이 막연히 떠나야 한다는 점에서 앞의 시와 유사한 의미를 지니지만, 과거로부터의 도피나 세계로부터의 추방이 아니라 과거의 상처를 안고 가는, 새로운 세계에 대한 도전이라는 의미를 포괄한다는 점에서는 철저하게 변별성을 가진다. 결국 그에게 인생은 뚜렷한 목적지 없이 끊임없이 떠돌아야 하는 유목적 삶인 것이다.19)

'기쁨'과 '전율'은 나약하고 무력한 화자의 삶을 표상하는 '권태'에 대항하면서 새로운 삶에 대한 강한 욕망과 의지를 부각한다. '추방한다', '여행을 떠날 것이다', '더 이상 내 혀를 지배해서는 안된다'는 단호한 서술정보는 고단한 삶을 딛고 실존을 자각하는 존재의 의미를 강하게 드러낸다. 결국 이 시편들은 긍정과 부정의 이미지들을 교차로 구성하면서 화자가 지각하는 실존이 절망스런 과거의 도피나 반복이 아니라 과거의 변형이 불러내는 새로운 이름의 욕망이라는 의미 속에서 생성됨을 보여준다. 복합적 인지과정에 의해 구성된 정보들의 결합은 존재의 다양한 갈등을 은유하며, 세계에 도전하고 자신의 실존을 자각하면서 긍정적 의미화의 과정에 이르게 하는, '위'를 향하는 지향은유를 보여준다.

---

19) R, 보그(이정우 역),『들뢰즈와 가타리』, 새길, 1995, 149~157쪽. 들뢰즈는 유목을 '유랑하는', '열려있는 사유의 충만함을 보여주는 과정이라고 말한다. 그는 인간 사회를 코드의 개념으로 파악하는데, 유목적 주체는 이러한 코드화를 거부하며 궁극적으로는 타자화 되는 과정을 만든다. 기형도의 시적 화자가 겪는 유목적 삶은 세상과 스스로 타자화 되는 방식을 취한다.

5. 맺음말

지금까지 이 글은 기형도 시를 인지시학적 시각으로 읽어내면서 시의 의미생성과정을 살펴보았다. 시적 화자의 경험 세계가 대상과의 다양한 은유적 상호작용 속에서 생성하는 의미는 과거의 원형적 삶과의 밀접한 관련성에 의해 구체적인 존재의미를 드러냈다. 순환적, 대비적, 복합적으로 구성되는 화자의 인지과정은 존재의 부정의식과 현실에서 겪는 소외의식, 절망과 희망의 복합적 구성 속에서 자각하는 실존의식이라는 목표영역에 도달하기 위해 '식물'과 '구름', '여행' 등과 같은 근원영역을 끌어들이고 이들의 속성과 경험을 맵핑하여 독자로 하여금 시적 지향이 긍정적으로 향해 있음을 지각하게 한다. 이처럼 화자의 경험세계에 얽힌 시적 상상이 은유와의 상호작용에 의해 시적 경험세계를 확장하며 우리 시대 소외된 삶에서 연유하는 다양한 방식의 삶과 부재한 내면의식을 구조화한다.

첫째, 순환적 인지과정에 의한 의미생성은 존재에 대한 강한 부정의식이라는 목표영역에 도달하기 위해 '나무'와 '여행자의 삶을 근원영역으로 끌어들이고, 싹을 틔운 후 열매를 맺고 마른 잎을 떨구는 나무의 순환성과 여행자의 경험을 맵핑하는 과정 속에서 이루어진다. 상처받은 과거의 기억을 순환적으로 반복하면서 존재를 부정하는 삶에는 '인생은 여행이다', '인간은 식물이다', '인생은 계절의 순환이다'는 구조적 은유가 내제한다. 이런 구조적 은유는 어디에도 안착하지 못하고 방황하는 존재로서의 의미를 부각시키며, 절망적 공간을 벗어나지 못하는 지향은유와 중층적으로 결합한다.

둘째, 대비적 인지과정에 의한 의미생성은 세계 내 존재의 소외의식이라는 목표영역에 도달하기 위해 '안개', '구름', '떠돌이 개', '늙은 사람' 등을 근원영역으로 끌어들이고, 이들의 속성과 경험을 맵핑하는 과정 속에서 이루어진다. 사회의 소수자로서의 절대적 소외 개념은 근원영역들과의 대비를 통해 화자의 경험적 공간과 결합하여 구체적인 의미를 생성한다. 이렇게 소외된 공간에서 자아를 발견하고 여전히 그 공간에서 탈주하지 못하는 삶의 방식에는 '아래'를 향하는 지향은유가 드러난다.

셋째, 복합적 인지과정에 의한 의미생성은 존재의 실존의식의 자각이라는 목표영역에 도달하기 위해 '마른 나무', '물방울', '겨울', '봄', '길' 등을 근원영역으로 끌어들이고, 절망과 희망의 경험들을 맵핑하는 과정 속에서 이루어진다. 그의 시에 편제한 '인생은 여행이다'는 은유는 길을 잃고 헤매는 화자의 불편한 정서를 선명하게 부각시킨다. 시인은 삶에서 죽음으로 향하는 지속적인 자기반성과 실존의 자각을 복합적 인지과정을 통해 구성하면서 결국 절망도 희망의 한 원형질임을 내포하는 실존적 공간으로서 지향은유를 보이고 있다.

이처럼 기형도의 시는 과거의 환경에 대한 부정의식과 현실에 대한 소외의식, 존재의 실존의식이라는 목표영역에 도달하기 위해 유사한 이미지의 정보들을 근원영역으로 설정하여 순환적, 대비적, 복합적으로 구성하고 절망과 희망의 경험을 맵핑하는 방식을 취한다. 존재의 부정의식에서 시작되는 그의 시 세계가 주변의 살풍경한 이미지를 끌어들여 소외성을 드러내면서도 결국 희망을 예견하고 있음은 독자들로 하여금 현실에 대한 반성과 존재에 대한 자각으로 인해 절망적 과거에 함몰되지 않고 긍정적인 미래를 지향하게끔 한다. 결국 기형도의 시 세계는 시적 화자의 개인적 경험구조를 시적 은유와의 결속을 통해 풀어냄으로써 현대사회와 소통하는 전략적 방법을 제시하고 있다.

제3부
오세영 시의
인지구성과 존재의식

1. 머리말

　　오세영(1942~) 시인은 1968년 『현대문학』에 시 「잠깨는 추상(抽象)」
이 추천 완료되어 문단에 나온 이후, 40여 년 넘게 지속적인 창작활동을
전개하면서 자신만의 독자적인 시 세계를 구축해왔다.[1] 그가 오랜 시작
(詩作) 기간에 보여주었던 시세계는 순수 서정시를 옹호하는 방식이 아
니라, 물질주의에 둘러싸인 현실의 폭력성을 우회적으로 표현하는 데 중
점을 두었다. 그는 자신이 속한 시대의 부조리함과 인간 존재의 실존적
고뇌를 역설적으로 드러내며 현실과 인간에 대한 사랑을 서정적으로 노
래해 온 시인이자 학자이면서, 비평가다.

　　다수의 평론들로 이루어진, 오세영의 시에 대한 지금까지의 논의는 절

---

1) 이러한 그의 시세계는 1970년 첫 시집 『반란하는 빛』을 시작으로, 『모순의 흙』
　(1985), 『무명연시』(1986), 『사랑의 저쪽』(1990), 『꽃들은 별을 우러르며 산다』
　(1991), 『어리석은 헤겔』(1994), 『눈물에 어리는 하늘그림자』(1994), 『벼랑의 꿈』
　(1999), 『무명연시』, 『적멸의 불빛』(2001), 『잠들지 못하는 건 사랑이다』(2002),
　『시간의 쪽배』(2005), 『꽃피는 처녀들의 그늘 아래서』(2005), 『바람의 그림자』
　(2009), 『푸른 스커트의 지퍼』(2010) 등의 시집과 시론집 『서정적 진실』(1983), 평
　론집 『현대시와 실천 비평』(1983), 『상상력과 논리』(1991) 등의 저서에 고스란히
　담겨 있다. 또한, 1983년 한국시인협회상, 1986년 소월시문학상, 1987년 녹원문학
　상, 1992년 제4회 정지용문학상, 1992년 제2회 편운문학상, 1999년 제7회 공초문학
　상, 2000년 제3회 만해문학상, 2010년 제3회 한국예술상 등의 수상경력은 작가로서
　그의 위상을 더욱 확고히 자리매김했다.

제와 균형의 미덕인 동양적 중용의 의미를 형상화함으로써, 형이상학적이면서도 삶의 체취가 느껴지는 개성적인 작품세계를 형성해 왔다는 의견이 다수를 이룬다. 조화와 통합, 균형과 화해를 추구하는 오세영 시세계를 논증하는 그간의 연구들은 주로 불완전한 현실을 인식하되, 존재론적 한계성에서 오는 허무와 고독을 자신의 삶의 조건으로 겸허하게 받아들임으로써 구속감을 벗어나고자 하는 시 정신에 주목한다.2) 그 중에서도 오세영 시와 시론이 대화적 관계 속에 놓여있음을 파악한 김윤정의 논의는, 시적 진리가 총체적 진리를 지향하므로 세계를 모순과 역설 그대로 담아낼 수 있다는 시인의 시론과 작품의 상관성을 언급하고 있다는 점에서 관심을 끈다.3)

"내가 생각하는 시, 내가 생각하는 문학…… 개인과 전체, 영원과 현실, 이념과 생활이 결코 분열되어서는 안 되는, 오히려 한가지로 아울러서 개인이 즉 전체이며, 영원이 즉 현실이며, 이념이 즉 생활인 어떤 세계, 그것을 지향하는 정신적 몸부림"4)이라고 했던 시인의 언급은 그의 시에서

---

2) 김승희, 「위험한 불이 싸늘한 불이 되기까지」, 『문학사상』, 1983. 6.
   김재홍, 「물, 불, 또는 운명과 자유」, 『현대시학』, 1990, 8.
   _____ , 「사랑과 존재의 형이상」, 『현대문학』, 1985. 10.
   이숭원, 「모순의 인식과 존재의 탐색」, 『현대시학』, 1992. 2.
   이동하, 「실존적 인식의 심화와 확대-오세영론」, 『한국문학』, 1986. 7.
   조창환, 「존재의 모순, 그 영원한 질문」, 『현대시학』, 1989. 3.
   양소영, 「불의 상상력」, 『오세영 시의 깊이와 넓이』, 국학자료원, 2002.

3) 김윤정, 「오세영 시론에 나타난 '신화적 언어' 연구」, 『정신문화연구』, 2006. 봄호.

4) 오세영 「멀고도 먼 길」, 『말의 시선』, 혜진서관, 1989, 79쪽. 이와 같은 모순의 조화가 어떻게 가능할 것일까. 나는 그것을 논리적으로 설명할 수는 없다. 우리의 삶이 왜 부조리하며, 사랑의 본질이 왜 모순으로 되어 있으며, 왜 빛은 어둠을 동반하는지 설명할 수 없는 것처럼…. 그러나 나는 안다. 인생과 자연과 본질이 모순이듯, 그것을 반영한 문학 역시 그 본질은 모순에 있다는 사실을, 그리고 실로 본질이 모순인 까닭에 문학은 같은 이념 지향의 인간 행위, 즉 정치나 도덕이나 철학보다 더 위

돌발적인 이미지의 병치와 지적인 수사의 다양성 속에서 형상화된다. 또한 "오세영의 글쓰기는 기존의 정립적 글쓰기를 붕괴시키면서 쓰여진 세미오틱적 글쓰기"라고 명명하며, 분열된 자아가 겪는 불안과 공포의 분위기로 가득 차 있는 초기시의 내용을 형식적인 측면으로 분석해낸 송기한의 연구 역시 주목할 만하다.5) 그러나 이렇게 다양하고 활발한 논의에도 그의 시는 아직 불교적 상상력이나 철학적 사유, 불과 흙 등의 이미지를 테마로 하여 내용적인 측면을 읽어내는 작업에 치중되어 있다.

따라서 본고는 사물의 존재론적 인식과 물질주의적 모순에 대한 비판, 동양적 사유의 개성과 시적 감성, 냉철한 자아 비판과 본질 탐구의 시들로 분류되는 오세영의 시를 인지시학의 시각으로 읽음으로써 텍스트의 의미 생성과정을 보다 구체적으로 살펴보고자 한다. 이러한 작업은 비극적 세계인식과 탈주의 의지를 보여주었던 초기시에서부터 무명(無明)이라는 불교적 사유를 통해 존재인식의 새로움을 보여준 『적멸의 불빛』(2001)에 이르는 시편들을 대상으로 하여 진행할 것이다.

인지시학은 그동안 수사적 장치로만 인식되었던 은유를 일상적 사고의 문제로 확장하여 인식하는 방법이다. 레이코프와 존슨에 의하면, 은유는 우리가 경험하는 일상세계의 모든 대상이 우리의 신체적 상상력과 경험을 통하여 인지되고, 반복된 경험은 우리의 의식 속에 구조화되어 있다는 입장을 견지한다.6) 그들에 따르면 은유는 일반적으로 인지하려는 대상인 목표영역(Target domain)과 그것을 인지하기 위해 끌어들인 근원영역(Source domain)으로 나뉜다. 은유의 성립은 목표영역을 이해하기 위하

대한 것이다.

5) 송기한, 「오세영 초기시의 해체론적 연구」, 『정신문화 연구』, 2005, 가을호.

6) G 레이코프·존슨(임지룡 외 역), 『몸의 철학』, 박이정, 2001, p.29.

여 근원영역을 끌어들여 신체화된 경험에서 파생되는 대상의 구체화한 속성을 사상(寫像, mapping)하는 과정을 말한다. '맵핑'은 신체화된 경험을 통해 추상적 이미지를 구체적이고 심층적인 의미에 도달하게 하는 '사상(寫像)'을 의미하는 것으로, 구조적 은유, 지향적 은유, 존재론적 은유로 나뉜다.[7] 또한 경험을 통해 질서를 부여하는 인지 방식인 '카테고리화'에서 중요한 개념은 '가족적 유사성'이다. 카테고리의 성원은 카테고리를 정의하는 공동 속성을 모든 성원들이 갖지 않더라도 가족적 유사성에 의해 서로 관련된다고 본다.[8] 이미지 도식(image schema)은 인간의 신체운동, 대상의 조작, 지각적 상호작용에 되풀이 나타나는 패턴으로, 부분-전체 도식, 중심-주변 도식, 연결 도식, 그릇(용기) 도식, 균형 도식, 방향 도식 등이 있다.

인지시학적 방법은 화자의 주관적 경험이 시적으로 승화된다는 점에서 의미가 상대적이고 주관적일 수밖에 없다. 따라서 시인의 정서와 사고체계의 산물인 언어의 인지과정에 주목하여 텍스트 의미의 생성원리를 밝히는 것은 주관적 의미화에 이르는 과정을 탐구하는 작업과도 같다. 시적 화자의 인지과정을 따라가며 텍스트의 의미생성 과정을 살펴보면 좀

---

7) G 레이코프·존슨(노양진·나익주 역), 『삶으로서의 은유』, 박이정, 2006, pp.21~22. 개념적 은유란 한 개념이 다른 개념에 의하여 은유적으로 구조화되는 것을 말한다. 가령, '인생은 여행이다'에서 인생은 목표영역이며, 여행은 근원영역이 되는 것이다. 지향은유는 공간적 방향과 관련된 것으로 상호 간의 체계 속에서 하나의 전체적인 개념구조를 형성하는 것을 말한다. 위-아래 앞-뒤 안-밖 접촉-분리 중심-주변의 구성으로, 우리가 일상생활에서 쉽게 겪는 공간적 경험을 중심으로 은유화한 것이다. 존재론적 은유는 우리가 추상적인 사건, 활동, 정서 생각 등을 구체적인 물건이나 물질로 이해하고 개념화하는 방식이다,

8) 가족적 유사성은 시의 이미지나 메타포, 혹은 상징의 분석에 있어 동일화(ikentification)의 관점에서 의미론적 계열체 형성을 인지하고 설명하는데 유용한 설득력을 제공한다. 양병호, 「만해 한용운 시의 인지시학적 연구」, 『국어국문학』 45, 2009, p.133.

더 과학적이고 체계적인 언어의 의미전달 구조를 이해할 수 있게 될 것이다. 오세영 시에서 드러나는 전환적, 반복적, 통합적 정보구성은 시적 경험을 통해 심층적 의미에 도달하게 하는 시적 은유이다. 따라서 이 글은 오세영 시 텍스트의 의미생성 과정을 살핌으로써 근원영역이 어떠한 변별성을 보이며 목표영역에 도달하는지를 분석하고, 작가의 시적 지향이 어떤 방식으로 의미를 생성해 내는지 밝히는 것을 목적으로 한다. 오세영 시의 의미생성 과정을 통해 그의 시세계를 규명하고자 하는 이 글은 시적 화자의 경험적 은유를 통해 텍스트의 형성원리를 살피는 의미 있는 작업이 될 것이다.

2. 전환적 인지구성과 방황의식

그의 시에서 전환은 방향이 바뀌는 것이 아니라 전환점을 만나 자아와 세계에 대한 새로운 인식체계를 가지거나, 한계 상황을 인식한 화자의 새로운 방향모색을 의미한다. 이러한 전환적 인지과정은 외부세계에 대한 화자의 의식세계를 명확하게 파악할 수 있다는 장점이 있다. 따라서 전환적 인지구성에 의해 형성되는 정보는 암울한 시·공간의 배경을 근원영역으로 끌어와 어두운 이미지의 속성과 시적 경험을 맵핑하는 과정 속에서 시적 화자의 내면과 자연스럽게 결합하는 방식을 취한다.

타버린 정신들은 어디 갔는가.
가령 설원(雪原)에 버려진 장미꽃 하나,
혹은 알타이에 떨어지는 햇살,

바람과 소나기, 그리고 유월은
불탄다.

내 살 속에서 희미한 불빛들이
뛰어가고, 알콜이 출렁이는 바닷가에서
이십세기는 불을 지핀다. 물질이 흘린
피. 싸늘한,
실용(實用)의 새는 날 수 있을까.
어두운 내 얼굴을 담아서, 찬 서리 내린 굴뚝과
기계들이 죽은 무덤을 넘어서
어제의 어제를 넘어서
달에 도달할 수 있을 것인가.

전선에 걸린 달, 인간의 숲 속에서
전화가 울고 아흔아홉 마리의 이리가 운다.
저것 보라면서
불타는 서울의 술집들을 가리키면서
어디로 갈 것인가. 타버린 정신의 재
죽음 혹은 창조의 불빛

—「불 1」 전문

이 시는 죽음과 어둠, 불안을 안겨준 절망적인 시·공간에 대한 정보와
전환의지를 드러내는 정보가 결합되어 있다. 이 시는 1연부터 "타버린 정
신은 어디로 갔는가"라고 문제제기를 하는 정보를 제공하면서 시작된다.
여기서 "정신"은 "가령"이라는 부사어와 접속된 예시의 정보로서 부연하
는 의미를 지니면서 "장미꽃 하나", "햇살", "바람", "소나기", "유월" 등
을 함의한다. 시대를 바라보던 예리한 눈과 고뇌에 찬 정신이 사라지고
재만 남은 존재의 의미를 확장하고 심화시킨다. 젊은 날의 고뇌에 찬 정

신이 사라진 내면을 목표영역으로 달성하기 위해 "타버린", "불탄다", "뛰어가고"라는 정보들을 끌어들이고 있다. 이러한 하위 정보는 "내 삶" 속에서 빠져나간다는 의미를 생성하면서 정신은 타버리고 재만 남아 방황하는 존재로서의 의미를 생성한다.

"내 삶 속에서 희미한 불빛들이/ 뛰어나"간다는 정보와 "불을 지핀다"는 정보는 물질을 상징하는 정보인 "설움의 새"를 보면서 이상적인 삶을 표상하는 "달"에 도달할 수 있는지를 묻는 정보와 결합함으로써 끊임없는 자신의 실존에 대해 갈등하는 과정을 보여준다. 타버린 정신세계에 대한 허무와 창조의 갈림길에서 갈등하는 화자의 내면을 목표영역으로 달성하기 위해 이 시는 "희미한", "뛰어가고", "찬 서리 내린 굴뚝", "죽은 무덤"이라는 정보가 근원영역으로 제시되어 있다. 여기에 "날 수 있을까", "도달할 수 있을 것인가", "어디로 갈 것인가"라는 정보가 추가됨으로써 갈피를 잡지 못하는 존재의 의미를 부각시킨다.

"내 삶 속에서 희미해진 불빛들이/ 뛰어가고"에서는 붉게 타올랐던 정신이 사라져간다는 의미를 생성하며, "내 삶"을 용기로 보는 용기 도식(container schema)이 성립한다. 또한 "~속에서 ~뛰어가고"에서 보듯이 '안에서 밖으로(in-out)'9)의 신체화된 상상력이 긴밀한 관련성을 갖는다. 이러한 도식은 결국 "창조의 불빛"을 지향하며 어디에도 안주하지 못하는 존재가 의식의 전환을 보여주는 과정으로 이어진다.10) "죽음 혹은 창조의

---

9) M. Johnson(노양진 역), 앞의 책, 93쪽. 우리의 방, 의복, 차량, 그리고 무수한 종류의 경계 지어진 공간의 '안(in)' 또는 '밖(out)'으로 움직인다. …… 이 경우에 반복적인 공간적·시간적 구조화가 있다. …… 즉, 안-밖 지향성(in-out orientation)의 체험적 근거는 바로 공간적 경계성의 경험이다. 체험적으로 가장 특징적인 경계성의 의미는 삼차원적 포함, 즉 자궁, 침대, 방과 같은 어떤 삼차원적 울타리 안에 묶여 있음의 의미로 보인다.

10) 이승훈, 『시론』, 고려원, 1990, pp.296~297. '단절'이란 어떤 대상과도 관계를 끊

불빛"이라는 정보에는 "죽음은 출발이다"[11]는 개념은유가 작동하고 있다. 이 시는 소멸과 죽음의 이미지로 출발하지만, "죽음은 창조의 불빛"이라는 생성의 인지모델로 수렴되는 전환적 인지과정을 보여준다. 이 시의 하위 정보에 해당하는 '타다', '가다'는 가족적 유사성(family resemblances)를 지닌 시어, '버려지다', '떨어지다' '타다' 등과 의미론적 계열체를 형성하면서 멀어짐과 방황의 의미를 확대시키는 근원영역으로 기능한다.

이렇듯 이 시는 방황하는 존재로서의 의미를 드러내기 위해 희망도 없고 열정이 식어버린 정신의 부재에서 오는 방황의 이미지를 근원영역으로 끌어들이고, 결국 '불'이라는 필터를 통해 인식의 전환이라는 의미를 생성한다. "어둠", "죽음", "무덤" 등으로 표상되는 인지 공간처럼 외부와 단절된 공간은 화자로 하여금 인식의 전환을 통해 존재의 의미를 곱씹는 공간으로서의 의미를 갖게 한다.

> 불빛을 바라보면서 우리들은
> 달려나갔다
> 전라도의 보리밭이 보이고, 황폐한 과거가
> 몇 개로 구획되었다
> 먼 황인종의 마을에서 개가 짖고
> 칸델라의 불빛이 경험으로 풀려나가고
> 지나온 십구 세기가 토막토막 잘려
> 자막(字幕)에 걸리고 있다

는 것을 의미한다. 다시 말하면 그것은 이 시대에 오면서 모든 사물들이 내적이든 외적이든, 서로 맺고 있던 관계들을 상실하고 하나의 원자적 개체가 되어 존재함을 의미한다. 일종의 불연속의 관계를 나타낸다고 할 수 있다. 인간과 인간의 관계, 인간과 자연의 관계, 인간과 사회의 관계, 나아가 인간과 신의 관계마저 그렇다고 할 수 있다.

11) M. 존슨(이기우 역), 『마음 속의 몸』, 한국문화사, 1992, p.19.

렌즈를 열고 흰 옷의 그가 나온다
전라도 사투리로 판소리를 부르고
돌아가신 어머니의 이름을 부르고, 끝끝내
심청이를 불렀다.
도무지 갈채를 모르는 사람들의 눈에서
불이 꺼지고, 헛간에 켜둔 램프가
의식을 태운다.
낡아가는 한 시대의 필름.
어리석은 사내에게 몸을 맡긴 계집은
밤새워 지나가는 트럭 소리를 듣고 졸인 눈의
수학(數學)을 보았다. 결국
벗을 것인가 이 흰 옷, 정지된 자막에
걸린 채 나는 벌거숭이 몸을 하고
손에 박힌 못들을 하나씩 뽑았다.
흔들리는 전라도의 논둑길
그 불빛 속을 뛰었다.

—「불 3」 전문

이 시는 불빛을 보면서 달려 나갔다는 정보와 낡은 과거의 세계를 묘사하는 정보가 의미구조를 이루며, "손에 박힌 못들을 하나씩 뽑"는 화자의 의식 전환을 드러내는 정보로 수렴된다. "전라도의 보리밭", "황폐한 과거", "십구 세기", "판소리", "어머니의 이름", "심청이" 등은 가족 유사성에 의해 의미론적 계열체를 형성한다. "낡아가는 한 시대의 필름"으로 수렴되는 이 정보들은 화자의 낡은 과거 세계를 표상하기 위해 끌어들인 근원영역이다. 화자에게 "전라도의 보리밭"은 원시적 생명력의 공간이며 "먼 황인종의 마을"에서와 같이 객체화 했을 때 전라도의 "황폐한 과거"가 보이는데, 이는 공양미 삼백 석을 위해 인당수에 몸을 내던진 "심청"

과 같은 구체적 존재로서의 의미를 생성한다. 결국 "전라도"와 "심청"은 외부적인 힘에 의해서 희생을 강요받았던 존재들이라는 공통점을 가지며, 희생과 죽음을 표상하는 "흰 옷"이라는 정보와 함께 "황폐화된 과거"를 드러내는 근원영역으로 기능한다. "낡아가는 한 시대의 필름"으로 수렴되는 과거의 공간은 "손에 박힌 못들"과 "흰 옷"이라는 정보로 이어지면서 실존의 고뇌와 갈등에 젖어 있는 화자의 의식이 절박하다는 의미를 드러낸다. 화자에게 과거의 공간이 "황폐한 과거"로 강하게 인지되고 있는 것은 그만큼 과거가 가난과 절망으로 뒤덮여 있음을 의미한다.

흰 옷을 "벗을 것인가"하는 고민과 갈등에 대한 정보는 결국 "벌거숭이 몸"과 "손에 박힌 못들을 하나씩 뽑았다"는 정보로 이어지면서 과거 시·공간에 대한 부정의식과 화자의 희생의지를 동반한 의식의 전환이라는 의미를 드러낸다. 이 시의 하위 정보인 "달려나갔다", "풀려나갔다", "나오다", "태운다", "뽑았다", "뛰었다"라는 행위모델에는 용기 도식(container schema)과 '안에서 밖으로(in-out)'의 방향도식이 내재한다. 또한 "구획되었다", "걸리고 있다"는 정보는 황폐한 과거 공간에서 빠져 나오지 못한 존재의 의미를 드러내는 근원영역으로 기능한다. 이렇게 하위 정보를 통해서도 드러나듯 황폐화된 과거에 대한 방황과 부정의식은 강하게 드러난다.

이처럼 화자에게 황폐화된 공간으로 인지되는 과거 공간에 대한 부정의식은 뚜렷한 전환구조를 밖으로 드러내지 않고도 갈등을 동반하는 화자의 구체적인 행위 정보를 통해 실존의 의지를 드러낸다. 그러나 부정했던 과거로 되돌아갈 수도 없고, 일정한 목표지점을 제시하는 정보가 제공되지 않고 있다는 점에서 화자의 위치는 불분명해진다. 용기 도식(container schema)과 '안에서 밖으로(in-out)'의 행위 정보가 밖으로의 전환을 암시할 뿐이다. 결국, 존재의 생명력은 어둠(안)에서 밝음(밖)을 지향하는 화자의 인식 전환을 보여주는 "가다", "뛰어가다", "달려나가"와 같은 행위 정보로 표상된다. 이들 작품에서 중추적 역할을 하고 있는 '안에서 밖으로'의 방향 도식은 화자의 정서와 행동모델을 강렬하게 부각하는 효과를 준다.12) 이러한 인지 도식들의 근저에는 '형태는 운동이다, 정신은 공간을 이동하는 신체이다.'13)라는 다양한 인지 모델들이 내재한다. 안에서 밖을 지향하는 화자의 인식은 결국 정확한 목표지점 없이 떠도는 존재의 의미로 확산된다.

유년의 기억, 암울한 문명, 단절된 역사의 현장을 표상하는 이 공간에서 벗어나려고 하는 시인의 실존 의지는 '불'이라는 필터를 통해 전환의 의미를 생성한다. "박제된 유년"(「불 2」), "몇 개로 구획된 황폐한 과거"(「불 3」), "끊어진 줄에서 쏟아진 동양의 구슬들"(「불 5」) 등과 같이 낡고 황폐한 공간 정보를 근원영역으로 끌어들여 시적 경험을 맵핑하는 과정 속에서, 화자의 갈등과 실존에 대한 열망은 더욱 강한 의미를 생성하게 된다.

3. 반복적 인지구성과 상실의식

오세영 시에서 반복적 인지과정에 의해 구성되는 정보는 무한히 펼쳐져 있는 길의 속성과 지금은 떠나고 없는 '님'에 대한 은유정보를 근원영역으로 설정하여 독자로 하여금 상실의식을 느끼는 존재로서의 자아인

---

12) M. Johnson(노양진 역), 앞의 책, pp.107~123.

13) G. Lakoff·M. Turner(이기우·양병호 역), 앞의 책, p.203.

식이라는 목표영역에 도달하게 한다. 앞 장에서 밝힌 바와 같이 정신의
재만 남은 황폐한 곳으로 인지되는 공간에서 벗어나고자 하는 전환의 인
지과정은 무한대로 뻗어있는 불확정적인 공간이라는 의미를 내포한 채,
'님 떠남'이라는 상실의 의미를 동반한다.

　　마당귀에서
　　사립문 너머로 보면
　　너는 하늘대는 댕기로 사라지고
　　섬돌 위에서
　　사립문 너머로 보면
　　너는 나풀대는 옷고름으로 사라지고
　　마루에서
　　사립문 너머로 보면
　　너는 펄렁이는 치맛자락으로 사라지고,
　　온 종일 실성한
　　먼 산
　　바래기

　　앞산엔 목수국(木水菊) 활짝 피는데,
　　뒷산엔 찔래꽃 곱게 피는데,

　　사립문 밖에서
　　밭둑 너머로 보면
　　너는 아지랑이로 사라지고
　　동구밖에서
　　언덕 너머로 보면
　　너는 물 안개로 사라지고
　　고갯 마루에서

하늘 너머로 보면
너는 흰 구름으로 사라지고,

—「이별 후」 전문

이 시는 사립문 밖으로 사라진 '너'를 지켜보는 화자에 대한 정보와 사라지는 '너'에 대한 정보로 이루어져 있다. 화자의 이동 경로에 대한 정보는 마당귀 → 섬돌 → 마루 → 동구 밖 → 고갯마루로, 서서히 '집 안'에서 '집 밖'으로 흐른다. 떠나는 '너'에 대해 이별을 수용하고 집안으로 향하던 화자의 발길이 영영 떠나는 것만 같은 안타까움에 다시 '너'를 먼발치에서나마 보기 위해 집밖으로 찾아나서는 것이다. 이 정보가 '아래에서 위'로 오르는 공간 이동을 보여주었다면, 사라지는 '님'에 해당하는 정보는 댕기 → 옷고름 → 치맛자락 → 아지랑이 → 물안개 → 흰 구름으로 은유되면서 구체적 사물(지상)에서 추상적 사물(천상)로서의 이동을 보여준다. 이러한 공간 이동 정보는 지상의 공간('나')을 벗어나 천상의 공간('나'에게서 떠남)으로 가는 존재로서의 의미를 생성한다. '님'이 '마당귀'에서 '고갯마루'로 이동하고 '댕기'에서 '흰 구름'으로 사라지기까지 걸리는 시·공간의 이동경로에서는 '이동한 거리는 이동한 시간을 대신한다'라는 개념은유가 작용하고 있다.[14]

한편 이 시에서 '가다'와 가족 유사성을 지닌 '떠나가다'라는 말은 유사한 의미론적 계열체를 형성하면서 문맥에 따라 이별과 죽음, 출발 등의 의미를 모두 은유한다. '가다'의 개념은 인지 구조 속에서 이미지 도식[15]

---

14) 이강하, 「만해 한용운의 「님의 침묵」에 대한 인지시학적 분석」, 『한국현대문학연구』, 『한국현대문학연구』 28집, 2009, 47.

15) 이종열, 「'가다'의 다의성에 대하 인지의미론적 연구」, 『한국어 의미학』13, 한국어의미학회, 1998, p.107. 이강하, 「만해 한용운의 「님의 침묵」에 대한 인지시학적 분석」, 『한국현대문학연구 28』, 46쪽에서 재인용. '가다'의 원형의미는 '화자'를 기

을 갖고 있다. 출발지와 목표지, 이 두 지점에서 발생하는 시간의 경과는 끝없이 길의 경로를 사상(寫像)한다. 여기서 화자는 상실의 구체적인 인지 대상으로 '사라짐'을 선택한다. '사라짐'은 시적 화자와 동일한 공간에 존재하던 '님'이 '나'로부터 멀리 벗어나는 상황으로 인지하는 특성을 보인다. 화자로부터의 '님'의 떠남은 용기 도식의 안에서 밖으로의 신체화된 상상력과 긴밀한 관련성을 가진다. 더구나 이 시의 하위 정보인 '보다'와 '사라지다'의 행위가 시작과 끝이 없이 반복적으로 이어지고 있다는 점에서 이 시는 이별 후의 상실감이 큰 존재의 의미를 드러낸다고 할 수 있다.

당신은 참 무심도 하군요.
떠나가신 후
어찌 그리 한 통의 편지조차 없으십니까,
당신을 찾아 한번은 무작정
동쪽으로 나섰습니다.
어느 봄날,
　당신의 눈동자 같은 샛별이
　반짝반짝 새벽하늘을 비추고 있는 것을
　보았기 때문입니다.
그러나 가도가도 희미한 광망뿐
당신은 어디에도 없었습니다.
한번은 무작정
서쪽으로 나섰습니다.
어느 여름날,
　당신의 분홍 손톱 같은 반달이

<hr />

준점으로 하여 공간영역에서의 사람의 객관적인 이동'으로 기술할 수 있으며, 그 이동은 자연스럽게 시간의 흐름에 따른 공간의 이동을 포함하게 된다.

서으로 가는 것을 보았기 때문입니다.
그러나 가도가도 망망한 바다뿐
당신은 어디에도 없었습니다.
한번은 무작정
남쪽으로 나섰습니다.
어느 가을날,
당신의 하얀 소매깃으로 나래치는 철새떼가
황혼에
남쪽으로 날아가는 것을 보았기 때문입니다.
그러나 가도가도 쓸쓸한 사막뿐
당신은 어디에도 없었습니다.
한번은 무작정
북으로 나섰습니다.
어느 겨울날,
당신의 고운 입술 같은 꽃잎들이
바람에 날려
북으로 북으로 실려가는 것을 보았기 때문입니다.
그러나 가도가도 삭막한 툰드라뿐
당신은 거기에도 없었습니다.
당신은 참 무심도 하군요,
당신이 계신 곳을
별로도, 꽃으로도 가르쳐주실 수 없다면 차라리
눈물로 가르쳐주세요.
내 눈물이 여울되어 흘러간다면
한없이 한없이
그 길을 따라 걷겠습니다.

—「그 길을 따라」 전문

이 시는 '당신'이 떠났다는 정보와 '당신'을 찾아 길을 걷겠다는 화자의 의지를 표명하는 정보, '당신'을 은유하는 자연 사물에 대한 정보, '가도가도 희미한 광명뿐'이라는 황망함을 표상하는 정보가 반복적으로 구성되어 있다. 화자의 '당신'의 떠남에 대한 인지정보는 소멸의 인지모델(cognitive model)로 수렴된다. 이 시에서 주요 행위 모델인 '가다'는 문맥과 주체에 따라 이별과 죽음, 출발 등의 의미로 드러난다. '인생은 여행이다', '인생은 계절의 순환이다'라는 구조적 은유 속에서 이 시의 정보는 길을 걷는 반복적 정보를 제시한다. 그러나 '어디에서 어디로'라고 하는 구체적인 출발지와 목적지에 대한 정보가 제시되어 있지 않고, 화자는 '무작정' 동·서·남·북으로 길을 떠나 되돌아올 가능성을 보이지 않는다는 점에서 '여행도식'으로 구조화되지 않았음을 알 수 있다.

'당신'을 찾아 헤매는 화자의 이동경로에 대한 정보는 '동쪽(봄): 당신의 눈동자 같은 샛별을 보았기 때문' → '서쪽(여름): 당신의 분홍 손톱 같은 반달을 보았기 때문' → '남쪽(가을): 당신의 하얀 소매깃으로 나래치는 철새떼를 보았기 때문' → '북쪽(겨울): 당신의 고운 입술 같은 꽃잎들을 보았기 때문'으로 체계화 된다. 방향과 시간 정보, 그리고 길을 떠난 이유에 대한 정보가 반복적으로 제시된다. 이 역시 앞의 시에서처럼 '님의 떠남'과 '화자의 따라감'의 구조에는 '이동한 거리는 이동한 시간을 대신한다', '시간의 이동은 장소의 이동이다', '상태의 변화는 장소의 이동이다'와 같은 개념은유가 기저한다.

"당신이 계신 곳을/ 별로도, 꽃으로도 가르쳐주실 수 없다면 차라리 눈물로 가르쳐주세요"라는 간절한 어조는 여행이 종착점을 예상할 수 없다는 의미와 함께 여전히 '님'에 대한 상실의식에 젖어 있다는 의미를 생성한다. "무작정"이라는 부사어와 "당신"을 찾아 길을 나서는 화자의 행위가 어떤 준비도 없이 이루어졌다는 것을 의미한다. "가도가도 희미한 광망뿐", "가도가도 망망한 바다뿐", "가도가도 망망한 사막뿐", "가도가도 삭막한 툰드라뿐"이라는 정보만 제시되어 있을 뿐, 화자는 여전히 '당신'을 찾아 길을 떠난다. '용기 도식'의 '안에서 밖으로'의 방향도식을 내포하고 있는 '당신'의 떠남과 '나'의 따라가는 행위는 모두 '길'의 이미지 도식(image schema)을 환기하면서 결국 상실의식이 깊은 화자의 존재의식을 드러내게 한다.

> 출가(出家)라니
> 정녕 어디로 간단 말이냐.
> 머리 깎아 바랑 메고
> 산으로 간단 말이야.
> 바다로 간단 말이냐.
>
> (중략)
>
> 출가라니
> 누굴 따라 어디로 간단 말이냐.
> 집 안이 집이 아니고
> 집 밖에 있는 것이 또 집인데
> 비로봉 만물상 곰바위 밑에
> 앉은뱅이 민들레나 되란 말이야,
> 지리산 세석대 널바위 밑에
> 가지 꺾인 소나무나 되란 말이냐,
> 출가라니
> 집 밖이 또 집인데
> 정녕 어디로 가란 말이냐,
>
> —「집만 집이 아니고」 부분

이 시에서는 "누굴 따라 어디로 간단 말이냐"고 자문(自問)하는 정보가 반복적으로 제시되고 있다. '단절'과 '구속'으로 표상되었던 공간을 벗어나 자유로운 공간을 표상하는 '산'이나 '바다'로 간다한들 삶과 죽음의 순환적 질서가 존재하는 것뿐이라는 의미를 생성한다. '집만 집이 아니다'는 정보와 '집 밖이 또 집이다'는 정보는 고통과 슬픔으로 표상되었던 '집(과거)'이 이제 벗어나야 할 공간이 아니라, 우주 전체로 확산되었다는 의미를 생성한다. 이제 '집'이 구속감과 유폐감을 갖게 했던 단절된 공간이 아니라, 자신이 서 있는 지금-여기의 공간이 깨달음을 얻는 곳이라는 의미를 전달한다. 반복적이고 순환적인 여행길에서 얻어낸 공간에 대한 새로운 인식을 드러내는 정보라 할 수 있다.

이렇듯 화자는 끝없이 '님'을 따라 떠나는 반복적 인지구성을 통해 '님'의 부재와 이별의 슬픔에 젖어 있는 존재의 상실감을 드러낸다. '~에서 ~으로' 이동해가는 '길 도식'과 '가다'라는 어휘의 반복 속에서 출발, 이별, 죽음 이라는 의미를 만들어내며, '용기 도식'을 드러내고 있는 오세영의 초기 시는 과거의 공포와 황폐함을 표상하는 '집'이 이제는 벗어나야 할 곳이라는 인식을 던져버림으로써 모든 것은 통합하는 것이라는 인식을 내비치며 초월성을 획득하는 방향으로 나아간다.

4. 통합의 인지구성과 초월의식

오세영 시에서 통합적 인지과정에 의해 구성되는 정보는 대비되는 이미지를 근원영역으로 설정하여 독자로 하여금 대립된 감정들이 통합되는 가운데 삶의 가치가 있음을 깨닫는 초월적 존재로서의 자아인식이라는 목표영역에 도달하게 한다. 여기서 초월의 문제는 인간의 실존적인 상황에 대한 시인의 구체적인 반응과도 관련된다.16)

> 인생이란
> 기쁨과 슬픔이 짜아올린 집,
> 그 안에 삶이 있다.
> 굳이 피하지 마라. 슬픔을⋯⋯묵은 때를 씻기 위하야 걸레에
> 물기가 필요하듯
> 정신을 말갛게 닦기 위해선
> 눈물이 있어야 하는 법,
> 마른 걸레는 아무런
> 쓸모가 없다
> 오늘은 모처럼 방을 비우고 걸레로
> 구석구석 닦는다
> 내일은
> 우리들의 축일(祝日) 아닌가.
>
> ─「눈물」 전문

이 시는 '기쁨'과 '슬픔'이라는 대립적 이미지가 '집'이라는 공간 안에서 하나로 통합되는 과정을 보여준다. 고통과 슬픔의 공간인 '집'은 '기쁨'과 '슬픔'이 짜 올린 공간으로 새롭게 인지된다. "기쁨과 슬픔이 짜아올린

---

16) 박현수, 「초월의식과 별의 계보학」, 『오세영의 시 깊이와 넓이』, 앞의 책, pp.188~189. 이 글에서 박현수는 오세영 시인의 실존의 인식과 그에 대한 초월의식을 다룬 대담을 인용하였다. "제 자신도 인간의 실존적 조건이나 근원적 한(성 그리고 존재의 유한성과 같은 것들을 어떻게 초극할 수 있느냐 하는 데에 몰두하였습니다. ⋯⋯ 결국 자유의지나 내적 사유를 통해서 이를 수밖에 없는데 저는 그것을 저의 시에서 '완전한 자유인' 즉- 존재론적 한계성을 내적인 자유의지에 의해 초월할 수 있는 인간으로 형상화시키려고 했습니다."(오세영·김준오, 「진실과 사실 사이」, 『사랑의 저쪽』, 태학사, 1990, pp.100~110.)

집" 안에 삶이 있다는 정보를 제시한다. '집'에 대한 새로운 인식은 그러한 '기쁨'과 '슬픔'이라는 대립된 감정들이 결국 자신의 삶을 형성하는 것이라는 인지의미를 이끌어낸다. 여기서 '방'은 삶을 담고 있는 용기로 인식된다. 슬픔을 "굳이 피하지 마라"고 단언한 이유는 슬픔이 벗어나야 할 개념이 아니라 정신을 말갛게 닦아 줄 '눈물'이라는 긍정적인 의미를 생성하였기 때문이다. 즉, 시인은 슬픔과 기쁨이라는 대립된 정보들이 통합되는 가운데 삶의 가치가 있음을 깨닫는 초월적 존재로서의 자아인식이라는 목표영역에 도달하기 위해 "묵은 때를 씻기 위하야 걸레에/ 물기가 필요하"다는 정보를 근원영역으로 끌어들인다.

'눈물'과 가족 유사성을 형성하는 '슬픔', '물기'와 같은 어휘는, '묵은 때' '마른'과 대립항을 형성하며 '기쁨'과 함께 집을 짜 올린 성분으로서의 의미를 부각시킨다. 여기에는 '액체는 생명이다', '생명은 체내의 액체이다', '피는 생명이다'의 구조적 은유가 내재한다. 걸레로 구석구석 방을 닦는다는 것은 결국 화자의 정신과 삶을 구석구석 닦는 행위로 인지되는 것이다.

> 쓸어 무엇하리요.
> 사미(沙彌)야
> 비를 가두어라.
> 뜰은 원래 그들의 침실,
> 먼 여행에서 돌아와 피곤하게 잠든
> 숨소리가 들리지 않느냐.
> 이제껏 허공에 매달려 살다가
> 드디어 찾은 대지의 안식,
> 팔랑,
> 도토리 잎새 하나 떨어져

상수리 마른 갈잎 다소곳이
감싸 안는다.
사랑은 인간만이 하는 것은 아닌 법,
그 위로 후두둑
가을 햇살이 내린다.
낙엽이나, 들풀에 맺힌 이슬이나, 이리 저리 구르는 돌멩이나
심지어는 깨진 사금파리까지도
사물이 자리한 이 지상의 모든 곳은
가장 편안한 존재의 침실,
사미(沙彌)야
그만 비를 거두어라.
우주의 피곤한 숨소리가 들리지 않느냐.

—「뜨락」 전문

　이 시에서는 '뜰'과 '침실'이라는 대립적 공간이 모두 대지의 안식을 얻는 편안한 공간으로 인지되는 과정을 보여준다. '사미(沙彌)'로 지칭되는 자신에게 비를 거두라고 말하는 화자의 태도와 모든 자연 사물이 내 뜨락이라고 인식하는 정보가 제공된다. '뜨락'은 집이며, 세계이며, 우주의 공간으로 확장된다. 쓸어 낸다는 것은 구획을 가르는 것을 의미한다. 화자의 몸으로 사상되는 낙엽은 누울 곳 하나 없이 허공을 떠돌던 존재의 미를 환기한다. 또한 "풀은 원래 그들의 침실"이라는 정보는 '풀'이라는 자연 사물을 '침실'이라는 편안한 공간으로 사상함으로써 자연 공간과 침실이 원래 같은 공간이라는 의미를 이끌어 낸다. '원래'라는 부사어는 처음과 끝이 하나라는 인식을 가능하게 한다. 침실로 표상되는 '뜨락'에 낙엽, 들풀, 이슬, 돌멩이, 깨진 사금파리가 쉬고 있다는 인식은 화자가 그토록 벗어나고자 했던 공간이 결국 자신을 감싸 주는 안식의 공간이라

는 새로운 의미를 생성하게 되는 것이다. 기쁨과 슬픔, 밝음과 어둠, 고통과 환희의 모든 감정들과 함께 상생하는 곳에 삶이 있다는 생명의식을 경험하게 한다.

> 나는 지금
> 바보,
> 속이 텅 빈 그릇,
> 스스로 자신을 태워 적막하게
> 공간을 밝히는
> 불.
>
> 당신 나라에선 기실
> 텅 빈 마음이 보석이라는 것을,
> 당신을 맞이하기 위해선
> 미움도 사랑도
> 버려야 한다는 것을
>
> 당신의 가심이 바로 내안에 드심인 것을 이제 알았기 때문입니다.
> ─「떠나가신 후」 부분

이 시는 '태우다', '적막하다', '버리다', '가심', '미움'과 '밝히다', '보석', '맞이하다', '드심', '사랑'과 같은 대립적 정보가 결합되어 하나의 의미로 통합되는 과정을 보여준다. 시인은 "텅 빈 마음이 보석"이라는 정보를 제시하면서 독자로 하여금 버리는 것이 얻는 것이라는 깨달음을 경험하게 한다. "참다운 거짓"이라는 역설적 제목 역시 '참'과 '거짓'이라는 대립성을 모두 끌어안으며 근본적으로 삶을 이루는 동력이라는 의미를 생성한다. "당신의 가심이 바로 내 안에 드심"이라는 인식은 미움과 슬픔, 이별의 대립성까지 모두 끌어안는 것이 얻는 것이라는 초월의식을 경험하게 한다. "자연은 신(神)이 만들며, 시(詩)는 그 자연을 모방해서 인간이 만든다"고 했던 오세영 시인의 언급은 이렇게 화해와 균형의 질서가 깨진 상태에서도 깨달음을 통해 존재가 본래 지향해야 할 영원성과 무한성을 찾아가야 하는 것임을 알려준다.[17] 이렇듯 시인은 대립하는 이미지를 근원영역으로 설정하여 결국 "길은 아무데나 있다/ ······/ 영원으로 가는 길은 아무데나 있다"(「영원으로 가는 길」)에서처럼 화자가 그토록 찾아 헤맨 '당신'이 우주 도처에 있음을 인식하는 초월의식이라는 목표영역에 도달하게 되는 것이다.

5. 맺음말

지금까지 본고는 오세영 시를 대상으로 시적 화자의 경험적 은유를 통해 텍스트의 형성원리를 살펴보았다. 오세영 시는 물질문명에 대한 비판과 부정의식을 드러내고 생의 비의를 노래하면서도, 우주의 질서를 자기 내부로 받아들여 새로운 삶의 방향을 암시하는 의미생성과정을 보여주었다. 사회의 부조리에 대하여 암시적으로 개선과 변혁을 유도하게 하려는 통징(痛懲)의 특징을 보이기도 하고, 상반된 사물이나 개념을 결합함으로써 조화와 균형의 세계를 읽어내는 시적 은유로서의 기상(奇想, conceit)을 통해 독자로 하여금 아름다운 시적 긴장을 경험하게 한다.

---

17) 이송희, 「원형을 지향하며, 허공에서 빛나는 정신적 자유」, 『열린시학』, 2010, 겨울호, p.48.

첫째, 전환적 인지구성은 "박제된 유년"(「불 2」), "몇 개로 구획된 황폐한 과거"(「불 3」), "끊어진 줄에서 쏟아진 동양의 구슬들"(「불 5」) 등으로 표상되는 낡고 황폐한 공간 정보를 근원영역으로 설정하여 독자로 하여금 부정적으로 인지되는 과거 공간에서 방황의식 갖고 있는 존재라는 목표영역에 도달하게 한다. 그릇(용기) 도식(container schema)과 '안에서 밖으로(in-out)'의 행위 정보가 밖으로의 전환을 암시한다.

둘째, 반복적 인지구성은 무한히 펼쳐져 있는 길의 속성과 지금은 떠나고 없는 '님'의 속성을 근원영역으로 설정하여 독자로 하여금 '님'에게서 벗어나지 못하고 상실감에 젖어있는 존재라는 목표영역에 도달하게 한다. 끝없이 길을 떠나는 반복적 인지체계를 통해 초월의식을 드러내는 시들은 '~에서 ~으로' 이동해가는 '길 도식'과 '가다'라는 어휘의 반복 속에서 출발, 이별, 죽음 이라는 의미를 생성해내고, '그릇(용기) 도식'을 내재하고 있었다.

셋째, 통합적 인지구성은 대립적 이미지를 근원영역으로 설정하여 독자로 하여금 기쁨과 슬픔이 공존하는 곳에 삶이 있으며, 비움으로써 얻어지는 가치를 인식하는 초월적 존재라는 목표영역에 도달하게 한다. 단절된 공간으로 표상되는 '집'이 우주 전체의 의미로 확산하면서 화자가 그토록 찾아 헤맸던 '당신'이 우주 도처에 만물 속에 들어 있음을 인식하는 초월의식을 얻는다.

이렇게 오세영 시는 방황의식, 상실의식, 초월의식이라는 목표영역에 도달하기 위해 경험적 상상력에 기반한 유사 이미지 정보들을 근원영역으로 끌어와 전환적, 반복적, 통합적 인지체계를 형성하였다. 세상에 대한 부정의식과 방황의식이 스스로의 존재의미를 찾기 위해 오랜 시간동안 길을 떠돌면서, 결국 모든 것이 공존하는 곳에 삶이 있다는 깨달음을 안겨주고 있음은 독자들로 하여금 긍정적인 방향성을 지향하게 한다. 결국 오세영 시 세계는 시적 화자의 주관적 경험구조를 신체화된 상상력과 시적 은유와의 결속을 통해 풀어냄으로써 우리가 지향해야 할 삶의 목표가 어디에 있는지를 생각하게 한다.

제4부
최하림 시의
미적 구성과 존재인식

1. 머리말

담화행위는 인간의 정서와 사고과정을 언어화하여 기호로 산출하고 그 기호를 매개로 하여 독자와 소통하는 전 과정을 의미한다.[1] 이것은 대상을 감각적으로 인지하여 구성하는 과정으로 볼 수 있으며, 작가가 체험한 시간과 긴밀한 연관성을 갖는다. 대상을 인지하여 새롭게 구성한다는 것은 사물의 외형적 특성을 묘사하는 기법이나 단순히 떠오르는 감정을 토로하는 방식이 아니라 작가의 육화된 체험을 상상력의 영역으로 끌어올린 지각 행위와 감각 작용 전반을 아우른다.

최하림[2]의 시는 대상과 인지주체의 만남을 통해 새로운 미학적 풍경을 연출한다. 화자가 인지하는 대상의 본질이 그의 시선과 병치되는 방식은 존재에 대한 성찰과 사유의 흔적을 여실히 보여준다. 따라서 그의 시를 설명하는 '자연주의'[3]라는 수식은 다분히 사물의 외형적 특성을 드러

---

1) 송문석, 『인지시학』, 푸른사상, 2004, 38~39쪽.

2) 최하림(1939년~)은 목포에서 태어나 1960년대 김현, 김승옥, 김치수와 함께 『산문시대』 동인으로 활동하였으며, 1964년 『조선일보』 신춘문예에 「빈약한 올페의 초상」으로 등단하였다. 등단 이후 간행한 시집으로는 『우리들을 위하여』, 『작은 마을에서』, 『겨울 깊은 물소리』, 『속이 보이는 심연으로』, 『굴참나무숲에서 아이들이 온다』, 『풍경 뒤의 풍경』, 『때로는 네가 보이지 않는다』 등이 있다.

3) 최하림 시를 둘러싼 '자연주의'라는 수식은 한 폭의 풍경화를 연상케 하는 그의 시

내는 것이 아니라 그것을 인지하는 시인의 신체화된 경험과 상상력이 빚어낸 결과로시의 외미화 과정을 포함한다. 최하림 시에서 대상을 보고 듣고 인지하는 감각적 구성 방식은 특정 시대의 경험적 삶과 기억에서 촉발되는 무의식적·의식적 발화행위와 내면과 풍경이 교섭하는 다양한 정보들에 의해 존재의 의미를 드러낸다. 이것은 자아를 통찰하는 과정으로 고백적, 확산적, 매개적 인지정보 구성에 의해 다양한 의미를 생성한다. 거듭되는 죄의식으로 인한 성찰적 존재는 결국 고해하지 못하고, 끊임없이 방황하면서 내면의 정서를 표출하는 유목적 존재를 거쳐, 유리창에 비친 자아의 존재를 인지하며 실존을 자각하는 과정으로 이어진다.

시인이 인지하는 세계는 따뜻하고 평화롭지만 유독 존재를 자각하는 순간에 있어서는 스스로에게 냉엄하고 객관적이다. 그것은 화자의 내면 세계에 잠재해 있는 '나는 누구인가'라는 존재에 대한 근원적인 물음 때문이다. 존재의 깊이에 대한 성찰과 자각을 자연과의 교섭을 통해 보여주는 시적 구성은 순수와 참여의 분리를 극복하는 의지를 보여주었다는 기존의 평가4)를 인정하게 한다. 이것은 그만큼 그의 시가 진술하면서도 개인의 고백적 담화에 매몰되지 않고 육화된 체험을 바탕으로 미학적 풍경을 만들어가는 이유이기도 하다. 그럼에도 불구하고 그의 시에 대한 연

세계를 아우르는 표현으로, 김문주가 『때로는 네가 보이지 않는다』의 서평에서 '풍경과 자연주의'를 테마로 하여 다룬 바 있다.

4) 김치수, 「고통의 인식과 확대」, 최하림, 『작은 마을에서』, 1982, 99~100쪽 김치수는 시집의 서평에서 최하림 시가 평가의 주목 받지 못한 이유를 순수시 계열과 참여시 계열 어느 쪽에도 치우치지 않았기 때문이라고 언급한 바 있다. 이를테면, 순수시 계열의 작품들처럼 극단적인 관념의 세계로만 치닫고 있는 것도 아니고 언어에만 매달려 형식의 탐구에만 몰두하고 있는 것도 아니다. 그렇다고 해서 그의 시가 현실의 부조리를 원색적인 언어로 고발한다든가 이념적인 메시지를 내세우는 지사적 의미만 드러내고 있는 것도 아니라는 것이다.

구5)는 아직 본격적인 궤도에 오르지 못하고 있다. 따라서 필자는 최하림 시 텍스트의 구성 원리를 밝힘으로서 의미생성의 형상적 특성을 규명하는 것을 목적으로 한다.

경험에 의해 축적된 기억은 끊임없이 새로운 이미지를 만들어내며, 우리가 지각하고 만지고 보고 듣는 모든 행위가 종합적이고 입체적으로 존재의 의미를 생성한다는 것을 보여준다.6) 최하림 시의 형성원리를 밝히는 본고의 작업은 텍스트의 다양한 의미해석은 물론 자아와 세계의 소통 과정을 이해하는 유용한 방법을 제공한다는 점에서 의의가 있다.

2. 고백적 구성과 성찰적 존재

최하림 시는 '지금 여기'의 순간을 둘러싸고 화자가 응시하는 풍경 속에서 고백적 구성을 통해 지속적으로 자아와 세계를 통찰한다. 현재 화자의 눈앞에 펼쳐지는 풍경은 대상의 본질적 특성 이면에, 경험된 시간이라

---

5) 김제욱, 「최하림 시의 이미지 연구」, 고려대 인문정보대학원, 2005 이 연구는 최하림 시에 나타난 자연적 이미지를 중심으로 하여 내면 풍경의 이미지를 전체적으로 조명하고 있다.
박상옥, 「최하림의 시세계 연구」, 고려대 인문정보대학원, 2004 이 연구에서는 최하림 시를 초·중·후기 시편으로 구분하여, 그의 시의 변모과정을 분석하고 있다. 초기시의 부정적 현실인식과 내면의식이 죄의식의 성찰적 과정을 보이는 중기시를 거쳐, 풍경의 친화를 보이는 후기시로 변모된다고 보고 있다.

6) 김화자, 「현상학적 미적 지각에 의한 예술 작품의 해석 가능성과 의의」, 김진엽·하선규 엮음, 『미학』, 책세상, 2008, 380~371쪽. 메를로 퐁티는 몸에 관한 현상학적 연구에서 우리 몸의 반사적인 근육 운동조차도 세계에 대한 지향적이며 실존적인 의도를 내포한다고 보고, 대상에 대한 지각이 사유하는 자아가 아닌 몸의 움직임을 통해 시작된다는 지각 행위의 선(先) 반성적 단계를 밝혀낸 바 있다.

는 또 다른 풍경이 겹쳐져 있다. 그 겹쳐진 자리에 성찰적 자아가 놓이게 된다. 최하림의 시에서 고백적 구성이 객관성을 확보할 수 있는 것은 일정한 시간의 질서를 형성하는 '기억'때문이다.

　　주여 눈이 왔습니다 나무들이 더부룩한 모습으로 서 있고 마을 집도 언덕도 허리를 구부리고 있습니다 시끄러운 시대를 끝내고 당신의 눈이 내리는 아침 남부지방의 예술가들은 사라진 친구를 부르며 어디로인지 가고 신경처럼 가느른 시간도 가고 있습니다 나도 가고 싶습니다 내리는 눈을 따라서, 눈은 시대이고 나도 시대입니다 온갖 사물이 색을 잃고 울타리마냥 울어대는 곳에서 무덤들이 하늘의 궁륭인 양 솟아오르고 있습니다
　　　　　　　　　　　　　　　　　　　　　　─「주여 눈이 왔습니다」 전문

　　성찰의 시간을 갖는 존재의 순간은 내면과 현실의 풍경이 교직되는 가운데 어느 특정한 시점의 기억과 만나면서 구체화된다. 눈 오는 풍경을 바라보면서 특정 대상에게 말을 건네는 방식으로 정보를 끌고 가는 이 시는 눈이 오는 풍경에 관한 정보와 눈이 시대이고 나 역시 시대라는 진술이 결합되어 화자가 처한 시대적 현실을 간접적으로 표출하고 있다. 눈이 내리는 풍경 속에 '더부룩한 모습으로 서 있는 나무'와 '허리를 구부리고 있는 마을 집과 언덕'은 거칠게 저항했던 시대의 한 풍경을 지켜보기만 했던 화자를 대변하고 있다. 속이 더부룩한 상태와 허리를 구부린 풍경들은 '당신의 눈이 내리는 아침'으로 표상되는 시간 정보와 연결되어 지난밤의 시간을 되돌아보는 성찰적 존재로서 자아를 드러낸다. '남부지방의 예술가들'과 '사라진 친구'들이 어디로인지 모르는 곳으로 간다는 것은 격동적인 한 시대를 살아간 자들의 죽음을 의미하며, 그들의 실종이 현재 진행 중임을 이야기한다. 이 정보는 '신경처럼 가느른 시간도 가고 있다'

로 연결되고 다시 '나도 가고 싶습니다'와 결합되면서 살아남은 자의 비애와 그것으로 인한 갈등이 고통의 시간으로 인지되어 내면화된 상태라는 의미를 생성시킨다.

이 정보는 '눈은 시대이고 나도 시대입니다'라는 정보로 이어지면서 시간의 흐름 속에서도 여전히 살아남은 자아에 대한 부끄러움과 다른 한편으로 남아있는 존재에 대해 인정할 수밖에 없는 의식직 성찰의 모습을 보여준다. 눈이 한 가지 색깔로 모든 대상을 덮는다는 점에서 볼 때, 내리는 눈을 따라간다는 것은 존재의 치부를 벗어내기 위한 내면의식의 발화라고 할 수 있다.

'온갖 사물이 색을 잃고 울타리마냥 울어대는 곳'으로 인지되는 눈길 위에서 '무덤들이 하늘의 궁륭인 양 솟아오르고 있습니다'는 정보는 시인이 바라보는 시대가 아물지 않고 시인의 내면에서 강하게 솟구쳐 오르는 모습을 포착한 결과의 의미를 가진다. 더불어 눈이 덮어 낸 것은 외양일 뿐 그 본질은 덮을 수 없다는 기본적인 인식을 드러낸다. 다음 시는 죄의식에 대한 인지작용의 구체적인 형상화를 보여준다.

산 아래 이층 목조 건물은 긴 의자와 십여 개 유리창이 일제히 남으로 열려 있어 아침이면 햇빛이 쏟아져 들어오고 밤에는 별들이 내려왔다 개들이 컹컹컹컹 짖어댔다 나는 고해성사실과도 같은 이층 구석방으로 들어가 옷자락을 여미고 숨었다 구석방은 어두웠다 건축가 김수 선생님은 그날 지은 죄를 고하고 사함을 받으라고 구석방을 마련한 모양이지만 나는 고해할 줄 몰랐다 고해를 해본 적이 없었다 나는 죄의 대야에 두 발을 담그고 이따금씩 잠을 잤다 잠이 들면 새들이 소리없이 언덕을 넘어가고 언덕 아래로는 밤열차가 덜커덩 덜커덩 쇠바퀴를 굴리며 지나갔다 간간이 기적을 울리며 가기도 했다 나는 자다 말고 벌떡벌떡 일어나 층계를 타고 내려갔다 냉장고

문을 열었다 우유를 꺼내 마셨다 토마토도 몇 개 베어먹었다 밤은
아직도 멀었는지 창밖으로는 새까맣게 어둠이 흘러갔고 나는 의자
에 주저앉았다 의자는 딱딱했다 의자가 밤 속으로 흘러갔다 다음날
도 그 다음날도 의자는 계속 흘러가고 있었다

—「구석방」 전문

시의 배경을 이루는 '구석방'은 유리창이 남으로 열려 있다는 정보와
그로 인해 아침에는 햇살이, 저녁에는 별들이 내려온다는 정보가 제공되
면서 고즈넉한 공간이라는 의미와 소외된 공간이라는 의미가 대비되고
있다. 이 정보는 구석방에 대한 구체적인 내부 전경과 화자의 정서, 이와
결합된 행동모델을 묘사하는 두 번째 정보와 결합되면서 죄의식에 갇혀
있는 화자 내부를 드러낸다. 바슐라르에 의하면 '구석'은 인간의 성찰이
이루어지는 출발지점으로, 스스로를 응집시켜 웅크리고 들어앉고 싶은
공간으로서, 고독한 공간에 해당한다.7) 이러한 '구석'이 육체와 영혼, 인
간 존재의 안식처를 표상하는 '방'과 결합되면서 화자의 어지러운 내면의
정보를 고백적 구성으로 드러낸다. 이층 구석방은 '고해성사실'과 '어둠'
의 이미지가 결합되어 죄를 고하고 사함을 받는 공간으로 인지된다. '옷
자락을 여미고 숨었다'는 정보는 우리 몸이 어떤 상황에 처했을 때 그 상
황을 인식하기 전에 이미 자신도 모르게 지향적인 의도에 따라 행동하고
있음을 보여준다.8) 이어지는 '고해할 줄 몰랐다'는 정보는 과거의 어느
시점에서 시작되었으며 종착점 역시 불분명한 미래의 어느 시점으로 이

---

7) Gaston Bachelard(정광수 역), 『공간의 시학』, 민음사, 1990, 282쪽.

8) 김화자, 앞의 책, 373쪽. 그 이유는 몸의 각 기관들은 따로따로 즉자적으로 존재하면
서 인과 법칙에 따라 기계적으로 정렬되어 있는 단순한 물질 덩어리도 아니고, 순수
하고 절대적인 정신의 기체는 더더욱 아니며, 어떤 의도 아래 서로 연결되어 움직이
기 때문이다.

동하는 인식의 과정을 보여준다.

　이러한 인식은 '나는 의자에 주저앉았다', '의자는 딱딱했다', '의자가 밤 속으로 흘러갔다', '다음날도 그 다음날도 의자는 계속 흘러가고 있었다' 등으로 이동하면서 화자의 경험이 가장 은밀한 고백의 형태인 고해조차도 할 수 없다는 의미를 산출한다. 시 공간의 배경인 밤 시간과 어둠의 색체, 딱딱한 것으로 인지되는 의자가 표상하는 것은 화자에게 고백할 기회를 제공하는 장치로서의 의미를 가진다. '어둠'은 사물의 현상을 숨기고 보이지 않게 하는 대신 그것의 본질이나 존재의 내부를 깊이 있게 바라볼 수 있도록 이끄는 특성이 있다. '의자' 역시 존재에게 성찰의 기회를 제공하는 것이면서 휴식처로서의 공간을 표상한다. 그러나 화자에게 '의자가 딱딱한 것'으로 인지되는 것은 '밤 속으로 흘러간다'는 이미지 정보와 결합되면서 화자에게 더 이상 고해할 여지가 남아 있지 않다는 의미를 드러낸다.

　위의 정보는 다시 존재 내부의 자각을 구체적으로 보여주는 세 번째 정보인 '새들이 소리없이 언덕을 넘어가고', '밤열차가 덜커덩 덜커덩 쇠바퀴를 굴리며 지나갔다'와 결합되면서, 의자가 주는 정지된 관점과 새와 밤 열차가 표상하는 현실의 빠른 흐름이 대비되어 그 흐름에 참여하지 못하는 소외의식의 과정을 보여준다. 화자에게 소외는 죄와 동일한 의미로 인지된다. 이러한 시각적 묘사는 화자의 꿈속이라는 무의식적 공간인 죄의 대야에 두 발을 담그는 행위, '자다 말고 벌떡벌떡 일어나 층계를 타고 내려갔다'는 정보들과 결합되어 죄의식이 이미 화자 내면에 육화되어 있다는 의미를 생성한다.

　화자에게 구석방은 일상에서 먼지처럼 쌓여가는 죄의식을 벗어버리지 못한 화자 내부의 방이라는 의미를 생성하고, 또한 화자를 둘러싼 배경

모두가 구석방의 틀 안에서 자유롭지 못하다는 의미를 산출한다. 화자가 경험한 시간은 추상적이고 모호한 의식 속에서 반추되고, 의식적이고 일상적인 행위와 사물 속에서 현장성과 진정성을 확보한다. 이렇듯 어두운 내면을 기억하고 그것으로부터 벗어나려는 존재의 각성 과정에는 시간의 축적과 추가되는 정보의 제공, 즉 '시간은 움직이는 물건'[9]이라는 은유가 내재한다. 이 말은 시간이 스스로 움직이는 주체이기도 하지만 그것을 통해 우리가 움직인다는 것을 의미한다. 위의 시들에서 '시간'은 정지되어 있으며, 화자의 움직임은 이 정지된 시간 위에서 자유롭지 못하고 순간의 장면에 몰입한다. 이것은 화자가 인지하는 풍경 속에서 상대적일 수밖에 없다.

이렇듯 고백적 구성방식은 존재의 내면 정서를 여과 없이 보여주는 '시인 지향적' 성격을 견지한다. 시인과 화자의 거리가 밀착되는 시인 지향적 성격은 진정성을 확보한다는 점에서 고백적 구성과 일치한다.[10] 그의 시에서 고백의 핵심을 이루는 정보는 살아남아 있는 존재에 대한 죄의식에서 비롯된다. 그러나 고백의 방식을 빌리면서도 결국 고해할 줄 모르는 존재는 자신을 성찰하면서도 죄의식을 극복하지 못하고 끊임없이 방황을 거듭하는 유목적 존재의 의미를 생성한다.

---

9) George Lakoff·Mark Johnson(노양진·나익주 역),, 『삶으로서의 은유』, 박이정, 2006, 91쪽. '시간은 움직이는 물건'이라는 은유는 '시간이 우리를 지나간다'라는 하위 사례를 동반한다. 첫 번째는 시간이 움직이는 경우이고, 두 번째는 우리는 정지해 있다. 두 경우는 우리와 관련된 상대적 운동으로 미래는 앞에 있고 과거는 뒤에 있다는 점이다.

10) 노창수, 「한국 현대시의 화자 연구」, 조선대 박사논문, 1993, 39~48쪽.

3. 확산적 구성과 유목적 존재

일정한 계기성에 의해 의미가 확장되면서 길게 여운을 남기는 확산적 구성은 자아에 대한 부정적 인식으로부터 비롯하여 현재의 공간을 떠나는 유목적 존재로서의 의미를 생성한다. 최하림 시에서 유목적 존재는 기존의 코드화를 거부하는 방식이 아니라 자신에 대한 부정의식에서 비롯된 존재의 방황과 갈등의 과정을 중점적으로 보여준다. 그의 시에서 유목적 존재는 뚜렷한 종착점이 없이 밖으로만 향하거나, 때로는 자아의 무의식적 세계로 향한다. 자신의 삶이 유목적이 될 수밖에 없는 존재의 자각은 갈등과 방황을 반복하고 끊임없이 자책하는 과정 속에서 존재의 이유를 규명해가는 것으로 이어진다.

> 하여튼 나는 끼루룩끼루룩 울면서 지나가는 철새떼같이 대전역을 지나고 대전의 산과 들과 나무들, 대전을 싸고 도는 공기라 할까. 색깔이라 할까. 죽음이라 할까. 그런 것들을 지나서 나는 깊이 잠에 떨어졌고 눈을 떴고 다시 잠에 떨어졌다가 눈을 뜨니 검푸른 어둠이 이파리들을 밀어올리고 있었으며, 검푸른 이파리들은 연보라 잎을 정말로 힘껏 푸른 하늘로 밀러올리고 있었으며, 이파리들은 용수철처럼 튀어오르고 있었으며
> 　이윽고 당도한 나라
> 　바다에서는 배들이 달리고
> 　배들이 아름답게 수면에 달리고
> 　나는 물 속으로 들어가
> 　물이 넘을 때까지
> 　사람의 소리로 울고 있었다
> 　　　　　　　　　　　　　　　　—「소리들이 메아리치고」 부분

이 시의 첫 번째 정보는 대전을 지나는 동안 비가시적인 세계와 호흡하는 시적 화자의 의식 세계에 해당하며, 이와 결합 되는 두 번째 정보는 검푸른 어둠이 이파리들을 밀어 올리는 광경을 눈여겨보는 화자의 모습에 해당한다. 그리고 확산적 구성을 취하는 이 두 정보는 바다에 당도한 화자의 무의식적 체험으로 이어진다.

첫 번째 정보인 '대전역', '대전의 산과 들과 나무들', '대전을 싸고 도는 공기라 할까. 색깔이라 할까. 죽음이라 할까'는 시적 화자가 공유하는 창밖 풍경으로 '죽음'의 어휘가 빚어내는 어두운 이미지 정보이다. 이와 결합되는 '잠에 떨어졌고 눈을 떴고', '검푸른 어둠이 이파리들을 밀어올리고 있었으며', '이파리는 용수철처럼 튀어오르고'는 살아 있는 것들에게 강한 생명력을 불어넣는 과정을 보여주며, 그 근원적 주체가 '검푸른 어둠'이라는 의미를 끌어낸다. '검푸른'은 '검다'와 '푸르다'의 합성어로 이루진 어휘로 '푸르다'의 밝은 이미지와 '검다'는 어두운 이미지를 동시에 함축한 '생명력'의 의미를 생성한다. 생명력은 푸른 하늘로 용수철처럼 튀어 오르는 생생함과 강렬함을 보여주며, 소리들의 메아리를 은유적으로 구성하는 확산된 의미를 생성한다.

이 정보는 화자가 당도한 바다 이미지와 결합되면서 구체적인 의미를 생성한다. '당도한 나라', '바다', '수면', '물 속' 등은 물속으로 들어가 '물이 넘을 때까지/ 사람의 소리로 울고 있었다'로 이어지면서 존재의 무의식적 층위에서 발동하는 삶의 진정성을 획득한다. 화자의 행동모델은 철새 떼 같이 이동하면서, 풍경을 관찰하고, 울고 있는 자신을 발견하는 것으로 이어진다. 화자의 마음이 철새 떼에 비유되는 것은 그만큼 안정되지 못하고 방황을 거듭한다는 의미를 산출한다. 한 곳에 정착하지 못하고 철마다 이동해야 하는 이러한 유목적 사유는 현실세계에 불만족스럽거나 죄의식에서 탈피하고 싶은 화자 내면의 정서에서 비롯된다.

> 햇볕이 늠실거리는 바다인지 호수인지는 몰라도 그들은 말을 타
> 고 누란으로 가네 제 나라에서 살지 못하고 가네 한 명의 종자와 길
> 잡이를 데리고 바람도 불지 않고 잎들이 떨어져 쌓이는 길을 햇살이
> 고요히 비추어서 세세하게 드러내고, 왜 이럴까 왜 이럴까 소리쳐
> 확인하고 싶은 이곳은 얼마나 마음 아픈 것만이 거기 그 들풀 꽃들
> 은 얼마나 아름다운 것인가 그들에게 펼쳐진 시간들은 또 얼마나 찬
> 란한 것인가
> 햇볕이 너무나도 늠실거리는 바다인지 사막인지는 몰라도 그들
> 은 말을 타고 누란으로 가네 제 나라에서 살지 못하고 가네
>
> ─「누란」 전문

이 시 역시 확산적 인지구성에 의해 정보가 제공된다. 첫 번째 정보에서 그들이 말을 타고 누란으로 간다는 것은 시 전체의 대칭구조를 형성하며 동적인 분위기를 자아낸다. 그들이 끊임없이 향해가는 '누란'은 망루, 신기루를 표상하는 정보로, 현실에는 부재하는 공간이라는 인지의미를 함축한다. 여기에 반복되는 '가네'라는 동사는 정적인 시적 공간에 현장성을 부여하는 정보로서 끊임없이 확산된다는 의미를 생성한다. '바다인지, 호수인지, 사막인지'는 그들이 처해있는 현장이 미래가 보이지 않는 망망한 상황임을 의미하며, 그들의 암담한 삶을 짐작하게 한다. '햇볕이 너무나도 늠실거리는 바다 … 사막'인지 모른다는 막연한 정보로 인해 가보지 않은 곳이지만 그리 평탄하지는 않을 것이라는 의미를 다시 강조한다. 특히, 첨가된 '너무나도'라는 부사어는 '누란'의 아름다움을 부각시키면서 상대적으로 그들의 절박한 상황이 심화되었다는 의미를 내포한다.

이 정보에 구체성을 부여하는 두 번째 정보인 '한 명의 종자와 길잡이

를 데리고', '바람도 불지 않고 잎들이 떨어져 쌓이는 길', '왜 이럴까 왜 이럴까 소리쳐 확인하고 싶은 이곳'은 '얼마나 마음 아픈 것인가', '거기 그 들풀 꽃들은 얼마나 아름다운 것인가', '그들에게 펼쳐진 시간들은 또 얼마나 찬란한 것인가'와 결합되어 밝음과 어둠을 표상하는 공간이라는 대비적 의미를 생성하면서 그들이 이곳을 떠날 수밖에 없는 이유를 드러 내고 있다. '한 명의 종자'와 '길잡이'는 그들이 데리고 가는 존재이지만 방향을 알려주는 길잡이로서의 의미를 획득하지 못한다. '바람도 불지 않 고 잎들이 떨어져 쌓이는 곳', '왜 이럴까 소리쳐 확인하고 싶은 이곳'은 '들 풀 꽃들'이 피어 있는 '그들에게 펼쳐진 찬란한 시간들'이라는 정보와 결합 되어 슬픔에 젖은 고통스러운 현실과 아름다운 풍경이라는 이중적 의미를 가진다. 이를테면 '이곳'에서 드러난 아름다움과 찬란함이 더할수록 그 내 면에 처한 현실은 더욱 고통스럽다는 역설적 의미를 파생시킨 것이다. '왜 이럴까'와 '얼마나 … 한 것인가'의 반복은 가보지 않은 세계에 대한 불안 한 정서와 고통 받는 현실을 위무하려는 스스로의 다짐을 표상한다.

오래된 우물에 갔었지요 갈대숲에 가려 수시간을 헤맨 끝에 간신 히 바위 아래 숨은 우물을 발견했습니다 마을 장로들의 말씀으로는 성호 이익(星湖李瀷) 선생께서 파셨다고도 하고 성호 문하에서 파셨 다고도 하고 그보다 오래 전 사람들이 파셨다고도 했습니다 아무려 면 어떻겠습니까마는 좌우지간 예사 우물은 아닌 것 같았습니다 나 는 천천히 고개를 숙이고 벌컥벌컥 물을 마신 다음 우리가 살아야 할 근사한 이유라도 있는 것이냐고 가만히 물어보았습니다

우리가 살아야 할 근사한 이유라도…… 이유라도……

하고 메아리가 일었습니다 그와 함께 수면이 산산조각 깨어지고

얼굴이 달아났습니다 나는 놀래어 일어났지만 수면은 계속 파장을
일으키며 공중으로 퍼져가고 있었습니다.

—「메아리」 전문

　흥미로운 소재 차용과 서술방법의 활용이 두드러지는 이 시는 '우물'의
유래 내지는 기본 설명에 해당하는 첫 번째 정보와, 화자의 존재 이유에
대한 물음에 해당하는 두 번째 정보가 결합되어 다양한 의미를 생성한다.
이 두 정보는 일상적이며 친숙한 어조의 활용으로 존재의 성찰과정을 자
연스럽게 이끌어낸다. 첫 번째 정보인 수 시간을 헤맨 끝에 찾아냈다는
오래된 우물은 성호 이익 선생이 팠다는 정보와 마음 문하에서 팠다는 정
보가 마을 사람들의 제보에 의해 첨가되고, 오래된 우물과 예사 우물이
아니라는 추측성이 가미된 정보가 제공되면서 이어지는 두 번째 정보를
뒷받침하는 탄탄한 의미구조를 형성한다.

　'우리가 살아야 할 근사한 이유라도 있는 것이냐'로 시작되는 두 번째
정보는 소리의 울림에 의해 메아리를 형성하면서 허공으로 확산된다. 파
장은 '천천히', '가만히'라는 부사어와 결합되어 존재에 대한 각성과정이
조심스럽게 행해지고 있음을 보여주고 있다. 단행으로 처리되면서 말줄
임표가 삽입되는 '…우리가 살아야 할 근사한 이유라도…… 이유라
도……'는 의미의 강조는 물론 서서히 확산되는 메아리를 표상하는 시각
적 효과를 제공한다. 이 정보는 수면이 산산조각 깨어지고 얼굴이 달아났
다는 정보로 이동하면서 존재의 각성 과정의 극치를 보여준다. 화자인
'나'의 얼굴을 비추는 '수면'은 '거울'로 인지된다. '거울'은 자아와 세계를
객관화 시켜 보여준다는 점에서 지각의 생생한 장소로서의 인지의미를
가진다. 그런데 '우리가 살아가야 할 근사한 이유'에 대한 존재의 물음에
객관화된 모습이 깨져버린다.

이처럼 그의 시는 흐르는 시간과 풍경 속에서 일정한 질서를 갖고 반복되는 정보가 육화되어 나타나는, 내면의 방황과 갈등이 겹쳐지면서 무한한 공간으로 확산되는 과정을 보여준다. '사나이는 다시/ 걸음을 옮긴다 어디로?라고/ 말하지도 않는다'(「어디로?」)에서처럼 그것은 뚜렷한 목적지를 동반하지 않고도, 지속성과 지향성을 가진다.

4. 매개적 구성과 실존적 존재

최하림 시는 '유리창'을 매개로 '안'과 '밖'의 정보가 제공되는 구성방식을 취한다. 그의 시에서 유리창은 바깥 풍경을 보고 듣는 매개물로서 화자의 '눈'과 '귀'이며, 때로는 반사되는 자아의 모습을 비추는 '거울'로서 인지된다. 매개적 구성이 내포하는 의미는 단순히 공간의 단절이 아닌 자아(내면)와 풍경(세계)의 이분법적 공간의 해체라는 심층적 의미를 획득한다. 그러나 이러한 정보의 매개적 구성은 '안'과 '밖'이 교통하는 과정을 통해 존재를 증명하는 과정을 보여준다. 현존재의 실존이 어떤 방식으로든 세계와 관계 맺고 있다는 것을 입증하는 것이라 할 때, 시인은 그러한 존재 증명을 위해 우물의 이미지 보다는 좀 더 단단해진, 그러나 역시 깨어질 수 있는 '유리창'을 활용한다.

초저녁, 눈발 뿌리는 소리가 들려
유리창으로 갔더니 비봉산 소나무들이
어둡게 손을 흔들고 강물 소리도 숨을 죽인다
나도 숨을 죽이고 본다 검은 새들이

강심에서 올라와 북쪽으로 날아가고
한두 마리는 처져 두리번거리다가
빈집을 찾아 들어간다 마을에는
빈집들이 줄지어 있다 올해도 벌써
몇 번째 사람들이 집을 버리고 떠났다
집들은 지붕이 기울고 담장이 무너져내렸다
검은 새들은 지붕으로 곳간으로 담 밑으로
기어 들어갔다 검은 새들은 빈집에서
꿈을 꾸었다 검은 새들은 어떤
시간을 보았다 새들은 시간 속으로
시간의 새가 되어 날개를 들고
들어갔다 새들은 은빛 가지 위에 앉고
가지 위로 날아 하늘을 무한 공간으로
만들며 해빙기 같은 변화의 소리로 울었다
아아 해빙기 같은 소리 들으며
나는 유리창에 얼굴을 대고 있다
검은 새들이 은빛 가지 위에서 날고
눈이 내리고 달도 별도 멀어져 간다
밤이 숨 쉬는 소리만이 눈발처럼 가늘 게
울린다

—「빈집」 전문

　이 시는 '유리창'을 매개로 하여 크게 두 개의 인지정보로 구성되어 있
다. 첫 번째 정보는 유리창 '안'의 공간으로 바깥 풍경을 바라보는 '나'의
지각이 시작되는 곳이며, 두 번째 정보는 유리창 '밖'의 공간으로 '나'의
시선과 결합된 검은 새의 행로에 해당한다.
　첫 번째 정보는 시적 화자의 감각과 지각 정보로 '눈발 뿌리는 소리가
들려', '유리창으로 갔더니', '숨을 죽이고 본다', '해빙기 같은 소리를 들으

며', '유리창에 얼굴을 대고 있다'에 해당한다. 여기서 이 시를 지배하는 화자의 행동모델은 '듣다/가다/(숨)죽이다/보다/듣다/(얼굴을)대다'등에 해당한다. 눈발 뿌리는 소리가 들릴 정도의 고요함과 화자가 유리창 앞으로 다가가 그 풍경들을 바라본다는 정보는 이 시를 끌고 가는 기본적인 핵심 정보에 해당한다. 그것은 '해빙기 같은 소리를 들으며', '유리창에 얼굴을 대고 있다'와 같은 특정한 정보에 대한 추측을 가능하게 하는 정보인 유리창 밖 대상에 동화되고자 하는 의사 표현이다. 이러한 청각·시각·촉각적 감각에 해당하는 일차 정보는 이차 정보로 이동하면서 빈집에 대한 구체화된 정보를 제공한다. 제목이 상징하는 빈집에 대한 정보는 '검은 새'의 행로를 통해 존재의 다양한 의미를 생성한다.

두 번째 정보인 유리창 밖 풍경은 '소나무들이 … 어둡게 손을 흔들고', '검은 새들이 … 북쪽으로 날아가고'등과 같은 빈집을 찾아 들어가는 '검은 새'의 귀소과정에 대한 정보와 사람들이 집을 버리고 떠났다는 설명 정보가 결합되면서 그러한 풍경이 갖는 시간에 대한 의미를 탐색하는 화자의 의식세계를 보여준다. '비봉산 소나무들이 어둡게 손을 흔들고', '강물 소리도 숨을 죽인다', '검은 새들이 … 북쪽으로 날아가고', '한두 마리는 지쳐 두리번거리다가'에서 '어둡게', '숨을 죽인다', '검은', '북쪽', '지쳐'와 같은 부정적 정서를 표상하는 언어들은 '빈집을 찾아갔다'로 모아지면서 을씨년스러운 시적 분위기를 연출한다.

이어서 빈 집의 지붕, 곳간, 담 밑으로 기어들어 간 '검은 새'들의 움직임에 대한 정보는 '꿈을 꾸었다', '어떤 시간을 보았다'처럼 시적 주체인 화자가 객체인 '검은 새'를 바라보는 관점에서 시적 화자인지 대상인지 모르는 '자아 동일화'의 관점으로 교차하는 지점을 제공한다. '검은 새'가 꿈을 꾸었다는 정보와 어떤 시간을 보았다는 정보는 더 이상 구체화되지 못하고 막연히 '시간 속으로 시간의 새가 되어 날개를 들고 들어갔다'는 시각적 정보가 이어질 뿐이다. 이어서 이 정보는 '하늘을 무한 공간으로 만들며', '해빙기 같은 변화의 소리로 울었다'와 결합되면서 그들이 희망하는 밝은 시간에 대한 의미를 암시한다.

'울음'을 통해 메시지를 전달하는 '새'는 풍경의 변화를 갈망하는 화자의 의식세계이다. '해빙기'는 팽팽한 긴장감이 풀어지는 때를 표상하는 어휘로 전환을 알리는 '봄'이면서 어떤 것으로부터의 '해방'이라는 복합적 의미를 갖는다. 그것은 '시간의 새'가 된다는 앞의 정보와 결합되면서 '시간으로부터의 해방'이라는 의미를 생성한다. 이러한 '해빙기 같은 울음'은 '검은 새들이 은빛 가지 위에서 날고'와 결합되는데, 여기서 '검은'과 '은빛'이라는 대립적 이미지의 색체어는 풍경의 변화나 시간의 역동적 흐름이라는 전환적 의미를 갖게 한다. 이러한 풍경은 달도 별도 멀어져 가는 눈이 내리는 밤의 풍경인 '고요'와 만난다.

시간의 경계를 넘나드는 '검은 새'는 시간에서 해방된 존재로, 화자의 다른 모습으로서 '소리'의 이미지를 동반한다. 유리창이 차단과 투사의 이중성을 갖고 있다는 점에서 볼 때, 검은 새를 비롯한 유리창 밖 풍경을 관찰하는 화자의 시선은 결코 분리된 세계가 아니다. 여기서 유리창은 시적 화자의 '검은 새'를 바라보는 행위를 통해, 공간을 분리하면서도 어느 순간 '새'와의 동화를 꿈꾸는 모습을 보여준다.

최하림 시에서 '안/밖'과 같은 이항 대립적 정보구성은 존재의 사유와 시간의 흐름이 밀접하게 연관되면서 보다 탄탄한 의미망을 구축한다. 여기서 시간은 단순히 순차적인 것을 의미하는 것이 아니라 화자가 유리창에 얼굴을 가져다 대는 행위, 즉 고요한 풍경과 하나가 되는 과정 속에서 인식된다. 이 시는 냉엄한 현실과 풍경을 따뜻하게 교통시키면서 그러한 풍경들과 관계 맺고 있는 자아의 존재를 증명하는 실존의 의미를 생성시킨다. 지워진 풍경 너머에 내가 존재하는 것이다.

> 날이 흐리고 가랑비 내리자 북쪽으로 가려던 새들이 날기를 멈추고 서 있다 오리나무숲 새로 저녁은 죽음보다 조금 길게 내리고 산 밑으로는 사람들이 두엇 두런두런 얘기하며 가고 있다 어떤 충격이 없이도 사람의 모습은 아름답다 바람도 그들의 머리칼을 날리며 그들식으로 말을 건넨다 바람의 친화력은 놀랍다 나는 바람의 말을 들으려고 귀를 모으지만 소리들은 예까지 오지 않고 중도에서 사라져 버린다 나는 그것으로 됐다 나는 너무 멀리 있다 나는 유리창 너머로 마른 나무들이 일어서고 반항하며 골짜기를 이루어 흘러가는 것을 보고 있다 나는 모두를 알 수 없다 나는 너무 멀리 있다 새들이 다시 날기를 멈추고 시간들이 어디로인지 달려가고 그림자들이 길 위에서 사라지는 것을 나는 보고 있다 이제 유리창 밖에는 새도 나무도 보이지 않는다 유리창 밖에는 유령처럼 내가 떠오르고 있다
>
> —「나는 너무 멀리 있다」 전문

이 시 역시 '유리창'을 매개로 하는 두 개의 인지정보로 구성되어 있다. 첫 번째 정보인 '날이 흐리고 가랑비 내린다'는 어두운 예감을 알리는 신호음에 해당한다. '북쪽으로 가려던 새들이 날기를 멈추고 서 있다'는 정보는 앞의 정보에 대한 구체적인 흐름을 보여주며, '저녁은 죽음보다 조금 길게 내린다'와 결합되면서 화자에게는 '저녁'이 삶의 대립적 의미로 설정되어 화자의 존재를 증명하는 시간이라는 의미를 생성한다. 첨가된 '조금'이라는 부사어는 추상적 의미를 구체적으로 제시하려는 의도를 보여준다. '산 밑으로는 사람들이 …… 얘기하며 가고 있다', '마른 나무들이 일어서고 반항하며 골짜기를 이루어 '흘러간다'는 정보는 죽음으로 가는

길을 따라 흐르는 풍경에 대한 묘사이다. '새들이 날기를 멈춘다', '시간들이 어디로인지 달려간다', '그림자들이 길 위에서 사라진다'는 대등적으로 이어지는 정보의 결합은 죽음의 세계로 이어지는 구체적인 상황을 단적으로 보여준다. 죽음의 세계에서는 생존을 위해 서식지를 찾아가야 할 필요가 없으며, 시간이 존재하지 않고, 그림자가 존재하지 않는다.

위의 정보는 다시 화자에게로 이동하면서 현존재의 실존을 증명하는 구체적인 의미를 생성한다. '어떤 충격이 없어도 사람의 모습은 아름답다'에서 '어떤 충격'은 아름다울 수 있는 사건들을 의미하는데, 여기서는 화자의 휴머니즘적 세계관을 엿볼 수 있다. 이어지는 '바람의 친화력은 놀랍다'는 정보는 화자의 직접적인 음성의 노출로 앞의 정보와 함께 화자의 내면을 감지할 수 있게 한다. '나는 바람의 말을 들으려고 귀를 모은다', '나는 보고 있다'에서처럼 청각과 시작을 동반한 화자의 지각작용은 '나는 모두를 알 수 없다', '나는 너무 멀리 있다', '새도 나무도 보이지 않는다'는 정보들과 결합되면서 대상들과 거리가 먼 현존재를 발견한다. '유령처럼 내가 떠오르고 있다'는 것은 대상이 어둠 속으로 사라지는 자리에 화자의 존재가 거울처럼 스스로에게 객관화 된다는 것을 의미한다. '유령처럼'이라는 비유 정보는 비록 정신만 있고 실체는 없는 존재이지만 풍경과 일치되고자 한 화자의 정신을 표상한다.

결국 유리창 밖에서 유령처럼 떠오른 나는 풍경과 하나가 되고 싶은 욕망하는 존재로서의 의미를 생성한다. 위의 시들이 유리창을 경계로 내부와 외부의 공간이 통합되는 과정 속에서 현존재의 실존을 증명한다면 다음 시는 '서로 다름'으로 인지되는 것들과 하나가 되는 과정 속에서 자각하는 존재를 증명한다.

유리창 앞에
의사가 하나 있고
서너 권의 책들이 있고
  (중략)
나는 책들과 일정한 거리를 두고 있다
난로와도 거리를 두고 있다
나는 책들과 다르고
  (중략)
거실에는 서로 다른 것들이
용케도 어울려 굴뚝을 타고 오르는
담쟁이덩쿨처럼 시간 속으로 한없이
뻗어가고 있다
밤새 마당엔 눈이 내려
마당의 머위나무는 눈에
덮히고 마당과 머위나무는 지금
눈 속에 하얀 빛과 소리로
있다. 하얀 시간으로 있다
오오, 나의 너인 의자여
빛이 어둠 속으로 함몰되어가듯이
나는 네 속에서 하얀, 어둠이
내리는 마당을 보고 있다.
머위나무를 보고 있다.

ㅡ「의자」 부분

이 시 역시 안과 밖의 풍경이 매개적으로 구성되어 있다. 첫 번째 정보
는 유리창 안의 사물들과 '나'가 다름을 인식하는 화자의 존재 자각에 대
한 정보이고, 이와 병립되는 두 번째 정보는 눈 내리는 창밖의 풍경에 해
당한다. 다르다는 것은 대상과의 거리가 멀다는 것을 의미한다. 시적화자

가 거리를 두고 보는 것은 대상과 나의 다름을 인지하는 행위이며, 다름의 빛깔, 그 차이를 드러내는 것이다. '거실'이라는 공간은 서로 다른 것들이 공존하며 긴 세월을 살아왔음을 보여주는 공간으로서 인지의미를 가진다. 이러한 존재에 대한 자각은 창밖 풍경을 바라보는 화자가 '나의 너'라고 인지하는, 화자와 심리적·물리적 거리가 가까운 '의자'를 통해 보다 선명한 의미의 정보를 얻는 과정에서 일어난다. 거실 의자에 앉아 있는 화자의 존재는 유리창 밖 풍경 깊은 곳에서 '빛이 어둠 속으로 함몰되어 가듯이' 서서히 떠오른다. 빛이 어둠 속으로 함몰되어 간다는 이미지 정보는 눈이 덮인 머위나무가 있는 마당의 풍경이 어둠에 의해 서서히 지워지면서 상대적으로 시적화자의 자리인 '의자'를 선명하게 부각시키는 기능을 한다.

두 번째 정보인 화자가 바라보는 마당의 머위나무는 눈 속에 하얀 빛과 소리로 서 있는 존재로 인지된다. '하얀 빛'과 '소리', '하얀 시간'은 대상이 추상화된 정보로 '있다'라는 서술어와 결합되어 대상을 인지하는 거리와 색체의 경계가 모호해지고 있음을 보여주며, '빛'과 '어둠'이 공존하는 현재의 순간을 강조하는 효과를 준다. '하얀 빛'과 '소리', '하얀 시간'은 눈 덮인 환한 풍경과 어둠이 오는 창 밖, 그 고요 속에 실존해 있는 화자의 모습을 부각시키는 은유적 장치로서 의미를 가진다. '하얀, 어둠이 내리는 마당'과 같은 상반된 어휘의 병렬적 배치는 어둠이 내리면서 눈 오는 밤의 풍경이 지워지고 유리창의 경계를 넘어 나의 존재가 객관적으로 보이는 순간을 형성한다. 유리창에 내리는 '어둠'과 '저녁'의 이미지는 유리창 바깥의 세계를 시인의 몸 안에 머물게 하는 장치로서 의미를 지닌다.11)

---

11) 임환모, 「삶과 죽음 그리고 존재의 깊이에 대한 시적 형상성」, 『시와사람』, 2001, 겨울, 73~74쪽. "위대한 눈감음, 이것이 시이다"라는 말을 인용하면서 최하림 시를 풀어가고 있는 이 논의는 세계를 '세계 내 존재'로서 시적 화자와 시인이 더는 맞서지 않게 하여 실존에의 욕망에 면죄부를 주게 하는 작용을 한다는 결론을 이끌어내고 있다.

이처럼 시인은 자아와 대상의 거리가 제거된 상태에서 일정한 공감성을 확보하며, 매개적 구성을 통해 존재를 자각하는 과정을 보여준다. 특히 '유리창'을 매개로 한 정보 구성은 볼 수는 있지만 닿을 수는 없다는 점에서 정신의 교감을 의미한다. 그럼에도 단절이 아닌 동화로서 존재의 깊이에 빠져들 수 있게 하는 것은 지각하고 사유하는 과정 즉, 보고, 듣고, 느끼는 인지 행위들이 살아있기 때문이다.

5. 맺음말

지금까지 살펴 본 바와 같이, 최하림의 시를 끌고 가는 상상력의 동인은 '존재의 생명력'이다. '어둠'과 '소리'로 표상되는 존재의 흔적, 즉 실존의 시간을 인지하는 시인의 태도는 개인의 경험적 삶을 바탕으로 하면서도 주관적 감상에 함몰되지 않고 누구나 접근할 수 있는 자연 풍경에 상상의 세계를 덧씌움으로써 미학적 풍경을 연출하는 서정적 존재로서의 자세를 뚜렷하게 보여주었다.

존재는 시간의 축적 속에서 끊임없이 순환되는 기억에 의해 존재 내부의 파장을 일으키고, 성찰적, 유목적, 실존적 존재로서의 의미를 이끌어내면서 현재를 지나가는 과정을 보여준다. 시인에게 '어둠'은 외부의 존재를 가리고 숨기는 '덮개'의 역할을 하기도 하지만 존재를 증명하는 '거울'로도 인지되며, '소리'는 '공포로 가득 찬 세상을 살아온 우리 내부에서 어느 날 불쑥 솟아오르는 소리'(「베드로2」)로서 현재의 시공간 속에 공존한다. 최하림 시에서 이러한 모든 운동들은 일정한 시간의 질서를 형성하며 존재의 내부로 향한다는 점에서 '시인 지향적'이다. 고백적 구성, 확산적 구성, 매개적 구성에 의해 배치된 정보들은 존재 내부로 향하는 방향 감각을 철저하게 인식하면서 내면세계 깊은 곳에 다양한 의미를 생성시킨다.

고백적 정보 구성은 한 시대의 풍경이 남긴 삶의 흔적, 특히 살아남은 자라는 죄의식을 벗어버리고 싶은 욕망을 보여주는 것으로, 현존하는 삶과 지나온 삶이 공존하는 가운데 성찰적 존재로서의 의미를 생성시킨다. 확산적 정보 구성은 일정한 방향성과 계기성을 갖고 의미가 확산되는 방식을 말하는 것으로, 모든 운동은 지속성과 지향성을 동반한다는 의미를 생성시킨다. 다만 그것이 뚜렷한 목적지를 생각하지 않는 유목적 존재로서 무의식적 환상성과 몽환적 풍경을 연출한다는 점이 특징이다. 한편 매개적 구성은 두 개 이상의 정보가 매개물을 사이에 두고 구성되는 방식으로 최하림 시에서는 '유리창'의 안과 밖을 중심축으로 하여 정보가 구성된다. 시인은 자아와 대상의 거리를 제거한 상태에서 일정한 공간성을 확보하며, 실존을 자각하는 인지의 과정을 보여준다.

이처럼 시인은 고백적, 확산적, 매개적 구성을 통해 시 공간의 유기성을 확보하고 존재에 대한 성찰과 자각을 통해 실존을 증명한다. 이러한 실존의 증명 방법은 시대나 자아로부터 소외된 스스로의 존재를 인지하는, 다소 관념적인 태도 속에서 이루어진다.

결국 최하림 시의 아름다움은 자아와 세계를 부정하면서도 지사적 의미를 강하게 내세우거나 자연의 서정을 그대로 노출하지 않고, 둘 사이의 거리를 적절히 교통시키는 전략적 구성에 있다. 앞서 언급하였듯이 그것은 그의 시가 집중적인 연구대상이 되지 못한 이유이기도 하지만, 그의 시를 가장 시답게 하는 특성이기도 하다. 시인의 시적 체험과 상상력의 깊이를 읽어내는 작업은 우리 시대를 원활하게 소통할 수 있는 서정적 통로 하나를 만드는 일이 될 것이다.

참고문헌

1. 기본자료

기형도, 『입 속의 검은 잎』, 문학과지성사. 1989.
_____, 전집 편찬위원회, 『기형도 전집』, 문학과지성사, 2005.
서정주, 『미당시전집 1』, 민음사, 2005.
_____, 『미당시전집 2』, 민음사, 2005.
_____, 『미당시전집 3』, 민음사, 2005.
_____, 『서정주문학전집 1』, 일지사, 1972.
_____, 『서정주문학전집 2』, 일지사, 1972.
_____, 『서정주문학전집 3』, 일지사, 1972.
_____, 『서정주문학전집 4』, 일지사, 1972.
_____, 『서정주문학전집 5』, 일지사, 1972.
오세영, 『오세영 시 전집』, 랜덤하우스., 2007.
_____, 「멀고도 먼 길」, 『말의 시선』, 혜진서관, 1989.
최하림, 『우리들을 위하여』, 창작과비평, 1984
_____, 『작은 마을에서』, 문학과지성사, 1994
_____, 『겨울 깊은 물소리』, 문학동네, 1999
_____, 『풍경 뒤의 풍경』, 문학과지성사, 2002
_____, 『굴참나무숲에서 아이들이 온다』, 문학과지성사, 1998
_____, 『때로는 네가 보이지 않는다』, 랜덤하우스중앙, 2005
_____, 『햇볕 사이로 한 의자가』, 생각의 나무, 2006

2. 논문

강영미, 「한국 현대시의 전통과 시형에 관한 연구 — 이병기·김영랑·서정주를 중심으로—」, 고려대 박사논문, 2002.
강혜경, 「서정주 시의 어휘 연구」, 조선대 교육석사논문, 2004.

권희철, 「서정주 시의 에로티시즘 연구」, 서울대 석사논문, 2004.

고형진, 「서정주의 〈질마재 신화〉의 '이야기 시'의 특성 연구」, 『예술논문집』, 예술원, 1994.

김기혁, 「국어의 종결어미와 시간 범주」, 담화인지 언어학회 편, 『담화와 인지』, 4권, 1호, 한국문화사, 1997.

김동근, 「1930년대 시의 담론체계 연구 - '주체/타자'의 기호체계를 중심으로-」, 전남대 박사논문, 1996.

_____, 「서정주 시의 담론원리와 상상력 : '주체/타자'의 기호체계를 중심으로」, 『국어국문학』 128호, 국어국문학회, 2001. 5.

김수이, 「서정주 시의 변모과정 연구」, 경희대 박사논문, 1997.

김신정, 「시적 순간의 체험과 영원성의 성(性)」, 『여성문학연구』 6호, 한국여성문학학회, 2001.

김용희, 「서정주 시의 욕망구조와 그 은유의 정체」, 『이화어문논집』 12호, 이화여대 국어국문학과, 1992.

김용희, 「한국현대문학에서 몸 담론과 몸 연구의 새로운 가설에 대하여」, 『한국문화연구』 6호, 2004, 가을.

김윤식, 「역사의 예술화」, 『현대문학』, 1963. 10.

김은자, 「한국현대시의 공간의식에 관한 연구 - 김소월, 이상, 서정주를 중심으로」, 서울대 박사논문, 1986.

김제욱, 「최하림 시의 이미지 연구」, 고려대 인문정보대학원, 2005

김종길, 「시와 이성」, 『문학춘추』, 1964. 8.

김종태, 「서정주 시에 나타난 여성성과 욕망의 관련 양상」, 『어문학』 제85집, 한국어문학회, 2004. 9.

김중현, 「국어 공감각 표현의 인지 언어학적 연구」, 담화인지 언어학회 편, 『담화와 인지』 8권, 2호, 한국문화사, 2001.

김학동, 「신라의 영원주의」, 『어문학』 24, 1971. 4.

나희덕, 「서정주의 〈질마재 신화〉 연구-서술시의 특성을 중심으로」, 연세대 석사논문, 1999.

남기혁, 「1950년대 시의 전통지향성 연구」, 서울대 박사논문, 1998.

노창수, 「한국 현대시의 화자 연구」, 조선대 박사논문, 1993.

류지현, 「서정주 시의 공간 상상력 연구」, 고려대 박사논문, 1997.

류현미, 「서정주 초기시의 문체적 특성 연구」, 연세대 교육대학원 석사논문, 2004.

문덕수, 「신라정신에 있어서의 영원성과 현실성」, 『현대문학』, 1963. 4.

문정희, 「서정주 시 연구 - 물의 심상과 상징체계를 중심으로』, 서울여대 박사논문, 1993.

문혜원, 「서정주 초기시에 나타나는 신체 이미지에 관한 고찰」, 『한국현대문학연구』 6집, 한국현대문학회, 1998.

박상옥, 「최하림의 시세계 연구」, 고려대 인문정보대학원, 2004

백수인, 「미당 서정주 시의 인물 고찰 초기시를 중심으로」, 『인문과학연구』 제9집, 조선대 인문과학연구소, 1987.

변재남, 「서정주 시에 있어서의 '바람' 이미지 연구」, 충남대 석사논문, 1997.

서동인, 「한국 현대시에 나타난 '생명성' 연구」, 성균관대 박사논문, 2005.

손진은, 「서정주 시의 시간성 연구」, 경북대 박사논문, 1995.

송광일, 「듀이의 자연주의적 언어관」, 전남대 철학 석사논문, 2007.

송문석, 「현대시 텍스트의 의미처리 연구 시론」, 『한국문학이론과 비평』 13, 예림, 2001.

송승환, 「질마재 신화』의 시간의식 연구」, 중앙대 석사논문, 2000.

신범순, 「반근대주의적 魂의 詩學에 대한 고찰」, 『한국시학연구 4』, 한국시학회, 2001.

심혜련, 「서정주 시의 화자 연구」, 이화여대 석사논문, 1992.

엄경희, 「서정주 시의 자아와 공간 시간 연구」, 이화여대 박사논문, 1999.

오생근, 「데카르트, 들뢰즈, 푸코의 '육체'」, 『사회비평』 17권, 1997. 6.

오탁번, 「서정주 시의 비유와 모성심상」, 『시대논집』 19호, 고려대 사범대학, 1994.

유지현, 「서정주의 "질마재 신화"에 나타난 신체적 상상력의 미학」, 『현대문학이론연구』 24, 2005.

유혜숙, 「서정주 시 연구 - 자기실현 과정을 중심으로」, 서강대 박사논문, 1994.

_____, 『서정주 시의 '꽃' 이미지에 나타난 제의성 고찰」, 『한국문학이론과 비평』 11, 예림기획, 2001. 6.

육근웅, 「서정주 시 연구」, 한양대 박사논문, 1990.

윤재웅, 「서정주 시 연구」, 동국대 박사논문, 1995.

이광호, 「영원의 시간, 봉인된 시간 - 서정주 중기시의 〈영원성〉문제」, 『작가세계』, 1994, 봄.

이건환, 「의미 확장에 있어서 도식의 역할」, 담화인지 언어학회 편, 『담화와 인지』 5권, 2호, 한국문화사, 1998.

이경수, 「한국 현대시의 반복기법과 언술구조 : 1930년대 후반기의 백석, 이용 악, 서정주 시를 중심으로」, 고려대 박사논문, 2003.

이정희, 「시적 인술에 나타난 한국 현대시의 병렬법 연구」, 이화여대 박사논문, 1988.

이기동, 「관용어, 은유 그리고 환유 1」. 담화인지 언어학회 편, 『담화와 인지』, 4권, 1호, 한국문화사, 1997.

이승환, 「유가적 몸과 소속된 삶」, 『전통과 현대』, 1999, 여름.

이수정, 「서정주 시에 있어서 영원성 추구의 시학」, 서울대 박사논문, 2006.

이어령, 「문학공간의 기호론적 연구」, 단국대 박사논문, 1986.

이영광, 「서정주 시의 형성 원리와 시의식의 구조」, 고려대 박사논문, 2005.

이영주, 「직유로 보는 새로운 시각 : 기형도 시의 직유 연구」, 연세대 교육석사논믄, 2004.

이영희, 「서정주 시의 시간성 연구」, 『국어국문학』 95호, 국어국문학회, 1986.

이진홍, 「서정주 시의 심상 연구」, 영남대 박사논문, 1988.

이항우, 「후기구조주의 주체성론에 대한 이론적 연구」, 서울대 사회학 석사논문, 1995.

이형권, 「서정주의 사랑시편과 에로티즘」, 『한국문학이론과 비평』 11, 한국문학이론과 비평학회, 2001, 6.

임재서, 「서정주 시에 나타난 세계 인식에 관한 연구」, 서울대 석사논문, 1996.

임지룡, 「주관적 이동표현의 인지적 의미 특성」, 담화인지 언어학회 편, 『담화와 인지』 5권, 2호, 한국문화사, 1998.

전미정, 「한국 현대시의 에로티시즘 연구」, 서강대 박사논문, 1998.

_____, 「서정주 시의 생태학적 연구 : 몸의 사유방식을 중심으로」, 『인하어문학』 16, 2000. 12.

_____, 「육체의 죽음, 몸의 역사」, 『에코토피아의 몸』, 역락, 2005.

정유화, 「서정주 시의 기호론적 연구」, 중앙대 석사논문, 1997.

정창영, 「서정주 시에 나타난 성 욕망과 정화 양상」, 『국어국문학』 133호, 국어국문학회, 2003.

정효구, 「서정주의 시집 〈화사집〉에 나타난 육체성의 고찰」, 『어문논총』, 충북대 어학연구소, 1993.

조규미, 「서정주 시의 병렬법 연구」, 이화여대 석사논문, 1994.

조연정, 「서정주 시에 나타난 '몸'의 시학 연구」, 서울대 석사논문, 2002.

주세훈, 「서정주 시의 감탄어 연구」, 한국교원대 석사논문, 1994.

최현식, 「서정주 시와 영원성의 시학」, 연세대 박사논문, 2003.

_____, 「서정주 초기시의 미적 특성 연구」, 연세대 석사논문, 1995.

황종연, 「신들린 시, 떠도는 삶」, 『작가세계』, 1994, 봄.

허윤회, 「언어의 물질성과 초월의 가능성」, 『민족문학사연구』 16호, 민족문학사학회, 2000.

홍예영, 「서정주 시의 시어 연구」, 동국대 문화예술대학원 석사논문, 2000.

3. 단행본

권혁우, 『시적 언어의 기하학』, 새미, 2001.

김경복, 「유배된 자의 존재시학」, 『문학과비평』, 1991, 봄호.

김미옥, 「기형도 시 연구」, 영남대 석사논문, 2008.

김성곤, 『21세기 문예이론』, 문학사상사, 2006.

김승희, 「위험한 불이 싸늘한 불이되기까지」, 『문학사상』, 1983. 6.

김완하, 『한국 현대시와 시정신』, 새미, 2005.

김윤식, 『미당의 어법과 김동리의 문법』, 서울대출판부, 2003.

김윤정, 「오세영 시론에 나타난 '신화적 언어' 연구」, 『정신문화연구』, 2006. 봄.

김정신, 『서정주 시 정신』, 국학자료원, 2002.

김정현, 『니체의 몸 철학』, 문학과현실사, 2000.

_____, 『니체, 생명과 치유의 철학』, 책세상, 2006.

김재홍, 「물, 불, 또는 운명과 자유」, 『현대시학』, 1990, 8.

_____, 「사랑과 존재의 형이상」, 『현대문학』, 1985. 10.

김준오, 『시론』, 삼지원, 2005.

김화자, 「현상학적 미적 지각에 의한 예술 작품의 해석 가능성과 의의」, 김진엽·하선규엮음, 『미학』, 책세상, 2008.

김 현, 『존재와 언어/현대 프랑스 문학을 찾아서』, 문학과지성사, 1992.

_____, 김윤식, 『한국문학사』 민음사, 1973.

김현자, 「서정주 시의 은유와 환유」, 한국기호학회 편, 『은유와 환유』, 문학과지성사, 1999.

김형자, 『몸의 역사와 문학』, 태학사, 2002.

김형효, 「메를로─퐁티의 철학을 통해서 본 몸의 현대적 의미」, 『몸의 이해』, 어문학사, 1998.

김화영, 『미당 서정주의 시에 대하여』, 민음사, 1984.

남진우, 「숲으로 된 성벽」, 『사랑을 잃고 나는 쓰네』, 솔, 1994.

노 철, 『문명의 저울』, 국학자료원, 2001.

_____, 「서정주 시의 창작방법」, 『한국현대시 창작방법연구』, 월인, 2001.

류근조, 『한국 현대시의 은유구조』, 보고사, 1999.

문관규, 「기형도 시에 나타난 은유 양상 고찰」, 『전농어문연』, 제9집, 1997. 2.

박상찬, 「기형도 시에 나타난 죽음의 상상력 연구」, 부산대 박사논문, 2001.

박철화, 「집 없는 자의 길찾기, 혹은 죽음」, 『문학과사회』, 1989, 가을호.

박혜현, 「정거장에서의 추억」, 『문학정신』, 1989. 9.

박호영, 『서정주 시의 영원주의와 떠돌이 의식』, 건국대학교출판부, 2003.

백수인, 『소통과 상황의 시학』, 국학자료원, 2007.

서정주, 「내가 아는 영원성」, 『미당산문』, 민음사, 1993.

성민엽, 「부정의 언어, 그 사회적 의미」, 『오늘의 시』, 1989, 하반기.

송기한, 「오세영 초기시의 해체론적 연구」, 『정신문화 연구』, 2005, 가을호.

송문석, 『인지시학』, 푸른사상, 2004.

송하선, 『미당 서정주 연구』, 선일문화사, 1991.

양병호, 『한국 현대시의 인지시학적 이해』, 태학사, 2005.

여태천, 『김수영의 시와 언어』, 월인, 2005.

오세영, 『한국 현대시 분석적 읽기』, 고려대 출판부, 1998.

_____, 『20세기 한국시 연구』, 새문사, 1989.

_____, 『현대시와 실천비평』, 이우출판사, 1983.

오성호, 『서정시의 이론』, 실천문학사, 2006.

오용복, 『오용복의 서정주 다시 읽기』, 박이정, 2003.

오채운, 『현대시와 신체의 은유』, 역락, 2006.

오형엽, 『신체와 문체』, 문학과지성사, 2001.

_____, 『한국 근대시와 시론의 구조적 연구』, 태학사, 1999.

유성호, 『침묵의 파문』, 창작과비평사, 2002.

유종호, 「소리 지향과 산문 지향」, 『작가세계』, 1994, 봄호.

유혜숙, 『서정주 시의 이미지 연구』, 시문학사, 1996.

윤재웅, 『미당 서정주』, 태학사, 1998

윤현섭, 『언어심리학』, 박영사, 1994.

이강하, 「만해 한용운의 「님의 침묵」에 대한 인지시학적 분석」, 『한국현대문학연구 28』,

『한국현대문학연구』 28집, 2009.

이경수, 『한국 현대시와 반복의 미학』, 월인, 2005.

이동하, 「실존적 인식의 심화와 확대-오세영론」, 『한국문학』, 1986. 7.

이명희, 『현대시와 신화적 상상력』, 새미, 2003.

이상백, 『"존재와 시간"의 사유』, 건국대학교출판부, 2004.

이송희, 「원형을 지향하며, 허공에서 빛나는 정신적 자유」, 『열린시학』, 2010, 겨울

이숭원, 「모순의 인식과 존재의 탐색」, 『현대시학』, 1992. 2.」

이승훈, 『시론』, 고려원, 1990

이어령, 『공간의 기호학』, 민음사, 2000.

이연민, 『언어과학이란 무엇인가』, 문학과지성사, 1977.

이원표, 『담화분석』, 한국문화사, 2002.

이재복, 『한국문학과 몸의 시학』, 태학사, 2001

이정민, 『언어학과 인지』, 한국문화사, 1992.

이정우, 『삶 죽음 운명』, 거름, 1999.

_____, 『들뢰즈와 문학기계』, 소명출판, 2002.

이종열, 『비유와 인지』, 한국문화사, 2004.

이진경, 『카프카-소수적인 문학을 위하여』, 동문선, 2001.

_____, 『노마디즘 2』, 휴머니스트, 2002.

이지엽, 『현대시 창작강의』, 고요아침, 2005.

이현호, 『한국 현대시의 담화·화용론적 연구』, 한국문화사, 1993.

이형기, 『시와 언어』, 문학과지성사, 1987.

이희중, 「시, 이길 수 없는 긴 싸움의 기록」, 『기억의 풍경』, 월인, 2003

임우기, 「미당 시에 대하여」, 『그늘에 대하여』, 강, 1996,

임종호, 『서정주 시의 영원지향성』, 보고사, 2002.

임지룡, 『말하는 몸』, 한국문화사, 2006.

_____, 『인지의미론』, 탑, 1997.

임환모, 『한국 현대시의 형상성과 풍경의 깊이』, 전남대학교출판부, 2007.

_____, 「삶과 죽음 그리고 존재의 깊이에 대한 시적 형상성」, 『시와사람』, 2001.

장석주, 『들뢰즈, 카프카, 김훈』, 작가정신, 2006.

장승식, 『간추린 불교 상식』, 민족사, 2004.

장정일, 「기억할 만한 질주, 혹은 용기」, 『사랑을 잃고 나는 쓰네』, 솔, 1994.

전미정, 『한국 현대시와 에로티시즘』, 새미, 2002.

조연현 외, 『미당 연구』, 민음사, 1994,

조창환, 「존재의 모순, 그 영원한 질문」, 『현대시학』, 1989. 3.

조흥윤, 『무와 민족문화』, 민족문화사, 1990.

최정민, 『현대인을 위한 알기 쉬운 불교윤리』, 불교시대사, 2000.

최현식, 『서정주 시의 근대와 반근대』, 소명출판, 2003.

피종호 엮음, 『몸의 위기』, 까치, 2004,

한국문화상징사전편찬위원회, 『한국문화상징사전 1, 2』, 두산동아, 2006.

한국하이데거학회 편, 『하이데거의 언어사상』, 철학과현실사, 1998.

황수영, 『물질과 기억, 시간의 지층을 탐험하는 이미지와 기억의 미학』, 그린비, 2006.

홍기상, 『불교문학 연구』, 집문당, 1997.

홍일희, 『니체의 생철학 담론』, 전남대학교출판부, 2002.

회갑논총간행위원회, 『오세영의 시 깊이와 넓이』, 국학자료원, 2002.

4. 국외논저

그로츠(E. Grosz)/ 임옥희 역, 『뫼비우스 띠로서 몸』, 여이언, 2001.

니체(F. Nietzsche)/ 황문수 역, 『짜라투스트라는 이렇게 말했다』, 문예출판사, 1975.

재캔도프(R. Jackendoff)/ 이정민·김정란 역, 『마음의 구조』, 인간사랑, 2000.

레이더(M. Rader)/ 김광명 역, 『예술과 인간가치』, 이론과 실천, 1991.

레이코프(G. Lakoff)/ 이기우 역, 『인지의미론』, 한국문화사, 1994.

레이코프 · 존슨(G. Lakoff · M. Johnson)/ 임지룡 외 역, 『몸의 철학』, 박이정, 2005.

_____/ 노양진 · 나익주 역, 『삶으로서의 은유』, 박이정, 2006.

_____/ 양병호 역, 『시와 인지』, 한국문화사, 1996.

마르쿠제(H. Marcuse)/ 김인환 역, 『에로스와 문명』. 나남, 1989.

바슐라르(G. Bachelard)/ 이가림 역, 『물과 꿈』, 문예출판사, 1980.

_____/ 곽광수 역, 『공간의 시학』, 민음사, 1990.

바타이유(G. Bataille)/ 조현정 역, 『에로티즘의 역사』, 민음사, 1998.

반 퍼슨(C. A. Peursen)/ 손봉호· 강영란 역, 『몸·영혼·정신』, 서광사, 1985.

방세(C. Bensaid)/ 이세진 역, 『욕망의 심리학』, 대한교과서, 2007.

보그(R. Bogue)/ 이정우 역, 『들뢰즈와 가타리』, 새길, 1995.

보그란데 · 드레슬러(W. Beaugrande · R. A. Dressler)/ 김태욱 외 역, 『담화텍스트 언어학입문』, 양영각, 1991.

브룩스(C. Brooks)/ 이경수 역, 『잘 빚어진 항아리』, 홍성사, 1983.

브르통(D. Breton)/ 홍성민 역, 『근대성과 육체의 정치학』, 동문선, 2003.

라빌 주니어(A. Rabil)/ 김성동 역, 『메를로 퐁티』, 철학과현실사, 1996.

엘리아데(M. Eliade)/ 이동하 역, 『성과 속』, 학민사, 1959.

_____/ 이재실 역, 『이미지와 상징』, 까치, 1998.』

이마무라 히토시/ 이수정 역, 『근대성의 구조』, 민음사, 1999.

자너(R. M. Zaner)/ 최경호 역, 『신체의 현상학』, 인간사랑, 1993.

존슨(M. Johnson)/ 노양진 역, 『마음 속의 몸』, 철학과현실사, 2000.

카이저(W. Kayser)/ 김윤섭 역, 『언어예술작품론』, 대방, 1982.

푸코(M. Foucault)/ 문경자 · 신은영 공역, 『성의 역사 2』, 나남출판사, 1990.

프로이트(S. Freud)/ 김석희 역, 『프로이트전집 15 -문명 속의 불만』, 열린책들, 1997.

하이데거(M. Heidegger)/ 이기상 · 구연상 역, 『존재와 시간 용어해설』, 까치, 2003.

찾아보기

(ㄱ)

| 지은이 **이송희**

1976년 광주에서 출생, 전남대 국문과에서 박사학위를 받았으며 한국연구재단 박사 후 국내 연수(Post—Doc,)를 마쳤다. 2003년 ≪조선일보≫ 신춘문예로 등단했으며, 서울문화재단 문학창작지원금과 아르코 창작기금을 받았다. 가람시조문학상 신인상, 오늘의시조신인상 등을 수상했다.

주요저서로는 시집 『환절기의 판화』, 『아포리아 숲』, 『이름의 고고학』, 『이태리 면사무소』, 평론집 『눈물로 읽는 사서함』, 『아달린의 방』, 『길 위의 문장』, 『경계의 시학』이 있다. 편저, 『한국의 단시조 156』, 공저, 『2015 올해의 좋은시조』, 『한국문학의 이해』, 『기형도』 등이 있다.

현재 계간 『좋은시조』 주간이며, 전남대와 목포대에서 학생들을 가르치고 있다.

현대시와 인지시학

| 초판 1쇄 인쇄일 | | 2018년 11월 25일 |
| 초판 1쇄 발행일 | | 2018년 11월 30일 |

엮은이		이송희
펴낸이		정진이
편집장		김효은
편집/디자인		우정민 박재원 우민지
마케팅		정찬용 정구형
영업관리		한선희 이성국
책임편집		우민지
인쇄처		국학인쇄사
펴낸곳		국학자료원 새미(주)

등록일 2005 03 15 제25100−2005−000008호
경기도 파주시 소라지로 228-2 (송촌동 579-4 단독)
Tel 442−4623 Fax 6499−3082
www.kookhak.co.kr
kookhak2001@hanmail.net

| ISBN | | 979-11-88499-76-2 *93800 |
| 가격 | | 28,000원 |